EN UN RAYO DE LUZ

Gene Brewer

En un rayo de luz

Traducción de
Alejandro Palomas

Umbriel

Argentina • Chile • Colombia • España
Estados Unidos • México • Uruguay • Venezuela

Título original: *On a Beam of Light*
Editor original: St. Martin's Press, Nueva York
Traducción: Alejandro Palomas

ISBN: 84-95618-47-8
Depósito legal: B. 47.487 - 2002

Fotocomposición: Ediciones Urano, S. A.
Impreso por Romanyà Valls, S. A. - Verdaguer, 1 - 08760 Capellades (Barcelona)

Impreso en España - *Printed in Spain*

Para el fondo de pensiones de mi esposa

A veces uno se pregunta
si los dragones de la Edad de Piedra
están totalmente extinguidos

SIGMUND FREUD

Prólogo

En marzo de 1995 publiqué un recuento de dieciséis sesiones con un paciente psiquiátrico que creía haber venido (en un rayo de luz) de un planeta llamado K-PAX. De hecho, el paciente, un hombre blanco de treinta y tres años que se autodenominaba «prot» (nombre que rima con *goat*, cabra) padecía un trastorno de doble personalidad cuyo alter ego, Robert Porter, había sufrido los devastadores efectos de un agudo trauma emocional. Porter había conseguido sobrevivir tan sólo ocultándose tras su formidable amigo, el «alienígena» llamado prot. Cuando prot «regresó» a su planeta de origen, exactamente a las 3.31 horas del 17 de agosto de 1990, prometiendo reaparecer «en aproximadamente cinco de vuestros años», Robert quedó sumido en un estado de catatonia imposible de tratar. Logró mantenerse con vida merced a monitores electrónicos y a cuidados intensivos.

Muchos de los pacientes que estaban internados en el Instituto Psiquiátrico de Manhattan mientras prot estuvo entre nosotros ya han abandonado el centro. Entre ellos se incluyen Chuck y la señora Archer (todos los nombres han sido modificados a fin de proteger la identidad de los individuos implicados); esta última se ha trasladado recientemente a una residencia de jubilados en Long Island, gracias a una pensión que le legó su último marido. Ed, el psicópata que mató a balazos a seis personas en un centro comercial en 1986, pero que ha dado escasas muestras de comportamiento violento desde su casual encuentro con prot en 1990, vive ahora en un centro de acogida con *La Belle Chatte*, una gata antigua residente del Instituto Psiquiátrico de Manhattan. El único paciente mencionado en *K-PAX* que seguía todavía con nosotros en 1995 era Russell, nuestro «capellán» residente, que no tenía adónde ir.

Sin embargo, todos nuestros pacientes, incluso los recién llegados, eran plenamente conscientes del inminente regreso de prot, y a medida que iban pasando aquellos días tórridos y secos, la tensión empezó a manifestarse por igual entre pacientes y empleados del centro. (Sólo Klaus Villers, nuestro director, se mantuvo imperturbable. Según su opinión, «Pot dugca volvegá. Gobegt Pogteg se quedagá aquí paga siempge».)

Pero era yo quien más ansiaba el regreso de prot, no sólo porque en el curso de nuestras sesiones de terapia hubiera desarrollado hacia él un sentimiento paternal, sino porque todavía tenía la esperanza de poder sacar a Robert de la unidad de catatónicos y, con la ayuda de prot, recorrer con él el largo camino hacia su recuperación.

Pero la expresión «aproximadamente cinco años» desde la fecha de la partida de prot podía hacer referencia a cualquier día de 1995 o incluso más tarde, de manera que mi esposa y yo seguimos con nuestros planes habituales, y decidimos pasar la segunda y la tercera semanas de agosto en nuestro retiro de las montañas Adirondack.

Fue un error. Yo estaba tan preocupado con la posibilidad de la inminente reaparición de prot que no fui buena compañía para Karen y nuestros amigos, los Siegel, quienes hicieron lo imposible por distraerme de mi trabajo. Viéndolo desde la actual perspectiva, supongo que inconscientemente me daba cuenta de que «cinco años» indicaban, para una mente tan precisa como la de prot, un margen de tiempo que iba de unos minutos a unas horas de ese preciso intervalo. De hecho, el jueves 17 de agosto a las 9.08 horas recibí una llamada de nuestra jefa de enfermeras, Betty McAllister. Las lágrimas apenas la dejaban hablar.

—¡Ha vuelto! —fue lo único que pudo decir. No hizo falta que dijera más.

—Estaré ahí esta misma tarde —le aseguré—. No deje que se vaya a ninguna parte.

Karen (que a su vez es enfermera psiquiátrica) se limitó a sonreír, meneó la cabeza y empezó a envolver el almuerzo para mi viaje de regreso a la ciudad mientras yo recogía algunos informes que todavía no había leído y unos manuscritos por terminar y los metía a toda prisa en el maletín.

El viaje de regreso me dio la oportunidad de revisar una vez más lo acontecido en 1990, hechos que ya había repasado hacía escasas semanas como medida de preparación para el posible regreso de prot. Para aquellos que no estén demasiado familiarizados con la historia del caso, he aquí un pequeño resumen del mismo:

Robert Porter nació y se crió en Guelph, en el estado de Montana. En 1975, durante su último año en el instituto, se casó con una compañera de clase, Sarah (Sally) Barnstable, que se había quedado embarazada. El único trabajo que Robert logró encontrar para mantener a su esposa y a su familia en ciernes fue dar el golpe de gracia a los novillos en un matadero, el mismo empleo en el que su padre había encontrado la muerte unos doce años antes.

Un sábado de agosto de 1985, Robert llegó a casa del trabajo y vio que un desconocido salía en ese momento por la puerta principal. Robert se lanzó tras el hombre, persiguiéndolo por la casa y pasando durante la carrera junto a los cadáveres bañados en sangre de su esposa e hija. Siguió al hombre hasta el patio trasero, donde le dio caza y le partió el cuello. Totalmente deshecho por el dolor, quiso suicidarse e intentó ahogarse en el río que pasaba junto a la casa. Sin embargo, la corriente le llevó sano y salvo hasta la orilla, río abajo. A partir de ese momento dejó de ser Robert Porter y se convirió en «prot», un visitante de K-PAX, un planeta idílico donde todas las cosas horribles que le habían ocurrido a su alter ego jamás tenían lugar.

Sin duda, el suyo era un mundo totalmente utópico en el que todos vivían felices durante unos mil años sin la pesada carga de tener que trabajar para vivir, donde la enfermedad, la pobreza, la injusticia eran prácticamente inexistentes y, por consiguiente, también lo eran las escuelas, los gobiernos o cualquier tipo de religión. El único punto negro de la vida en K-PAX parecía ser que la actividad sexual era tan desagradable que se reducía únicamente a mantener los (bajos) niveles de población.

Después de que prot, un verdadero sabio con grandes conocimientos de astronomía, llegara al Instituto Psiquiátrico de Manhattan (sigue siendo un misterio cómo llegó a Nueva York), tardé varias semanas en comprender que era una personalidad secundaria tras la que se ocultaba su psique primera y, con la ayuda de Giselle Griffin, una reportera que trabajaba por cuenta propia, conseguí identificar esa alma consumida por la tragedia llamada Robert Porter. Pero esta revelación llegó demasiado tarde. Cuando prot «partió» de la Tierra, el 17 de agosto de 1990, Robert, incapaz de seguir escondiéndose tras su alter ego, se refugió en las profundidades de su mente deshecha.

Nada, ni siquiera una serie de sesiones de tratamiento electroconvulsivo ni los antidepresivos más potentes, consiguió sacar a Robert de su estado. Llegué incluso a recurrir a la hipnosis, que tan efectiva había resultado a la hora de desvelar lo que le había ocurrido en 1985. Robert me ignoró como lo había hecho con los demás. De ahí que aquella calurosa tarde de agosto yo llegara al hospital presa de gran excitación y me dirigiera a toda prisa a su habitación, con la esperanza de encontrar a prot dispuesto y ansioso por llevar a cabo la misión que le había traído de vuelta. Pero, aunque parecía ligeramente impaciente por levantarse y ponerse manos a la obra, le encontré débil e inestable, como lo habría estado cualquiera que hubiera pasado cinco años en posición fetal. Cuando entré en su habitación, prot estaba pidiendo sus frutas favoritas (en realidad, más que hablar, parecía croar), cómo no, y se quejaba de su debilidad en su reciente «viaje». Betty se había ocupado ya de suministrarle alimentos líquidos, incluido un poco de zumo de manzana, y el doctor Chakraborty, nuestro jefe de internistas, había ordenado suministrarle un sedante que le ayudara a dormir, lo que hizo casi inmediatamente después de mi llegada.

Puede que al lector le parezca extraño que prot necesitara descansar después de cinco años de inactividad, pero lo cierto es que el paciente catatónico, a diferencia de los comatosos, no está ni dormido ni inconsciente, sino rígidamente despierto, como una estatua viviente, temeroso de moverse por miedo a seguir cometiendo actos «censurables». Es precisamente esta rigidez muscular (que en ocasiones se alterna con una actividad frenética) la que provoca un total agotamiento en el paciente cuando por fin sale de su estado.

Decidí dejar que prot se recuperara durante unos días antes de bombardearle con la lista de preguntas que había ido recopilando durante cinco años y seguir con su tratamiento (me refiero al tratamiento de Robert), con vistas, o eso era lo que yo deseaba fervientemente, a una recuperación satisfactoria.

Sesión decimoséptima

Programé la primera sesión (la décimoséptima en el cómputo total) con prot para las 15.00 horas del lunes 21 de agosto y, recordando lo sensibles que tenía los ojos, reduje la intensidad de las luces de la consulta. Prot se quitó las gafas de sol en cuanto entró, escoltado por su viejo amigo Roman Kowalski (Gunnar Jensen ya se había jubilado), y comprobé encantado que parecía haberse recuperado por completo de sus cinco años de rígida inmovilidad, aunque técnicamente hablando era Robert, y no prot, quien había estado catatónico durante ese período. De hecho, se parecía mucho al prot que yo recordaba: sonriente, enérgico y alerta. Los únicos cambios que se apreciaban en él eran algunos kilos menos y una ligera y prematura pincelada de canas en las sienes, ahora ya había cumplido treinta y ocho años, aunque él insistiera en afirmar que estaba a punto de cumplir los cuatrocientos).

Betty me había informado de que prot ya podía comer cosas ligeras, alimentos de fácil digestión, así que me aseguré de que tuviera a mano algunos plátanos mut maduros, que él engulló sin quitarles la piel, haciendo gala de su habitual fruición.

—Cuanto más maduros, mejor —me recordó—. Me gustan muy negros.

Parecía encontrarse a sus anchas, como si nuestra última sesión hubiera tenido lugar el día anterior.

Puse en marcha el magnetófono.

—¿Cómo se encuentra, prot? —le pregunté.

—Un poco cansado, gene. (Nota para el lector: prot escribía con mayúscula los nombres de los planetas, las estrellas, etcétera. Todo lo demás, incluyendo a los seres humanos, era, para él, de escasa relevancia universal y por tanto se escribía con minúscula). ¿Qué tal está usted?

—Mucho mejor, ahora que ha vuelto —le dije.

—Vaya, ¿ha estado enfermo?

—No exactamente. Más que enfermo, frustrado.

—Quizá le ayudaría hablar con un psiquiatra.

—De hecho, he discutido sobre la fuente de mi frustración con las mentes más avezadas del mundo.

—¿Tiene algo que ver con sus relaciones con otros humanos?

—En cierto sentido.

—Eso creía.

—Para serle sincero, tiene que ver con usted y con Robert.

—¿En serio? ¿Hemos hecho algo malo?

—Eso es lo que me gustaría saber. Quizá podría empezar diciéndome dónde ha estado estos últimos cinco años.

—¿No se acuerda, doc? Tenía que volver a K-PAX durante un tiempo.

—¿Y se llevó a Beth con usted?

Nota: Beth era una paciente que padecía una depresión psicótica y que «desapareció» con prot en 1990.

—Pensé que le haría bien cambiar de aires.

—¿Y dónde está ahora?

—Sigue en K-PAX.

—¿No ha vuelto con usted?

—No.

—¿Por qué no?

—¿Bromea? ¿Acaso desearía usted volver a este lugar después de haber visto pa-ree?*

—¿Puede probar que Beth está en K-PAX?

* Con «este lugar» prot se refiere a la Tierra, no al hospital.

—¿Puede probar lo contrario?

Empecé a notar una sensación de debilidad que me resultaba familiar.

—¿Y cómo se encuentra?

—Está encantada. Ahora se ríe constantemente.

—Y no ha vuelto con usted.

—¿No hemos hablado ya de eso?

—¿Y qué pasa con los demás habitantes de K-PAX?

—¿Qué pasa con ellos?

—¿Alguno ha venido con usted?

—No. Me extrañaría que alguno de ellos decidiera venir.

—¿Por qué?

—Leyeron mi informe —dijo, soltando un suspiro—. Aunque nunca se sabe.

—Dígame una cosa: ¿por qué decidió venir a la Tierra si sabía por nuestros informativos de televisión y radio que era un planeta tan inhóspito?

—Ya se lo he dicho antes: robert me necesitaba.

—¿Eso fue en 1963?

—Según su calendario.

—Justo a tiempo para asistir al funeral de su padre.

—Sí, justo a tiempo.

—Y desde entonces ha hecho usted el mismo viaje varias veces.

—Nueve, para ser exactos.

—De acuerdo. Anotaré entonces en su historial que ha estado usted de regreso en K-PAX durante los últimos cinco años.

—Bueno, no es tan sencillo. Está el viaje de vuelta, que… huy, ya se lo expliqué la última vez, ¿no? Dejémoslo en que me quedé allí una temporadita después de entregar mi informe a la biblioteca. Luego regresé a toda prisa.

—¿Por qué tanta prisa?

—Ah, ya lo entiendo. Me hace usted preguntas cuyas respuestas ya conoce. —Ahí estaba de nuevo: esa sonrisa calcada a la del gato de Cheshire—. Para mi historial, ¿no?

—En su caso, todavía desconozco muchas respuestas, créame.

—Oh, no me sorprende. Pero deje que responda a su pregunta:

prometí a ciertos seres que estaría de regreso en cinco años de los suyos, ¿se acuerda?

—Para llevarlos con usted a K-PAX.

—Sí.

—Entonces, ¿a qué viene tanta prisa?

—Al parecer todos quieren irse de aquí cuanto antes.

—¿Y a cuántos planea llevarse con usted cuando se vaya?

Hasta entonces prot había estado recorriendo la sala con la mirada, como en busca de objetos que le resultaran familiares, haciendo alguna pausa para estudiar las acuarelas que colgaban de las paredes. En ese momento me miró a los ojos y su sonrisa se desvaneció.

—Esta vez he venido preparado, doctor b. Puedo llevarme hasta cien seres conmigo cuando regrese.

—¿Qué? ¿Cien?

—Lo siento. No hay sitio para más.

La transcripción de la sesión indica una larga pausa antes de que yo pudiera pensar en una respuesta.

—¿A quién cree usted que se llevará, por ejemplo?

—Oh, no lo sabré hasta que llegue el momento.

Sentí cómo me latía el corazón cuando le pregunté, intentando que pareciera algo sin mayor importancia:

—¿Y cuándo será eso?

—Ah, eso sería desvelar un secreto.

En ese instante fui yo quien lo miró fijamente a los ojos.

—¿Quiere decir que ni siquiera va a decirme cuánto tiempo va a estar aquí?

—Me alegra ver que sus oídos siguen en perfecto estado, *narr* («gene» o «el que duda» en lengua pax-o).

—De verdad me gustaría saberlo, prot. ¿Puede al menos darme una idea aproximada? ¿Otros cinco años? ¿Un mes?

—Lo siento.

—¿Por qué demonios no puede decírmelo?

—Porque si usted supiera cuándo voy a irme, me vigilaría como lo hacen los gatos con los pájaros en este MUNDO carnívoro.

Había aprendido tiempo atrás que no tenía sentido discutir con mi amigo «alienígena». Lo único que podía hacer era sacar el mayor partido de cualquier situación que él me planteara.

—En ese caso, me gustaría programar con usted tres sesiones semanales. Los lunes, miércoles y viernes a las tres. ¿Le parece bien?

—Lo que usted diga, doctor. Desde ahora estoy a su disposición.

—Perfecto. Me gustaría hacerle unas cuantas preguntas más antes de que regrese a su habitación.

Prot asintió, obediente.

—En primer lugar, ¿dónde ha aterrizado esta vez?

—En el océano Pacífico.

—¿Apuntaba hacia K-PAX esta vez?

—¡Gino! ¡Por fin se está usted enterando!

—Dígame una cosa. ¿Cómo respira usted en el espacio?

Meneó la cabeza.

—Me temo que me he precipitado al cantar victoria. Sigue sin comprender. Las leyes físicas habituales no pueden aplicarse a las coordenadas del viaje a través de la luz.

—Bien, ¿cómo es? ¿Está usted despierto? ¿Siente algo?

Juntó las puntas de los dedos y frunció el ceño, concentrándose.

—Es difícil describirlo. El tiempo parece quedar suspendido. Es casi como un sueño…

—¿Y cuando «aterriza»?

—Es como despertar. Sólo que estás en otra parte.

—Sin duda, debe de ser todo un despertar, encontrarte en mitad del océano. ¿Sabe usted nadar?

—No sé dar ni una brazada. En cuanto emergí a la superficie salí de ahí.

—¿Cómo?

Suspiró.

—Ya se lo dije durante mi última visita, ¿se acuerda? Se hace con espejos…

—Ah, sí. ¿Y adónde más fue antes de venir aquí?

—A ninguna parte. Vine directamente al ipm.

—Bien. ¿Planea hacer alguna excursión fuera del hospital mientras esté aquí?

—Por ahora, no.

—Si decide hacer algún viaje, ¿se asegurará de hacérmelo saber?

—¿Acaso no lo hago siempre?

—Eso me recuerda... ¿Le acompañó Robert en su viaje al Labrador y a Terranova la última vez que estuvo aquí?

—No.

—¿Por qué no?

—No quiso venir conmigo.

—No le vimos durante los días que estuvo usted fuera. ¿Dónde estaba?

—Ni idea. Tendrá que preguntárselo a él.

—Segunda pregunta: no estará usted planeando ninguna «tarea» para los demás pacientes (como lo hizo con Howie, el violinista, hace cinco años), ¿verdad?

—Gene, gene, gene. Acabo de llegar. Ni siquiera he tenido tiempo de conocer a ninguno de los pacientes.

—Pero, ¿me lo comunicará si decide poner en práctica alguno de esos planes?

—¿Por qué no?

—Bien. Y por último, ¿hay alguna otra sorpresa de la que no me esté usted informando?

—Si las revelara no serían sorpresas, ¿no?

Le miré fijamente.

—Prot, ¿dónde está Robert?

—No muy lejos de aquí.

—¿Ha hablado con él?

—Claro.

—¿Cómo se encuentra?

—Como un montón de excrementos de mot.

Nota: un «mot» es un animal, parecido a la mofeta, que vive en K-PAX.

—¿Le dijo algo que quiera usted contarme?

—Quería saber qué pasó con el perro —se refería al dálmata que yo le había traído con la esperanza de inducir a Robert a que saliera de su estado de catatonia.

—Dígale que me llevé a *Oxeye* a casa hasta que hubiera mejorado lo suficiente para poder ocuparse de él.

—Ya veo, el famoso truco del burro y la zanahoria.

—Llámelo como quiera. De acuerdo. Esta es por hoy mi última pregunta, pero quiero que piense bien la respuesta antes de hablar.

Soltó un gigantesco bostezo.

—Mientras esté aquí, ¿me ayudará a hacer que Robert se sienta mejor? ¿Le ayudará a combatir sus sentimientos de desesperación y de infravaloración?

—Haré lo que pueda. Pero ya le conoce.

—Bien. Es todo lo que puede hacerse. Veamos, ¿alguna objeción a que vuelva a intentar la hipnosis durante nuestra próxima sesión?

—Nunca se da por vencido, ¿eh, doc?

—Eso intentamos —concluí, levantándome—. Gracias por venir, prot. Me alegra volver a verle.

Me acerqué a él y le di la mano. Si todavía se sentía débil, desde luego la fuerza con que me estrechó la mano no lo demostró en absoluto.

—¿Quiere que llame al señor Kowalski, o puede encontrar usted solo el camino a su habitación?

—No es tan difícil, gino.

—Mañana le trasladaremos a la segunda planta.

—Mi querida segunda planta.

—Le veré el miércoles.

Me saludó con la mano al salir, sin darse la vuelta.

Cuando prot se marchó, escuché, con una mezcla de excitación y trepidación, la cinta de esa breve sesión. Con el tiempo suficiente, estaba seguro de que podría ayudar a Robert a superar las barreras que bloqueaban su recuperación. Pero, ¿de cuánto tiempo disponíamos? En 1990 tuvimos que hacer frente a una fecha límite que me obligó a tomar riesgos, a acelerar demasiado las cosas. Ahora me enfrentaba a un dilema aún peor: no tenía la menor idea de cuánto tiempo iba a estar prot entre nosotros. La única pista que tenía era la pasividad de su respuesta cuando le sugerí el plan de las tres sesiones semanales. Si tenía pensado irse en unos días, sin duda habría respondido: ¡más vale que sean productivas! o algo parecido. Aunque podría estar equivocado, como así ha ocurrido con casi todo lo referente a prot.

De todos modos, tres sesiones semanales era todo lo que yo podía darle. Aunque no iba a dar clases durante el trimestre de otoño, tenía otras responsabilidades a las que hacer frente, entre ellas la de atender al resto de mis pacientes, todos ellos casos de difícil solución que requerían todos mis esfuerzos. Uno de ellos era una joven a la que llamaré Frankie (por la vieja canción *Frankie and Johnny were lovers*) que no sólo es incapaz de amar a ningún ser humano, sino que ni siquiera entiende dicho concepto. Otro era Bert, encargado del departamento de préstamos de un banco, que durante las horas de recreo se pasa el tiempo buscando algo que ha perdido, aunque no tiene la menor idea de qué es lo que busca.

Pero volvamos a prot. Durante los cinco años anteriores había gozado de incontables oportunidades para discutir su caso con otros colegas, tanto con los del IPM como con otros repartidos por el mundo. Las sugerencias sobre cómo tratar el problema de mi paciente eran infinitas. Por ejemplo, un doctor de un antiguo estado de la Unión Soviética me aseguró que Robert se curaría rápidamente si le metíamos en agua helada varias horas al día, una práctica inútil e inhumana que quedó obsoleta hace mucho tiempo. Sin embargo, el consenso fue que la hipnosis seguía siendo probablemente la mejor forma de acercarse a Robert/prot, y me dispuse a retomarla esencialmente donde la había dejado en 1990. Es decir, intentaría sacar a Robert de su coraza protectora para poder ayudarle a enfrentarse a sus sentimientos de desconsuelo a raíz de los trágicos sucesos acaecidos en 1985.

Pero para eso necesitaba desesperadamente la ayuda de prot. Sentía que sin ella sus posibilidades de recuperación eran mínimas. Me enfrentaba entonces a otro dilema: si Robert se curaba, prot debería fundirse con su personalidad y pasar a formar parte de ella. ¿Hasta qué punto estaría dispuesto a desempeñar un papel en el tratamiento y en la recuperación de Robert si ello suponía poner en jaque su propia existencia?

* * *

El viernes, un día después del regreso de prot, llamé a Giselle Griffin, la reportera que de tanta ayuda nos había sido a la hora de averiguar los orígenes de Robert, para comunicarle su regreso. Giselle había venido a visitarnos regularmente desde que prot nos dejara hace cinco años, sin duda para estar al día de los progresos de Robert, aunque creo que en el fondo venía con la secreta esperanza de que prot volviera, ya que se había enamorado de él durante los meses que había pasado en el hospital, mientras reunía información para el artículo que planeaba publicar en la revista *Conundrum*. Por supuesto, Giselle viajaba constantemente, enfrascada en su proyecto más reciente: un artículo sobre los ovnis (anticipando con toda probabilidad el regreso de prot) que han sido vistos en casi todos los rincones del mundo. Sin embargo, siempre dejaba un número en el que pudiéramos localizarla, y dejó bien claro que deseaba ser puntualmente informada de cualquier cambio que se apreciara en el estado de Robert.

Se alteró muchísimo cuando se enteró de la reaparición de prot y dijo que estaría ahí lo antes posible. Sin embargo, le rogué que no viniera a verle hasta que él se hubiera recuperado de su «viaje» (la catatonia) y yo hubiera tenido la oportunidad de hablar con él, asegurándole, quizás equivocadamente, que dispondría de todo el tiempo del mundo para volver a relacionarse con él cuando prot hubiera recuperado las fuerzas.

Tras la sesión con prot volví a llamar a Giselle o, para ser más exacto, le dejé un mensaje en el que le decía que podía llamar al centro y concertar una cita para ver a prot. Luego dicté una carta dirigida a la madre de Robert, que vivía en Hawai, en la que le decía que su hijo había salido del estado de catatonia, pero en la que también le sugería que no viniera a verle hasta que la situación de su hijo se hubiera normalizado un poco. A continuación, bajé a las plantas inferiores del instituto con la intención de informar a todos los residentes interesados que prot había vuelto y así preparar un poco su regreso a la planta, programado para el día siguiente.

El instituto está estructurado de forma que los enfermos de mayor gravedad o los considerados peligrosos ocupan las plantas superiores, y los menos afectados vagan libres por la primera y segunda plantas. De hecho, la primera planta es básicamente un hogar temporal para ciertos pacientes transitorios que vienen con asiduidad para «una puesta al día», es decir un reajuste de medicación, y para aquellos en los que se ha observado un progreso sustancial en su proceso de recuperación y están casi preparados para recibir el alta. Prot estaba a punto de reunirse con los habitantes de la segunda planta, pacientes que sufrían serias psicosis que iban desde la depresión maníaca hasta un agudo desorden obsesivo-compulsivo, pero que no suponían una amenaza para los empleados ni para el resto de los pacientes.

No tendría que haberme intrigado. Desde el preciso instante en que entré en la planta quedó claro que todos estaban al corriente del regreso de prot. Un hospital psiquiátrico es en muchos aspectos parecido a un pueblo: las noticias corren como la pólvora y los estados de ánimo casi parecen contagiarse. El día antes de que prot volviera a residir entre ellos, la anticipación que reinaba en el ambiente casi podía cortarse con un cuchillo. Incluso algunos de los casos de depresión más graves me saludaron alegremente, y un esquizofrénico crónico, que no había formulado ni una sola frase inteligible durante meses, me preguntó —creo— por mi salud. Y la mayoría de ellos, exceptuando a Russell y a algún otro, nunca habían visto a prot.

Giselle apareció en mi oficina el martes por la mañana sin previa cita, como era de suponer. Hacía semanas que no la veía, pero recordaba su fragancia a pino y esos ojillos de cervatillo.

Como siempre, llevaba una camisa vieja, vaqueros gastados y zapatillas de deporte sin calcetines. Aunque le faltaba poco para cumplir los cuarenta, todavía parecía una niña, una chiquilla de dieciséis años con patas de gallo alrededor de los ojos. Pero algo había cambiado en ella. No parecía tan entusiasta como hacía cinco años. Ya no mostraba aquella sonrisa tímida que en su momento yo había tomado por coquetería pero que, según había podido comprobar, formaba parte de su naturaleza del todo ingenua. Al contrario, parecía extrañamente nerviosa. Pensé que quizá sintiera cierta aprensión ante su reencuentro con prot, y supuse que era probable que la angustiara pensar que prot hubiera cambiado, o incluso que la hubiera olvidado.

—No se preocupe —la tranquilicé—. Sigue siendo el mismo.

Giselle asintió, pero la mirada distante en sus enormes ojos marrones sugería que no me había oído.

—Cuénteme qué ha estado haciendo estos últimos dos meses.

De pronto su mirada volvió a enfocarme.

—Bueno, casi he terminado el artículo sobre los ovnis. Por eso he estado un tiempo desaparecida.

—Bien. ¿Son reales o…?

—Eso depende de a quién se lo pregunte.

—¿Y si se lo pregunta a usted misma?

—Yo diría que no. Pero hay un montón de gente sana y normal que no estarían de acuerdo conmigo.

—Y sin embargo cree que prot vino de K-PAX.

—Sí, pero no vino en un ovni.

—Ah.

Esperé, lo que de nuevo pareció ponerla nerviosa.

—¿Doctor Brewer?

Estaba casi seguro de que sabía lo que iba a decirme.

—¿Sí, Giselle?

—Me gustaría volver al hospital durante un tiempo. Quiero averiguar lo que sabe realmente.

—¿Sobre los ovnis?

—Sobre todo. Quiero escribir un libro sobre eso.

—Giselle, sabe perfectamente que un hospital psiquiátrico no está abierto al ojo público. La única razón por la que la dejé trabajar aquí la última vez fue porque nos prestó un servicio de gran valor.

—Pero esta vez volvería a prestarles un valioso servicio, un servicio del que podría beneficiarse todo el mundo.

Giselle se acurrucó en la silla de vinilo negro situada frente a mi escritorio.

—Probablemente vaya usted a escribir otro libro sobre prot como paciente, ¿no? El mío será distinto. Quiero descubrir todo lo que sabe, catalogarlo, comprobarlo y ver qué puede aprender el mundo de sus conocimientos que, no me negará, tanto si cree usted que viene de K-PAX como si no, son indiscutiblemente notables.

Bajó la cabeza un instante y a continuación volvió a mirarme con esos ojos implorantes de cervatillo.

No me había convencido, pero tampoco estaba seguro de que fuera tan mala idea. Sabía que Giselle podía ser de gran ayuda en mi trabajo con prot (y quizá después con Robert).

—Le diré lo que haremos. Le daré mi permiso con dos condiciones.

Se desenroscó de golpe y se sentó, mirándome de frente como un cachorro a la espera de una golosina.

—Primera: sólo podrá entrevistar a prot una hora al día. A pesar de lo que siente por él, prot no está aquí para ayudarla a escribir un libro.

Asintió.

—Y segunda: tendrá que contar con su aprobación. Si no le interesa cooperar con usted, no hay más de qué hablar.

—De acuerdo. Pero si a él no le gusta la idea, podré seguir visitándole, ¿verdad?

—Durante las horas normales de visita y ateniéndose a las normas habituales del centro.

Naturalmente, Giselle sabía que nuestras normas eran de lo más flexibles y que podría hablar con prot casi todas las tardes y durante los fines de semana. (Puesto que manteníamos alejados del centro a periodistas y curiosos, era muy poco probable que prot recibiera la visita de alguien más.)

—¡Trato hecho! —soltó Giselle, levantándose y tendiéndome una mano diminuta, que estreché—. Y ahora, ¿puedo verle?

—Una cosa más —añadí mientras nos dirigíamos (Giselle iba dando saltitos a mi lado) a la segunda planta—. Intente averiguar cuándo piensa irse.

Le cambió la cara.

—¿Se va?

—No se preocupe, todavía tardará. Y cuando lo haga, piensa llevarse a bastante gente con él.

—¿Sí? ¿A quién?

—Eso es lo que me gustaría que averiguara.

Cuando llegamos a la segunda planta, encontramos a prot en la sala común rodeado de varios pacientes que parecían hablar a la vez. La media docena de gatos de la planta competían por hacerse un sitio y poder frotarse contra sus piernas. Rudolph, el autoproclamado «mejor bailarín de todos los tiempos», daba piruetas por la sala. Russell corría de acá para allá gritando: «¡Alabad al Señor! El maestro ha llegado». Milton, nuestro peripatético humorista, gritó: «¡Sillas para la armada permanente!». Otros murmuraban palabras incomprensibles, y mentalmente tomé nota de que más tarde debía preguntar a prot si era capaz de entender algo de lo que farfullaban. También había regalos: mantequilla de cacahuete y fruta (que, gracias a su visita previa, se sabía que eran sus favoritas), y el hilo invisible, un talismán imaginario que había aparecido sobre la hierba un día de llovizna cinco años antes junto al «azulejo de la felicidad».

Cuando prot vio a Giselle, se separó del grupo y se acercó a ella con los brazos extendidos. La abrazó calurosamente y luego dio un paso atrás y se la quedó mirando en silencio a los ojos. No había duda de que prot se acordaba de ella, y con cariño.

Como tenía otras obligaciones que atender, los dejé a solas y corrí a encontrarme con mi primer paciente del día.

Cuando llegué a mi consulta me encontré con los señores Rodrigo y Kowalski que esperaban en la puerta con Michael, un hombre blanco de veintidós años que había intentado suicidarse al menos en tres ocasiones antes de llegar al IPM.

Él no es el único. El índice de suicidios en Estados Unidos y en otros muchos países ha aumentado espectacularmente durante los últimos años, especialmente entre los jóvenes, y al parecer nadie encuentra una explicación satisfactoria a este trágico fenómeno. Existen muchas razones que pueden llevar a una persona a querer quitarse la vida —el estrés, la aflicción, la depresión, fracaso en nuestras expectativas, sentimientos de desesperación—, pero ninguna de ellas es en sí misma la causa primera de una tendencia suicida (son muy pocos los casos de individuos deprimidos o afligidos que intentan suicidarse). Como ocurre con todos los problemas médicos, cada caso debe tratarse por separado. El terapeuta debe intentar determinar la causa que provoca los sentimientos autodestructivos en el paciente, y ayudarle a lidiar con ellos proponiendo soluciones más razonables a las raíces de su sufrimiento.

Michael, por ejemplo, se considera responsable de la muerte de su hermano gemelo e intenta desesperadamente «quedar en paz con él». Aunque es cierto que fue su mano la que desató los acontecimientos que llevaron a la muerte de su hermano, fue un accidente que podría haberle ocurrido a cualquiera. Sin embargo, no he podido convencerle de eso, ni tampoco he conseguido absolverle de sus profundos sentimientos de culpa y de responsabilidad («¿Por qué él y no yo?»).

Pero Mike lleva esta lógica aún más lejos que la mayoría. Se siente responsable del destino de todos aquellos que se han cruzado alguna vez en su vida, temeroso de haber desatado una reacción en cadena de acontecimientos catastróficos. Normalmente se mantiene a cierta distancia de mí y del resto, evitando el contacto visual y hablando lo mínimo.

Esta vez fue diferente. A pesar de que, como era habitual en él, venía desaseado y mal vestido, entró en la consulta muy animado (teniendo en cuenta su habitual estado de ánimo). Incluso intentó sonreír. Tomé buena nota del cambio, con la esperanza de que se tratara de un verdadero cambio en su actitud hacia la vida. Y entonces comprendí. Había oído hablar de prot y estaba ansioso por conocerle.

—No se preocupe —añadió, mirándome a los ojos—, no pienso intentarlo de nuevo hasta haber hablado con el tipo de K-PAX.

Cuando le miré con la duda escrita en mi cara, llegó a sonreír y levantó un brazo lleno de cicatrices en ademán de saludo:

—Palabra de boy scout.

Existe en psiquiatría un viejo axioma: «No te fíes nunca de un suicida animado». Sabía que Michael hablaba en serio y que probablemente esperaría a escuchar de labios de prot la posible solución a sus problemas. Pero desde luego yo no tenía la menor intención de reducir su vigilancia, ni pensé por un momento en sacarle de la tercera planta para trasladarle a una de las dos plantas inferiores.

Mientras me preguntaba a mì mismo qué podría hacer prot [o por algún otro] de pronto me di cuenta de que su regreso nos enfrentaba a otro dilema. Todos los pacientes habían oído hablar de la anterior visita de prot y tenían puestas sus esperanzas, quizá demasiadas, en que él sería capaz de dar muerte a todos los dragones que los atenazaban, como ya había hecho antes con muchos de los antiguos pacientes. No podía dejar de preguntarme: ¿qué pasaría con un paciente como Michael, cuyas últimas esperanzas se desvanecerían si prot no conseguía estar a la altura de tan altas expectativas?

Esa misma tarde ordené mi escritorio, o por lo menos lo intenté —de hecho, cuando terminé seguía tan abarrotado como antes—, y encontré un informe que debía haber leído hacía dos semanas. Empecé a leerlo, pero en lo único que podía pensar era en mi siguiente sesión con prot. A pesar de que él acababa de volver, yo ya estaba agotado. Es en momentos así cuando me planteo muy en serio pedir la jubilación anticipada, una posibilidad que mi esposa no duda en recordarme cada vez que puede.

Mucha gente piensa lo siguiente sobre los psiquiatras, y quizá sobre los médicos en general: trabajamos cuando nos apetece, nos tomamos largos fines de semana, pasamos mucho tiempo de vacaciones, e incluso cuando estamos en la consulta no trabajamos de verdad, y encima cobramos minutas astronómicas. No es así, créanme. Es un trabajo que comprende las veinticuatro horas del día. Incluso cuando no estamos atendiendo a nuestros pacientes o no estamos de guardia, no dejamos de revisar historiales mentalmente, con la esperanza de recordar algo que hayamos olvidado y que sirva de ayuda para paliar el sufrimiento de algún individuo. Y el estrés al que nos vemos sometidos ante la posibilidad de cometer algún error también supone un alto precio. A menudo dormimos poco, comemos demasiado, no hacemos apenas ejercicio…, todas esas cosas que desaconsejamos a diario.

Terminé revisando una vez más el historial completo de prot, aunque desgraciadamente no se me ocurrió nada nuevo. Sabía que no iba a dormir mucho esa noche, ni las siguientes, hasta que Robert apareciera y, juntos, exorcizáramos los demonios que, atronadores, rugían en los rincones más profundos de su atormentada mente.

Sesión decimoctava

La mañana en que iba a tener lugar la siguiente sesión con prot recibí una llamada de Charlie Flynn, el astrónomo de Princeton y colega de Steve, mi yerno, que estaba estudiando el sistema planetario del que prot afirmaba proceder. Su voz me recordó el chirrido de una rueda.

—¿Por qué no me has dicho que ha vuelto? —exigió, sin ni siquiera un simple «Hola»—. Yo...

—¡Alto ahí! Tienes que comprender que prot es paciente mío. No está aquí para que tú ni nadie os aprovechéis de él.

—No estoy de acuerdo con eso.

—¡Eso no es algo que debas decidir tú! —le solté. No había dormido bien esa noche.

—¿Quién toma esas decisiones? Prot puede proporcionarnos muchísima información. Lo que hemos aprendido de él ya ha cambiado nuestra forma de pensar sobre ciertos problemas astronómicos, y no me cabe la menor duda de que no hemos hecho más que rascar la superficie. Le necesitamos.

—Me debo a mi paciente, no al mundo de la astronomía.

Se produjo una breve pausa mientras él reconsideraba su punto de vista.

—Claro, claro. Mira, no te estoy pidiendo que le sacrifiques en el altar de la ciencia. Lo único que te pido es que nos dejes hablar con él cuando no esté en plena terapia o como quiera que lo llames.

Entendí su postura y, sin duda, la cantinela empezaba a resultar-
me familiar.

—Te propongo algo —le dije.

—Oh, no. Darle una lista de preguntas como la última vez no
será suficiente.

—Si te dejo hablar con él cara a cara tendré a todos los astróno-
mos del país llamando a la puerta.

—Pero fui yo quien llamó primero.

—No, no es verdad. Alguien se te adelantó.

—¿Qué? ¿Quién?

—La reportera que nos ayudó a descubrir su pasado hace cinco
años. Giselle Griffin.

—Oh, ella. Pero, ¿qué tiene que ver ella con todo esto? No es
científica, ¿no?

—Sea como fuere, esta es mi propuesta: tú y los demás podréis
hablar con él teniéndola a ella como mediadora. ¿Te parece acepta-
ble?

Otra pausa.

—Esta es mi contraoferta. Acepto tu propuesta si puedo hablar
directamente con él una sola vez. También nosotros nos implicamos
en esto hace cinco años y ayudamos a identificar a prot como un verdadero sabio, ¿te acuerdas?

—De acuerdo, pero tendrás que vértelas con ella. Tiene a prot
en exclusiva una hora al día.

—¿Cómo la localizo?

—Le pediré que se ponga en contacto contigo.

Colgó después de farfullar algo sobre los reporteros. Llamé de
inmediato a la jefa de nuestro equipo de secretarias para pedirle que
desviara a Giselle todas las llamadas que solicitaran información sobre prot.

—¿Eso incluye el montón de cartas que hemos recibido durante
los últimos cinco años?

—Todo —le dije, ansioso por quitarme de encima aquel asunto.

* * *

Cuando el artículo de Giselle sobre prot se publicó en 1992, precipitó una avalancha de llamadas y cartas al hospital. La mayoría pedían información sobre el planeta de donde provenía prot e instrucciones para llegar hasta allí. Cuando tres años después K-PAX fue descubierto, de todos los rincones del mundo volvieron a llegar miles de solicitudes. Al parecer, había muchísima gente que deseaba encontrar alguna forma —que no fuera la del suicidio— de abandonar el planeta. Como no disponíamos de respuestas a sus preguntas, la mayoría de cartas fueron archivadas sin haberles dado respuesta.

Por otro lado, todas las solicitudes de copias del «informe» de prot, una valoración de la vida en la Tierra y su sombrío pronóstico sobre el futuro del *Homo sapiens*, han sido debatidas en profundidad. Este tratado, «Observaciones preliminares sobre B-TIK (RX 4987165.233)», ha generado ciertas controversias entre los científicos, muchos de los cuales creen que su predicción de nuestra inminente desaparición es claramente exagerada, que sólo a un loco se le ocurriría exigir el fin de los hábitos sociales establecidos que, según prot, alimentan el fuego de nuestra autoinmolación.

En cuanto a mí, tomo el informe de prot y el resto de sus observaciones y declaraciones por lo que son: manifestaciones de un hombre extraordinario y capaz de utilizar parte(s) de su cerebro a las que el resto de nosotros, excepto, quizás, aquellos que sufren de otras formas del síndrome del sabio, no tenemos acceso. Sin embargo, en el caso de prot, una porción sustancial de su cerebro pertenecía a otra persona: Robert Porter, su alter ego. Era Robert, un paciente desesperadamente enfermo, a quien yo tanto necesitaba y deseaba ayudar, incluso a costa del propio prot.

—¡Melocotones! —exclamó prot cuando entró en mi consulta. Llevaba su atuendo favorito: camisa vaquera azul celeste y pantalones de pana a juego—. ¡No he vuelto a probarlos en todos estos años! Me refiero a *sus* años, claro.

Me ofreció uno y a continuación abrió bien la boca para darle un mordisco a una pieza madura. Soltó un chorro de saliva que recorrió la mitad de la sala.

Esa era una de las pocas frutas cuyas semillas prot no consumía. Le pregunté por qué.

—Son dañinas para los dientes —explicó, escupiendo uno de los huesos de melocotón en el cuenco—. Una mina para los dentistas.

—¿Tienen dentistas en K-PAX?

—Dios no lo permita.

—Menuda suerte.

—La suerte no tiene nada que ver.

—Mientras sigue usted comiendo, permítame preguntarle: ¿tiene en mente escribir otro informe sobre nosotros?

—No —replicó con un sonoro sorbido—. No a menos que se hayan producido cambios relevantes desde mi última visita.

Hizo una pausa y posó sobre mí su mirada inocente y sincera.

—No los ha habido, ¿verdad?

—¿Quiere decir en la Tierra?

—Es ahí donde estamos, ¿no?

—No, supongo que no ha habido cambios que usted fuera a considerar relevantes.

—Eso me temía.

—Aunque no hemos tenido guerras mundiales —dije alegremente.

—Sólo la habitual docena de guerras locales.

—Pero eso ya es un avance, ¿no cree?

Me respondió con una sonrisa maliciosa, aunque de hecho parecía más un animal enseñando los dientes.

—Esa es una de las cosas curiosas de este lugar. Matan ustedes a millones y millones de seres cada día, y si matan a unos cuantos menos al día siguiente, casi se parten los brazos de tanto darse palmaditas en la espalda. En K-PAX ustedes los humanos resultan de lo más divertido.

—Vamos, prot, no matamos a «millones y millones» de personas cada día.

—No he dicho «personas».

Otro hueso de melocotón volvió a tintinear en el cuenco como el alegre repique de una campana.

Había olvidado que prot daba a todos los animales idéntica importancia, incluidos los insectos. Decidí cambiar de tema.

—¿Ha hablado con alguno de los demás pacientes desde la última vez que nos vimos?

—En realidad han sido ellos quienes han hablado conmigo.

—Supongo que todos quieren irse con usted.

—No todos.

—Dígame: ¿es usted capaz de comunicarse con todos los pacientes de la segunda planta?

—Claro. También usted podría, si lo intentara.

—¿Incluso con los que no hablan?

—Todos hablan. Sólo hay que aprender a escucharlos.

Desde hace tiempo creo que si pudiéramos entender lo que ciertos pacientes ininteligibles dicen (por ejemplo, en qué difieren sus pensamientos de los de la gente normal), podríamos aprender mucho acerca de la naturaleza de sus dolencias.

—¿Qué me dice usted de los esquizofrénicos? Me refiero a aquellos que hablan como a trompicones. ¿Puede entender lo que dicen?

—Desde luego.

—¿Cómo lo hace?

Prot levantó las manos.

—¿Recuerda la cinta que me hizo escuchar hace cinco años? ¿La de las canciones de las ballenas?

—Sí.

—¡Vaya memoria! Bien, ahí tiene usted la respuesta.

—No lo…

—Tiene que dejar de tratar a sus pacientes como si fueran copias en papel carbón de usted mismo. Si los tratara como a seres humanos de los que puede usted aprender algo, lo conseguiría.

—¿Puede ayudarme a conseguirlo?

—Podría, pero no lo haré.

—¿Por qué no?

—Tiene que aprenderlo por usted mismo. Le sorprendería ver lo fácil que es si consigue olvidar todo lo que le han enseñado y empezar de cero.

—¿Está usted hablando de mis pacientes, o vuelve a hablar de la Tierra?

—Es lo mismo, ¿no cree?

Apartó el cuenco lleno de huesos y se quedó mirando el techo profundamente concentrado, como si nada en el mundo le importara.

—¿Y qué pasa con Robert? —pregunté.

—¿Qué pasa con él?

—¿Ha hablado con él en las últimas horas?

—Todavía no habla mucho, pero…

—Pero… ¿qué?

—Tengo la sensación de que está listo para cooperar con usted.

Me incorporé en la silla, tensando la espalda.

—¿De verdad? ¿Cómo lo sabe? ¿Qué le ha dicho?

—No ha dicho nada. Es sólo la sensación que tengo. Parece como si… no sé, como si estuviera un poco cansado de esconderse. Cansado de todo.

—¿De todo? No estará pensando en…

—No. Creo que lo que le pasa es que está cansado de estar cansado.

—Me alegra oír eso.

—Supongo que es lo que ustedes llaman «progreso».

Le miré fijamente durante un instante, preguntándome si Robert estaría dispuesto a aparecer incluso sin tener que recurrir a la hipnosis.

—No está tan cansado, gene —apuntó prot.

Sentí cómo se me encogían los hombros.

—En ese caso, empezaremos ahora mismo. Si está usted listo.

—Cuando usted quiera.

—Bien. ¿Se acuerda del pequeño punto que hay en la pared, detrás de mí?

—Por supuesto. Uno-dos-tres-cuatro-cinco.

Y se apagó como una luz.

—¿Prot?

—¿Sí, doctor b?

—¿Cómo se encuentra?

—Un poco ido.

—Qué gracioso. Veamos, ¿recuerda lo que ocurrió la última vez que hablé con usted en esta consulta?

—Naturalmente. Fue un día de mucho calor y usted sudaba muchísimo.

—Cierto. Y Robert no quería hablar conmigo, ¿se acuerda?

—Por supuesto.

—¿Quiere hablar conmigo ahora?

Hubo una pausa antes de que prot se repantigara de repente en la silla.

—¿Robert?

No hubo respuesta.

—Robert, la última vez que hablé con usted fue en circunstancias muy distintas. Desde entonces he podido averiguar por qué sufre tanto y quiero ayudarle a lidiar con ello. Esta vez no voy a prometerle nada. No será fácil, y tendrá que ayudarme. De momento, sólo quiero charlar con usted y conocerle mejor. ¿Me comprende? Limitémonos a hablar de los tiempos felices de su vida, o de cualquier otra cosa que prefiera. ¿Hablará conmigo ahora?

No hubo respuesta de su parte.

—Quiero que considere esta habitación como un lugar en el que se encuentra a salvo, donde puede sacar todo lo que tenga dentro sin miedo, culpa o vergüenza, sin que le pase nada, ni a usted ni a ninguna otra persona. Por favor, no lo olvide.

No hubo respuesta.

—Le diré lo que haremos. Tengo aquí cierta información sobre su pasado. Voy a leérsela y usted me detendrá si digo algo incorrecto. ¿De acuerdo?

De nuevo silencio, aunque creí percibir un ligero movimiento en la cabeza de Robert, como si intentara oír lo que le estaba diciendo.

—Bien. En el instituto era usted un magnífico luchador. Obtuvo un récord global de 26-8. Fue capitán de su equipo, y terminó segundo en el campeonato estatal durante su último año.

Robert no dijo nada.

—Fue un buen estudiante y ganó una beca para estudiar en la universidad estatal. Además, el Guelph Rotary Club le concedió una medalla por sus servicios a la comunidad en 1974. Fue subdelegado de su clase durante tres años seguidos. ¿Hasta aquí todo correcto?

Todavía ninguna respuesta.

—Usted, su esposa Sarah y su hija Rebecca vivieron en una caravana durante los siete primeros años de casados, y luego construye-
ron una casa en el campo, cerca de un bosque y de un pequeño río.
Seguro que era un lugar precioso. La clase de sitio donde me gustaría
retirarme algún día…

Miré a Robert y cuál fue mi sorpresa cuando le vi mirándome fijamente. No le pregunté cómo se encontraba. Parecía descompuesto.

—Lo siento —dijo con voz ronca.

No tuve muy claro por qué lo sentía. Podía referirse a un montón de cosas. Pero inmediatamente le dije:

—Gracias, Robert. Yo también lo siento.

Cerró de golpe los ojos y dejó caer de nuevo la cabeza. Aparentemente, sólo se había manifestado para ofrecerme esa patética dis-
culpa, o quizá para ofrecérsela al mundo. Le miré durante un instante, presa de la tristeza, antes de que estirara la espalda en la silla y se
desperezara.

—Gracias, prot.

—¿Por qué?

—Por… da igual. Muy bien, ahora voy a despertarle. Contaré al
revés, del cinco al uno. Se irá despertando poco a poco, y cuando llegué a…

—Cinco-cuatro-tres-dos-uno —canturreó—. Hola, doc. ¿Ya le
ha dicho algo rob?

Nota: cuando estaba despierto, prot no podía recordar nada de
lo que revelaba mientras estaba bajo los efectos de la hipnosis.

—Sí.

—¿En serio? Bueno, era sólo cuestión de tiempo.

—La pregunta es: ¿de cuánto tiempo disponemos?

—De todo el que precise.

—Prot, ¿sabe usted algo sobre Robert que yo no sepa?

—¿Como por ejemplo?

—¿Por qué se siente tan despreciable?

—Ni idea, doc. Probablemente tenga que ver con su vida en la
TIERRA.

—Pero, usted habla con él, ¿no?

—Sobre eso no.

—¿Por qué no?

—Porque él no quiere.

—Quizás ahora quiera.

—Yo no me haría demasiadas ilusiones.

—De acuerdo, por hoy puede irse. Vea si puede averiguar algo más sobre Robert y volveremos a encontrarnos el viernes.

—No se olvide de llenar el cuenco de fruta —me advirtió cuando salía de la consulta.

Estaba en el jardín trasero del centro, mirando un partido de bádminton en el que se jugaba sin volante, cuando Giselle vino corriendo hacia mí. No la había vuelto a ver desde su encuentro con prot dos días antes.

—¡Es como usted me había dicho! —jadeó—. ¡Sigue siendo el mismo!

Le pregunté si prot le había dicho cuándo pensaba irse.

—Todavía no —confesó—. ¡Pero no parece que tenga ninguna prisa!

Parecía totalmente alterada.

Insistí para que intentara averiguar cuándo ocurriría y le pedí que me lo hiciera saber lo antes posible.

—Pero hágalo con un poco de sutileza —añadí por hacer algún comentario.

No me sorprendió enterarme de que Giselle ya había revisado toda la correspondencia que el hospital había recibido en relación a prot y a K-PAX. Pero lo que sí me sorprendió fue saber que estaban empezando a llegar más cartas.

—Pero si nadie sabe que ha vuelto.

—¡Pues alguien se ha enterado! O quizá hayan previsto su regreso. Pero lo increíble es que muchas de las cartas iban dirigidas a «prot, c/o IPM», o a «prot, K-PAX». O al hospital, con una nota en la que decía: «Por favor, hágansela llegar». De hecho, algunas iban simplemente dirigidas a «prot», sin especificar ninguna dirección.

—Eso he oído.

—Pero, ¿no se da cuenta de lo que eso significa?

—¿Qué?

—Que mucha gente quería que sus cartas o sus llamadas llegaran directamente a prot y no a ninguna otra persona.

—¿No es eso lo que cabría esperar?

—No exactamente. Además, muchas cartas llevaban el membrete de PERSONAL Y CONFIDENCIAL.

—¿Y?

—Pues que creo que la mayoría de la gente no se fía de nosotros en lo que se refiere a las cartas. Yo tampoco me fiaría, ¿usted sí?

Quizá tuviera razón. Yo había leído las que iban dirigidas a mí, muchas de las cuales empezaban así: «¡Idiota!».

Sin parar de darle vueltas a la situación, Giselle añadió:

—Además, si no se las entrega a prot, puede meterse en un lío con la justicia.

—¿Cuál?

—Manipular la correspondencia de un ciudadano de Estados Unidos.

—No sea ridícula. Prot es aquí un paciente y tenemos todo el derecho a...

—Quizá debería consultarlo con su abogado.

—Puede que lo haga.

—No es necesario. Ya he hablado con él. Hubo un caso en mil novecientos ochenta y nueve en el que la evidencia obtenida a partir de la correspondencia de un paciente de una de las instituciones del Estado fue desestimada en un juicio por incautación e investigación ilegal. Además, se multó al hospital por manipular la correspondencia de su paciente. De todos modos —concluyó—, si, como usted parece creer, prot es parte de la personalidad de Robert, ¿qué mal hay en ello?

—No lo sé —contesté sinceramente, pensando más en Robert que en un montón de cartas dirigidas a Papá Noel o en lo que prot pudiera hacer con ellas—. De acuerdo. Pero dele sólo las que van específicamente dirigidas a él.

De pronto me sentía como uno de los criminales implicados en el caso Watergate intentando minimizar las consecuencias de sus actos, aunque no sabía si estaba tomando la decisión adecuada.

—Siguiente punto. Anoche me llamó el doctor Flynn.

—Ah, sí. Iba a pedirle a usted que le llamara.

—Supongo que no pudo esperar. De cualquier modo, lo he arreglado para que vea a prot.

—Pero no permita que le robe demasiado tiempo. No será esa la última llamada que usted reciba.

—Lo sé. Ya me han comentado algo sobre un experto en cetáceos y un antropólogo.

—Quizá sea suficiente por ahora…

—Ya veremos.

Salió dando saltitos, dejándome a solas con Jackie, una «niña» de treinta y dos años que estaba sentada sobre la tierra húmeda (habían regado el césped durante la hora del almuerzo) junto al muro que daba a la calle, haciendo un agujero y oliendo, extasiada, cada cucharada de barro antes de hacer con ella una bola y apilarla cuidadosamente sobre las demás. Se había manchado de tierra el labio superior, pero yo no tenía la menor intención de detenerla ni de sugerirle que fuera a lavarse la cara.

Como muchos de nuestros pacientes, Jackie cargaba con una trágica historia a sus espaldas. Se había criado en una granja de ovejas de Vermont y había pasado al aire libre casi todo el tiempo. Al haber sido educada en casa, aislada del contacto directo con otros niños, desarrolló un interés prematuro por la naturaleza en toda su variedad y colorido. Desgraciadamente, los padres de Jackie murieron en un accidente de automóvil cuando ella tenía nueve años y se vio obligada a vivir con una tía en Brooklyn. Casi inmediatamente después, en el patio de su nueva escuela, recibió por accidente un tiro en el estómago cuando un compañero de diez años intentaba vengar el asesinato de su hermano mayor. Cuando Jackie salió del hospital, estaba muda, y desde entonces no ha vuelto a decir una sola palabra ni ha crecido mentalmente. De hecho, una de las enfermeras todavía le hace trenzas, como solía hacer su madre cuando era niña.

Aunque su cerebro no sufrió ningún daño, nada de lo que hemos intentado con ella ha conseguido sacarla de su mundo imaginario, esa infancia que tanto amaba. Al parecer, vive en un estado hipnótico diseñado por ella misma del que no podemos despertarla.

Pero ¡cómo disfruta de su mundo! Cuando se divierte con un juguete o juega con alguno de los gatos, se dedica a ello en cuerpo y alma, concentrándose de tal modo en lo que hace, que llega a ignorar cualquier estímulo externo, casi como los autistas. Disfruta de una puesta de sol o viendo a los gorriones arracimarse en los ginkgos totalmente serena y embelesada. Es un placer verla comer con los ojos cerrados y haciendo ruiditos con la boca.

Yo albergaba la vaga esperanza de que, antes de volver a desaparecer, prot pudiera ayudar a pacientes como Jackie, Michael y algunos otros. Dios sabía que no estábamos haciendo mucho por ellos. Prot ya estaba siendo de bastante ayuda haciendo aparecer a Robert durante un instante, aunque sólo fuera para decir que lo sentía. Pero ¿por qué? Quizá no se sentía capaz de poder soportar todo el proceso, de cooperar en su propio tratamiento. O quizás era realmente lo que parecía: una señal de esperanza, un intento por comunicarse, un pequeño comienzo.

Esa misma tarde, iba a toda prisa a una reunión del comité cuando vi a prot en la sala de recreo hablando con dos de nuestros pacientes más patéticos. Uno de ellos es un chicano de veintisiete años que está obsesionado con que podría volar si simplemente se lo propusiera. Por supuesto, su escritor favorito es Gabriel García Márquez. Ni la medicación ni la psicoterapia pueden convencerle de que sólo los pájaros, los insectos y los murciélagos pueden elevarse en el aire, y se pasa la mayor parte del tiempo batiendo los brazos de una punta a la otra del césped, nunca elevándose más de medio metro del suelo.

¿Cómo llegó a caer en ese triste estado? Manuel era el menor de catorce hermanos. Como tal, era el último en meterse en la bañera, nunca conseguía acceder a la ración de comida que le correspondía, nunca tuvo ropa nueva, ni siquiera calzoncillos o calcetines. Para colmo, era el «enano» del grupo, ya que apenas medía un metro cincuenta. Consecuentemente, creció casi sin autoestima, y se consideraba un fracasado incluso antes de que su vida hubiera dado comienzo.

Por razones que sólo él conoce, se propuso una meta imposible:

volar. Decidió que si lo conseguía, lograría estar a la altura de los seres humanos que le rodeaban, a pesar de todos sus demás «fracasos». Lleva intentándolo desde que tenía dieciséis años.

El otro es un homosexual afroamericano. Le llamaré Lou. Lou está convencido de que está embarazado. ¿Qué le hace pensar eso? Si se lleva la mano al abdomen, puede sentir el pulso de su bebé. Arthur Beamish (que también es gay), el médico que lleva su caso y nuestro psiquiatra más novel, no ha sido capaz de convencerle de que el abdomen de cualquier persona tiene pulsos a causa del latido de la aorta abdominal y de otras arterias, o de que la fertilización en un hombre es imposible debido a que carece de un componente fundamental del sistema reproductor, es decir, el óvulo.

¿Qué le ha llevado a tan extraña concepción? Lou tiene la mente de una mujer presa en el cuerpo de un hombre, un problema de identidad sexual nada infrecuente conocido como transexualidad. Cuando era niño le encantaba ponerse la ropa de su hermana mayor. Su madre, que no estaba casada y que tenía sus propios problemas, le animaba a que se comportara así e insistía para que orinara sentado sobre la taza del retrete. La verdad se descubrió cuando Lou cumplió doce años, durante una revisión médica en la escuela. Para entonces la sexualidad de Lou estaba ya firmemente asentada en su cabeza. Cierto, Lou se refiere a sí mismo como «ella», algo que el personal del centro intenta evitar porque sólo consigue empeorar las cosas. Extrañamente, un tumor benigno en la vejiga le provocó leves pérdidas de sangre, hecho que él utilizaba para «probar», por lo menos ante sí mismo, que estaba menstruando.

A pesar de ser víctima de constantes abusos verbales en el instituto, Lou mantuvo contra viento y marea sus rasgos femeninos llevando falda y sujetador, usando maquillaje, etcétera. Naturalmente, se ponía relleno en los sujetadores, pero también lo hacían muchas de las chicas. Después de graduarse, él y su madre se mudaron a otro Estado donde nadie los conocía y donde la identidad de Lou no se veía amenazada. Consiguió un trabajo de secretaria en una gran empresa, y al poco tiempo se enamoró de un hombre, que se dio cuenta de la sombra que le oscurecía el mentón a última hora de la tarde un día que bajaban en el ascensor. El encuentro desató una apasionada rela-

ción entre ambos y, apenas unos meses después, las pérdidas de sangre en la orina desaparecieron y Lou entendió que eso quería decir
que estaba embarazado. Estaba arrebatado. Deseaba como nada en el
mundo tener un hijo para así validar su existencia. Casi inmediatamente después empezó a padecer náuseas matinales, dolores abdo-
minales, fatiga y todo lo demás. Desde entonces, lleva siempre pren-
das premamá.

El «padre» de su hijo, asustado ante algo que no comprendía,
convenció a Lou para que buscara ayuda psiquiátrica, y así Lou terminó con nosotros, en el IPM. De eso hace seis meses, y «saldrá de
cuentas» en unas semanas. Lo que ocurra cuando llegue ese momento es foco de conjeturas y de preocupación entre el personal del centro y entre los pacientes. Sin embargo, Lou espera la llegada de ese
día con sublime ansiedad, como les ocurre a algunos de los pacientes,
que ya han empezado a sugerir posibles nombres para el futuro bebé.

Sesión decimonovena

—Creo que ya sé qué enfoque darle a mi libro —anunció Giselle cuando yo salía de mi despacho.

—Voy a una reunión. ¿Quiere que caminemos?

—Claro.

Me alcanzó y caminó junto a mí dando rápidos pasitos.

—¿No iba a escribir sobre los viajes espaciales? ¿Sobre los ovnis? ¿Sobre hombrecillos verdes?

—No, exactamente. El primer capítulo tratará de la vida extraterrestre. El segundo será una adaptación de mi artículo sobre los ovnis. Estoy hablando de los capítulos restantes.

—¿Le ha preguntado sobre los ovnis?

—Sí.

—Ya veo, ¿y qué piensa él?

—Dice que no existen.

—¿Cómo lo sabe?

—Dice que sería como dar un billón de vueltas a la Tierra montados en un saltador.

—Entonces, ¿cómo explica que haya tanta gente que dice haberlos visto?

—Confunden el deseo con la realidad.

—¿Cómo?

—Dice que, aunque las naves alienígenas no existan, hay muchos humanos que desearían creer lo contrario.

Klaus Villers se unió a nosotros.

—Hola, Klaus. ¿Cómo piensa enfocar los demás capítulos, Giselle?

—Me propongo averiguar si prot tiene o no poderes especiales. Si tiene *uno,* quizá haya más.

—¿Se refiere usted a cosas como que puede viajar a la súper velocidad de la luz? ¿Ese tipo de cosas?

—Exacto. Pero hay otras.

—¿Como por ejemplo?

—Bueno, ambos sabemos que puede hablar con los animales, ¿no?

—Espere un momento. Él dice que puede hablar con los animales, pero ¿cómo saber si es cierto?

—¿Alguna vez le ha mentido?

—Eso no tiene nada que ver. Prot quizá crea que puede hablar con ellos, pero no es un hecho, como tampoco lo es nada de lo que él diga y que nosotros no podamos verificar.

—Yo le creo.

—Está en su derecho.

—De todos modos, voy a intentar averiguar si puede hacerlo. Si puede, quizás esté diciendo la verdad en todo lo demás.

—Puede que sí y puede que no. Pero ¿cómo se propone averiguarlo?

—Voy a pedirle que hable con algunos animales de cuya historia tenemos algunos datos y que me cuente lo que le hayan dicho.

—Que yo sepa, los gatos son lo único que tenemos.

—Ya es algo. Pero todos proceden del depósito de animales y sabemos muy poco acerca de ellos. Además, los gatos nunca dicen mucho. Tengo una idea mejor.

Nos detuvimos frente a la puerta del anfiteatro.

—Aquí debemos despedirnos.

Pensé que el doctor Klaus entraría, pero también él se detuvo.

—¿Y bien? ¿Qué se le ha ocurrido?

—Quiero llevarle al zoo.

—¡Giselle! Sabe que no podemos permitirle que lleve a prot al zoo ni a ninguna otra parte.

—No, lo que he pensado es convertirlo en una excursión para todos los pacientes de la primera y segunda plantas, o para todos aquellos que usted crea que pueden desear apuntarse.

Oí gruñir a Villers, aunque no logré saber si se trataba de una respuesta positiva o negativa.

—Mire, tenemos que entrar a la reunión. Deje que lo piense.

—Vale, jefe. Pero sabe perfectamente que es una buena idea.

Y se marchó, medio caminando, medio corriendo, presumiblemente en busca de prot. Villers siguió mirándola, viendo cómo se alejaba.

No presté demasiada atención a la reunión del comité ejecutivo, que tuvo mucho que ver con diferentes formas de recortar el presupuesto a raíz de las reducciones que el Gobierno había aplicado a los tratamientos y a la investigación. No podía dejar de pensar en las supuestas habilidades «superhumanas» de prot. ¿Qué había hecho en realidad que resultara tan increíble? Era cierto que sabía mucho de astronomía, pero también era un experto el doctor Flynn y mucha otra gente. De algún modo había conseguido llegar de su habitación a la de Bess delante de nuestras narices hacía cinco años. Pero eso podía haber sido algún truco de hipnosis, o simple falta de atención por nuestra parte. El único talento inexplicable que de verdad poseía era su habilidad para «ver» la luz ultravioleta, pero incluso eso no había sido comprobado rigurosamente. Ninguno de esos «poderes» indicaba un origen extraterrestre. De cualquier modo, mi mayor preocupación era Robert y no prot.

Cuando terminó la reunión, Klaus me detuvo en el vestíbulo.

—Debeguíamos intentag que Giselle dejaga de escgibig ese libgo —susurró.

Quizá debido a la influencia de prot, decidí almorzar en la segunda planta. Betty y un par de enfermeras se unieron a nosotros.

Todos esperaron a que me sentara. Prot ocupó su lugar en la cabecera de la mesa y todas las miradas se fijaron en él cuando empezó a dar cuenta de las verduras que tenía en el plato. Ni que decir tiene que, a diferencia de algunos de sus más apegados seguidores, se negó a comer «perritos calientes». Tampoco probó la gelatina de lima, con el comentario de que podía «oler la carne» que contenía. Frankie, que ya estaba considerablemente obeso, no dudó en liberarle de los restos de su plato, engulléndolos al ritmo de varios ruidos corporales.

Recorrí con la mirada las desafortunadas almas que estaban sentadas a la mesa, algunas de las cuales llevaban allí casi toda la vida, e intenté imaginar cómo debían ser sus mundos. Russell, por ejemplo, a pesar de que en los últimos cinco años había mejorado mucho de los delirios en los que se tomaba por un ser semejante a Cristo, seguía siendo incapaz de mantener una conversación normal. En vez de eso prefería citar innumerables pasajes de la Biblia. Yo no conseguía meterme en su cabeza e imaginar una vida tan limitada, tan falta de alegría.

Y Bert. Qué existencia tan frustrante, qué eternidad de pesar y de preocupaciones. ¿Qué había en su cerebro que le impedía lidiar con la pérdida indeterminable y seguir adelante con su vida? Fuera lo que fuese, había encontrado fácil solución a todos sus problemas, como casi todos los presentes, con un viaje a K-PAX, donde dificultades como la suya no existían. De hecho, Betty me dijo antes del almuerzo que los pacientes no se cansaban de oír hablar de aquel lugar.

—Es como la historia de Lenny y los conejos —dijo (Betty ha leído más de una vez todas las novelas de Steinbeck).

Cuando terminamos de almorzar, Milton se levantó y dio unos golpecitos en la mesa.

—El otro día fui al médico —dijo con evidente sarcasmo. Algunos de los presentes se reían ya disimuladamente—. Le dije que quería que me viera alguien que supiera lo que hacía. Sacó pecho y me dijo: «Llevo en la práctica de la medicina más de cincuenta años». Le respondí: «¡Volveré cuando por fin haya aprendido!»

Todos me miraban, riendo tontamente, a la espera de mi reacción. ¿Qué otra cosa podía hacer aparte de reírme yo también?

Seguía pensando en posibles estrategias para conseguir que Robert se quedara conmigo un rato cuando entró prot, listo para nuestra decimonovena sesión.

—¿Por qué no me ha dicho nada sobre las cartas? —inquirió con picardía mientras hacía ademán de ir a coger una fruta del cuenco.

—Iba a hacerlo —respondí—. Tan pronto como creyera que estaba preparado para lidiar con ellas.

—Muy interesante —replicó, mordiendo un caqui.

—¿Qué? ¿Las cartas?

Se le arrugó la boca mientras masticaba.

—¿No le parece increíble que tantos seres quieran abandonar este PLANETA? ¿No le dice eso nada?

—Me dice que tenemos nuestros problemas. Pero, después de todo, la Tierra tiene una población de seis mil millones de personas, y sólo unos cuantos miles le han llamado o le han escrito.

Recuerdo que mi respuesta me hizo sentir bastante orgulloso de mí mismo.

—Es muy probable que eso se deba a que son los únicos seres que han leído su libro o el artículo de Giselle. En su MUNDO, casi nadie lee mucho, por no decir nada.

Prot dio cuenta del caqui y cogió otro.

—No tenemos nada parecido en K-PAX. ¡Debería ver qué aspecto tienen a la luz ultravioleta!

Chasqueó los labios con fuerza y se quedó mirando la fruta con aire pensativo.

—¿Piensa contestarles?

—¿A los caquis?

—No, maldita sea. Me refiero a las cartas.

—Lo intentaré. La mayoría serán cartas de condolencia, naturalmente. Sólo puedo llevarme conmigo a cien seres cuando regrese a K-PAX, ¿lo recuerda?

—¿A cuántos ha seleccionado hasta ahora?

—Vamos, gene, sabe muy bien que si le doy la mano querrá usted tomarse el brazo.

—O sea, que no piensa decírmelo. Y tampoco me dirá cuándo piensa regresar. Debo confesarle, prot, que me entristece mucho que continúe sin fiarse de mí.

—Mientras sigamos los dos siendo así de sinceros y de directos, doctor b, quizá pueda usted aclararme por qué los seres humanos se lo toman todo como algo personal.

—Hagamos un trato: responderé a su pregunta si usted me dice cuánto tiempo piensa quedarse entre nosotros.

—Ni hablar. Pero no se preocupe, todavía me quedaré un tiempo. Tengo que solucionar lo de las cartas y debo además ocuparme de unos cuantos asuntillos…

Se tragó lo que le quedaba de la fruta y apoyó la espalda en el respaldo de la silla, sin dejar de chasquear los labios.

—¿Preparado, doc?

A veces me sentía como si yo fuera el paciente y prot el médico.

—Casi. Antes me gustaría hablar con Robert.

Sin decir una sola palabra sus ojos se cerraron y hundió la cabeza en el pecho.

—¿Robert?

No hubo respuesta.

—Robert, ¿puede oírme?

Si podía, no dio ninguna muestra de ello. No había necesidad de perder más tiempo. Era obvio que todavía no estaba preparado para cooperar, al menos no sin la ayuda de la hipnosis.

—Muy bien, prot, ahora puede volver en usted.

—Tengo la lengua como si fuera algodón —declaró.

—Eso son los caquis. De acuerdo, creo que ahora estamos listos.

Se quedó mirando el pequeño punto blanco pintado en la pared situada detrás de mí.

—Qué fruta tan rara. Uno-dos-tres-cuatro…

Esperé hasta estar seguro de que prot había caído en trance.

—Puede mantener cerrados los ojos durante un rato, prot.

—Lo que usted diga, gino.

—Bien. Ahora me gustaría que dejara hablar a Robert, por favor. ¿Rob? ¿Puede oírme?

La cabeza volvió a caerle sobre el pecho.

—Robert, si puede oírme, asienta con la cabeza, por favor.

Asintió casi imperceptiblemente.

—Gracias. ¿Cómo se encuentra?

—No demasiado bien —murmuró.

—Lo siento. Espero poder ayudarle a que pronto se encuentre usted mejor. Le ruego que me escuche y que confíe en mí. Recuerde que aquí está a salvo.

No hubo respuesta.

—Había pensado que hoy podríamos hablar un poco sobre su infancia. Sobre su familia y su niñez en Montana. ¿Le parece bien?

Un leve encogimiento de hombros.

—Muy bien. ¿Puede abrir los ojos, por favor?

Los abrió de golpe, pero evitó mi mirada.

—¿Por qué no me habla un poco de su madre?

Con voz clara y suave:

—¿Qué quiere saber?

—Cualquier cosa que quiera contarme. ¿Es buena cocinera?

Pareció sopesar cuidadosamente su respuesta, o quizás estuviera simplemente intentando decidir si responder o no.

—Bastante buena —dijo.

No pude por menos que entusiasmarme ante aquella simple respuesta. Fue dicha con voz monótona y mortecina, pero representaba un tremendo adelanto, un giro que, según había temido, podía llegar tras semanas de persistentes engatusamientos. ¡Robert hablaba!

El resto de la sesión transcurrió entre constantes vacilaciones, pero Robert pareció sentirse más cómodo cuando charlamos sobre algunos de los elementos básicos de su infancia: sus hermanas, sus amigos, sus primeros años de escuela y sus actividades favoritas: la lectura, los rompecabezas, y observar a los animales en los prados situados detrás de la casa. Su niñez preadolescente parecía perfectamente normal. Lo único que rompía esa normalidad era que había perdido a su padre cuando tenía seis años (momento en que prot hizo su primera aparición), aunque no quise mencionarlo en esa sesión. Sólo deseaba ganarme la confianza de Robert y conseguir que se sintiera cómodo hablando conmigo. El verdadero trabajo vendría después.

La conversación finalizó después de que Robert me relatara un día memorable que había pasado, a la edad de nueve años, vagando por los campos con *Apple*, su perro grandote y lanudo. Tenía la esperanza de que si terminábamos la sesión con aquel apunte feliz, Robert se mostraría menos reacio a aparecer la próxima vez. Pero antes de volver a llamar a prot intenté algo que jamás pensé que pudiera funcionar. Cogí un pequeño silbato que había llevado a la consulta para la ocasión y solté un fuerte pitido.

—¿Ha oído eso?

—Sí.

—Bien. Siempre que oiga este sonido quiero que aparezca, no importa donde esté o lo que esté haciendo. ¿Entendido?

—Sí.

—Bien. Ahora me gustaría hablar con prot, si no le importa. Gracias por venir, Robert. Le veré más tarde. Cierre los ojos, por favor.

Así lo hizo.

Esperé un instante.

—¿Prot? Por favor, abra los ojos.

—Buenas, gene. ¿Qué hay de nuevo?

—¿Todo lo que no sea viejo?

—¡Doctor brewer! ¡Sí que tiene usted sentido del humor!

—Muchas gracias. Ahora relájese. Voy a contar a partir de cinco y...

—Cinco-cuatro-tres-dos... ¡Vaya! ¡Ya hemos terminado!

—Sí. ¿Cómo lo ha sabido?

—Es una sensación que tengo a veces. Como si me hubiera perdido algo.

—Sé a qué se refiere.

Se levantó para marcharse.

—Gracias por esa fruta tan interesante. Quizá me lleve algunas semillas cuando me vaya.

—Llévese todas las que quiera. Por cierto, ayer le vi hablando con Lou. ¿Tiene alguna sugerencia acerca de lo que podríamos hacer con él?

—Creo que sería aconsejable practicarle una cesárea.

Nuestro hijo Will pasó el último fin de semana de vacaciones en casa con nosotros. Pronto se mudaría a una residencia de estudiantes de la universidad de Columbia, donde estaría durante el trimestre de otoño. Como estudiante de medicina había estado trabajando de enfermero en el IPM durante los meses de verano.

Cuando, hace cinco años, visitó el hospital por primera vez y conoció a Giselle, Will anunció inmediatamente que quería ser periodista. Con el paso del tiempo ese entusiasmo inicial fue desdibujándose, como suele ocurrir con los intereses propios de la juventud, y tras volver varias veces al hospital, declaró su intención de seguir los pasos de su padre en el campo de la psiquiatría. Estoy feliz y muy orgulloso de que haya hecho esa elección, no sólo porque seguirá con la tradición familiar, sino porque tiene un don natural para tratar con los pacientes.

De hecho, fue Will quien resolvió un desconcertante problema con el que nos encontramos a principios del verano: un hombre ya entrado en años que fingía estar tomando su medicación y que en realidad urdía planes y métodos de gran inteligencia para engañar a las enfermeras. Will le descubrió, pero, mostrando una capacidad de comprensión impropia de su edad, no intentó forzar al hombre a que tomara sus pastillas ni tampoco le denunció por no hacerlo. En vez de eso, habló con él largo y tendido sobre el asunto hasta que por fin descubrió que el pobre anciano le tenía pánico a meterse en la boca cualquier cosa que fuera de color rojo. Cuando le administramos la medicación en cápsulas blancas, el paciente volvió a casa con su familia al cabo de dos semanas.

Aparte de sus obligaciones habituales, Will se ha autoimpuesto en estos momentos descifrar las incoherencias de un joven paciente esquizofrénico que (según cree Will) intenta comunicarse con nosotros mediante cierto código que nadie es capaz de descifrar. Casi todo lo que dice parece ser sólo una charla incoherente. Pero de vez en cuando, después de una de sus declaraciones totalmente carentes de sentido, le da unas cuantas chupadas a un cigarro imaginario y vuelve a repetir su discurso dos o tres veces. He aquí una de las oraciones de Dustin (¿quizás algún tipo de poesía?), expresada con cuatro chupadas a su cigarro y cuatro repeticiones, y cuidadosamente grabada por Will:

La vida es muy divertida cuando te gustan las berzas pero ten cuidado cuando encuentres una caja amarilla llena de cangrejos o de caca de avestruz porque en ese momento el mundo se detendrá y nunca podrás estar seguro de si es ahí donde alguien dice que debes conformarte porque no va a ser allí donde aprendas a ser agradecido o a cometer errores cuando salgas…

¿Acaso eran las berzas un fetiche para Dustin, o había tenido un desafortunado encuentro con algún cangrejo o con un avestruz? ¿Y sería el cigarro un símbolo fálico? Nos quedamos contemplando aquel despropósito durante una hora después del almuerzo hasta que Karen nos echó al jardín para que practicáramos algunos lanzamientos a canasta y jugáramos con los perros y nos olvidáramos así un rato del trabajo. Pero Will quería saber más sobre los otros esquizofrénicos y sobre la naturaleza de la aflicción en general, a la que él llamaba «personalidad dividida».

—Lo primero que deberías saber sobre la esquizofrenia es que, aunque literalmente signifique «cerebro dividido», no es lo mismo que el trastorno causado por una personalidad múltiple. Es más bien una malfunción del sentido y de la lógica, no una personalidad «dividida». Por ejemplo, el paciente puede oír voces o creer cosas que aparentemente son falsas. Otros sufren delirios de grandeza. En la variante paranoide predominan los sentimientos de persecución. Muchos de esos pacientes hablan utilizando «sopas de palabras», pero eso también puede ocurrir con otras enfermedades.

—Estás volviendo a sermonearme, papá.

—Perdona. Supongo que todavía me cuesta creer que hayas decidido seguir los pasos de este viejo.

—Alguien tiene que hacer el trabajo sucio.

—De todos modos, en los casos de esquizofrenia debes ser muy cauto con tu diagnóstico. Buen tiro.

—¿Cuál es la etiología?

—La esquizofrenia a menudo se desarrolla en las primeras etapas de la vida del individuo. Hay evidencias recientes que sugieren un origen genético, o que quizás el feto ha resultado dañado debido a la acción de un virus. Suele responder casi milagrosamente a la medicación antipsicótica, pero no siempre, y no hay forma de predecir en qué casos… ¡Oxie, trae aquí eso!

—¿Y qué pasa con Dustin?

—En el caso de Dustin, ninguno de los neurolépticos que se le han administrado ha aliviado alguno de sus síntomas, ni siquiera un gramo de Clozapina al día. De todas formas, es un caso poco habitual. Estoy seguro de que habrás observado que juega al ajedrez y a otros juegos sin el menor problema. Nunca habla mucho, pero parece perfectamente concentrado y lógico durante esos encuentros. De hecho, casi siempre gana.

—¿Crees que su problema tiene algo que ver con los juegos que practica?

—Quién sabe.

—Quizá sus padres. Le visitan casi todas las tardes. ¿Crees que sería adecuado que hablara con ellos?

—Mira, Will, admiro tu entusiasmo, pero eso es algo en lo que en este momento no deberías implicarte.

—Bueno, no pienso darle por perdido. Creo que la clave de todo esto está en la rutina del cigarro.

Me sentía muy orgulloso de él por su perseverancia, que es una de las cualidades más importantes en un psiquiatra. Pasa parte de sus horas de comida y todo su tiempo libre con Dustin. Huelga decir que, como todos, también él siente especial predilección por prot, pero la lista de espera es tan larga que no tiene muchas oportunidades para hablar con él. Sólo cuando todos los demás se van a la cama, nuestro amigo alienígena dispone de un poco de tiempo para sí mismo. Ojalá supiera en qué piensa durante esas largas y oscuras horas de la noche.

Sesión vigésima

Contrariamente a la opinión general, los médicos no dudan en criticar el trabajo de sus colegas, al menos en privado. De ahí que, el lunes por la mañana, en la reunión semanal del equipo médico del centro, se expresaran grandes dudas sobre si una simple sugerencia posthipnótica (el silbato) devolvería a Robert de las profundidades del infierno. Uno de mis colegas, Carl Thorstein, llegó al extremo de calificarla de «locura» (Carl ha sido a menudo una espina para mí, pero es un buen médico). Por otro lado, hubo un acuerdo general a la hora de aceptar que se perdía poco con el experimento, que, por otro lado, nunca antes había sido puesto en práctica.

Tampoco tuvo una gran acogida la propuesta de Giselle de llevar a prot a que hablara con los animales, aunque la sugerencia de sacar de excursión a los internos fue bien recibida, y se me responsabilizó de ello. Villers me advirtió que me asegurara de que «los costes fuegan lo más bajos posible».

Algunos de los miembros del equipo médico estaban de vacaciones, así que se habló poco más de los pacientes y de sus progresos, si es que los había. Sin embargo, Virginia Goldfarb hizo mención a una notable mejoría en uno de sus casos, el bailarín histriónico y narcisista al que llamamos Rudolph Nureyev.

Rudolph era hijo único. Siempre le habían recordado que era perfecto en todo y que cada día era mejor. Cuando decidió dedicarse a la danza, sus padres alabaron su decisión y le prestaron todo su apoyo económico. Con ese tipo de aliento (y un considerable talento), quiso convertirse en uno de los mejores bailarines de Estados Unidos.

El único problema era su actitud. Esperaba que todo el mundo, incluidos los directores musicales y los coreógrafos, se adaptaran a su juicio y gusto infalibles. Llegó el día en que se convirtió en alguien tan importante (en su cabeza) que empezó con otras exigencias, y terminó siendo tan imposible trabajar con él que la dirección de la compañía acabó por despedirle. Cuando corrió la noticia, nadie quiso contratarle. Terminó ingresando voluntariamente en el IPM cuando su único y último amigo le animó a que buscara ayuda profesional.

Su repentina mejoría tuvo lugar tras una larga conversación con prot, quien describió a Rudolph la increíble belleza y gracia de los bailarines de una danza parecida al ballet que había visto en el planeta J-MUT. Animó a Rudolph a que intentara algunos de sus pasos, pero requerían una velocidad tan fantástica, tan exquisita coordinación y contorsión de brazos y piernas, que Rudolph se vio incapaz de ejecutar la tarea. De pronto se dio cuenta de que no era el bailarín más grande del universo. Goldfarb informó de que su suprema arrogancia se había desvanecido de inmediato y de que estaba pensando traspasarlo a la primera planta. No hubo ninguna objeción.

Sonriente, Goldfarb me miró por encima de sus diminutas gafas y bromeó diciendo que deberíamos ofrecer a prot un despacho y enviarle a todos los pacientes. Ron Menninger (que no tiene ninguna relación con la famosa clínica) apuntó, no tan en broma, que quizá yo debería retrasar el tratamiento de Robert hasta que prot hubiera hecho todo lo que estuviese en su mano por los demás internos, una idea que yo mismo ya había considerado.

Villers nos recordó que estábamos a la espera de recibir a tres distinguidos visitantes durante el mes siguiente, incluido el presidente de nuestro consejo de dirección, una de las mayores fortunas de Estados Unidos. Klaus no escatimó palabras para subrayar la importancia de esa visita, a la vez que nos sugería que ese día cada uno de nosotros diera lo mejor de sí, ya que los esfuerzos por la consecución de fondos para la construcción de la nueva ala del hospital no habían dado los resultados esperados.

Después de liquidar otros asuntos, Villers anunció que una de las grandes cadenas de televisión del país había ofrecido al hospital una importante suma a cambio de una aparición de prot en exclusiva en uno de sus programas de entrevistas. Sin salir de mi asombro al oír lo ridículo de la propuesta, pregunté cómo se habían enterado de que prot había regresado. Alguien comentó que ya había aparecido en los medios, incluido uno de los noticieros nacionales. Me pregunté si el propio Klaus tendría algo que ver en eso.

La discusión terminó sin llegar a ninguna resolución. Algunos de los presentes, como era mi caso, opinábamos que resultaba absurdo dejar que entrevistaran a uno de nuestros pacientes en televisión. Otros, conscientes de que prot era un caso único en el mundo y de que sin duda sería capaz de vérselas con cualquier entrevistador, no estaban tan seguros. Aunque resultaba evidente que ese dinero nos iría de maravilla, pensé que estábamos abriendo otra caja de Pandora. Apunté que si en el hospital teníamos tantos casos interesantes y peculiares, ¿por qué no proponíamos una serie de televisión basada en la historia de cada uno? Villers, totalmente ajeno a la ironía de mi comentario, pareció bastante entusiasmado con la idea. Casi pude ver el signo del dólar en sus ojos, que se iluminaron como estrellas fugaces mientras se deleitaba contemplando los posibles beneficios.

Virginia me abordó después de la reunión. Quería saber si prot se avendría a programar una breve visita a un par de pacientes suyos. No bromeaba. Goldfarb nunca lo hace. Le aseguré que hablaría con prot y le comentaría el asunto.

Si como algo más que requesón y galletas de soda para almorzar, me cuesta horrores seguir despierto el resto de la tarde. Contemplaba con envidia cómo Villers se zampaba un enorme plato de rosbif, varias clases de verduras, panecillos con mantequilla y tarta. No hablaba mucho mientras engullía su comida, y en cuanto terminó se marchó con manchas de salsa y restos de tarta incrustados en la perilla. Mientras le miraba alejarse, pensé: no sé mucho de ese hombre que tan celoso es de su intimidad, pero reconocería esos hombros caídos en cualquier sitio.

Klaus Villers es una paradoja de excepcionales proporciones. Supongo que ejemplifica la imagen pública del típico psiquiatra: frío, terminante y analítico. No parece inmutarse ante nada. Jamás he visto el menor signo de sorpresa o de diversión en ese semblante visiblemente curtido ni he apreciado en él la más leve emoción. Sin embargo, a pesar de su brusquedad y de la franqueza de sus opiniones, por dentro puede llegar a ser suave como una ostra.

Quizás el ejemplo que mejor lo ilustre sea el caso de un antiguo paciente a quien Klaus se veía totalmente incapaz de ayudar (una situación no demasiado infrecuente en el IPM). El hombre, un caso perdido de maníaco depresivo procedente de una familia humilde, le había tomado tanto cariño a su médico, por razones que sólo él conocía, que llegó a tallar unos preciosos pajarillos para Klaus y su esposa.

Cuando el hombre murió, nuestro «desalmado» director, que a duras penas encontró el tiempo o el ánimo para felicitar al hombre por sus regalos, pagó su entierro de su propio bolsillo, y mandó levantar una enorme lápida para el «Hombre de los pájaros del IPM». Nadie sabe por qué lo hizo, pero prefiero pensar que simplemente sentía lástima por un paciente que había sufrido durante mucho tiempo y por quien no había podido hacer nada.

Klaus emigró con su familia a Estados Unidos desde Austria hace más de cincuenta años. Nació en 1930, de modo que su infancia transcurrió durante los años precedentes a la Segunda Guerra Mundial. Puede que ser consciente de las atrocidades que ocurrían a su alrededor haya sido un factor importante en su decisión de ser médico, aunque esto sea pura especulación por mi parte. Ni siquiera sé cómo conoció a Emma, su esposa.

A pesar de su gran inteligencia, todavía conserva un fuerte acento alemán y, por increíble que parezca, su esposa apenas habla inglés. Es una mujer extremadamente introvertida que casi nunca sale de su apartada casa de Long Island, donde se dedica a cuidar de su jardín, de su marido y de ella misma. En muy raras ocasiones asisten a veladas fuera de casa, como tampoco, ni siquiera cuando en 1990 Villers fue nombrado director, invitan a nadie a la suya (yo estuve allí sólo una vez y de eso hace ya muchos años). Al parecer, no ven necesario mantener ningún tipo de vida social, pues encuentran todo lo que necesitan el uno en el otro. Por lo que sé, no tienen hijos.

Su única afición es el senderismo. Han recorrido el Appalachian Trail muchas veces, un par de ellas en compañía del anterior juez del Tribunal Supremo de Justicia, William O. Douglas, quien al parecer tampoco tenía amigos. De ahí que Klaus conozca todas las especies de aves del este de Estados Unidos por su aspecto o por las características de su trino. De hecho, suele dedicar a diario parte del tiempo del almuerzo observándolos y escuchándolos sobre el césped. Una vez comentó que su esposa hace lo mismo exactamente a la misma hora, de manera que, en cierto modo, disfrutan juntos de la experiencia aunque estén a varios kilómetros de distancia.

Menciono esto ahora porque hacía algún tiempo que no le veía en el césped con sus gafas de campo ni le oía imitar el trino de algún pájaro mientras avanzaba por los pasillos del centro. A decir verdad, parecía comportarse de manera extraña en muchos aspectos, y un ejemplo claro de su extraña actitud era su plan de recaudar fondos para la nueva ala del edificio (¿su legado?) llevando a prot a la televisión. Sospeché que sufría una leve depresión, quizá porque ya había cumplido sesenta y cinco años, edad en que la mayor parte de la gente se jubila. O quizás estuviera agotado (mi propia experiencia como director en funciones fue el período más difícil de mi vida).

Deseaba poder hablarle sin rodeos y preguntarle si había algo que yo pudiera hacer para aliviar el peso de su carga, pero sabía que no conseguiría nada con eso. Además, yo ya tenía bastantes problemas con mi más que cargado horario.

Cuando volví a mi consulta, encontré a Giselle sentada en mi silla, con los pies encima del montón de papeles que cubrían por completo mi escritorio, al parecer totalmente ajena al lugar donde se encontraba.

—Giselle, no puede utilizar mi escritorio. Está aquí sólo porque…

—Creo que sé cuándo piensa marcharse.

—¿Sí? ¿Cuándo?

—A mediados de septiembre.

—¿Cómo lo sabe?

—Cuando dije que quizás irían de excursión al zoo durante las dos próximas semanas, prot dijo: «Un poco justo, pero podré arreglarlo. Cuente conmigo».

—Bien. Perfecto. Siga así. ¿Tiene alguna idea de a quién va a llevarse con él cuando se marche?

—No habla nunca de eso. Dice que tiene que ajustar algunos detalles. Pero podría ser cualquiera.

—Eso me temía. ¿Algo más?

—Necesito un sitio donde poner mis cosas.

—Venga, veamos si podemos encontrarle por ahí alguna mesa.

—Bien —dije después de ver cómo prot devoraba media docena de naranjas—. Y ahora a trabajar.

—¿Llama a esto trabajar? ¿Sentarme a charlar y comer fruta? ¡Esto es como ir de picnic!

—Sí, ya conozco su opinión sobre el trabajo. Veamos, ¿está Robert ahí con usted?

—Sí, está aquí al lado.

—Bien. Me gustaría que apareciera durante un rato.

—¿Qué? ¿Sin el truco de la hipnosis?

—¿Robert? ¿Puedo hablar con usted, por favor?

Prot suspiró, dejó a un lado los maltrechos restos de una naranja, y miró al techo con cara de aburrido.

—¿Robert? Esto es muy importante. Por favor, salga un momento. No le pasará nada. Nadie le hará daño, ni a usted ni a ninguno de...

Pero prot seguía allí sentado con su sonrisa de sabelotodo.

—Pierde usted el tiempo, gino. Uno, dos... un momento... ¿dónde está el punto?

—No voy a hipnotizarle todavía.

—¿Por qué no?

—Tengo otra idea.

—No deja usted de maravillarme.

Me llevé la mano al bolsillo de la camisa y saqué el silbato. Prot vio, divertido, cómo me lo llevaba a la boca y soplaba. En ese momento se le borró la sonrisa de la cara y apareció una persona completamente distinta, aunque no supe a ciencia cierta de quién se trataba. Ahora ya no se hallaba repantigado en la silla como solía hacerlo Robert.

—¿Robert?

—Estoy aquí, doctor Brewer. He estado esperando a que me llamara.

Aunque no parecía demasiado alegre, estaba allí, y parecía dispuesto a hablar.

Le miré fijamente, saboreando el momento. Era la primera vez que veía a Robert fuera de su estado catatónico y sin estar bajo los efectos de la hipnosis (salvo raras excepciones: véase *K-PAX)*. Pero mi sensación de triunfo quedó disminuida por cierta desconfianza. Algo no iba bien. Parecía demasiado fácil. Por otra parte, Robert llevaba años anclado en su dilema y quizá, como pasa a veces, se había aburrido de vivir en una camisa de fuerza imaginaria.

—¿Cómo se encuentra?

—Ya no tengo tanto calor.

Se parecía mucho a prot, naturalmente, pero había entre ambos ciertas diferencias. Por ejemplo, era más serio que prot y en absoluto engreído. Su voz sonaba un poco distinta. Y parecía agotado.

—Le entiendo. Espero que dentro de poco hayamos conseguido que se sienta mejor.

—Eso estaría muy bien.

—Permítame preguntarle en primer lugar: ¿debo llamarle Robert o Rob?

—Mi familia me llama Robin. Mis amigos me llaman Rob.

—¿Puedo llamarle Rob?

—Si quiere.

—Gracias. ¿Le apetece algo de fruta?

—No, gracias. No tengo hambre.

Había tantas preguntas que quería hacerle que no sabía por dónde empezar.

—¿Sabe dónde está?

—Sí.

—¿Cómo lo sabe?

—Me lo ha dicho prot.

—¿Dónde está él ahora?

—Está esperando.

—¿Puede hablar con él?

—Sí.

—Bien. Veamos, ¿sabe dónde ha estado estos últimos cinco años?

—En mi habitación.

—Pero no podía moverse ni hablar con nosotros, ¿se acuerda?

—Sí.

—¿Podía oírnos?

—Sí. Lo oía todo.

—¿Puede decirme por qué no podía hablar o contestarnos de algún modo?

—Quería hacerlo, pero no podía.

—¿Sabe por qué?

—Tenía miedo.

—¿De qué tenía miedo?

—Tenía miedo de… —pareció perderse en algún espacio interno—. Tenía miedo de lo que pudiera ocurrir.

—Bien. Hablaremos de eso más adelante. Permítame preguntarle: parece que tiene usted menos miedo ahora que entonces. ¿Podría decirme por qué?

Fue a responder, pero vaciló.

—Tómese su tiempo.

—Hay un par de razones.

—Me gustaría mucho oírlas, Rob, si desea decírmelas.

—Bueno, todos han sido tan amables conmigo desde que llegué que supongo que siento que les debo algo.

—Gracias. Me alegra que se sienta usted así. ¿Y la otra razón?

—Él dijo que puedo confiar en usted.

—¿Prot? ¿Por qué ahora y no antes?

—Porque pronto se irá, y creo que empieza a estar un poco impaciente conmigo.

—¿Pronto? ¿Sabe exactamente cuándo?

—No.

—Bien. Pero estaba usted en esta misma situación hace cinco años. ¿Por qué ahora es diferente?

—Él ya no regresará. Esta vez no.

—¿No regresará? ¿Cómo lo sabe?

—No le gusta esto.

—Lo sé, pero…

—Me dijo que usted ocuparía su lugar, que me ayudaría cuando él se fuera.

Apelaba a mí con tanta intensidad que me acerqué a él y le puse la mano en el hombro.

—Lo haré, Rob. Créame, le ayudaré todo lo que pueda.

Al oír mis palabras, se le arrugó la cara y empezó a llorar.

—Estoy tan cansado de sentirme tan mal. Usted no sabe lo que es —dijo, dejando caer la cabeza sobre el pecho.

—Nadie que no esté en su piel puede entender lo que usted ha pasado, Rob. Pero hemos ayudado a mucha gente que estaba en situaciones similares a la suya, y estoy convencido de que muy pronto se sentirá mejor.

Levantó la cabeza y me miró. Ya no lloraba.

—Gracias, doctor b. Ya me siento mejor.

—¿Prot? ¿Dónde está Robert?

—Está un poco cansado, pero si toca usted una bonita melodía con su silbato puede que vuelva más tarde.

—Hum… ¿Prot?

—¿Hummmm?

—Gracias.

—¿Por qué?

—Por darle la confianza suficiente para que apareciera.

—¿Eso le dijo?

—Sí. Y también me dijo que puede que ésta sea su última visita a la Tierra. ¿Es eso cierto?

—Lo será si consigue usted sanar a robert. En ese caso ya no habría necesidad de que yo regresara, ¿no?

—No, no la habría. De hecho, sería mejor así.

—No se preocupe. Sé cuándo no soy querido. Además, hay muchos otros sitios interesantes a los que ir.

—¿Otros planetas?

—Sí. Miles y miles de millones de ellos sólo en esta GALAXIA. Le sorprendería.

—¿Puede darnos un poco de tiempo antes de marcharse? ¿Puede darnos seis semanas más?

—Sólo puedo darle lo que tengo.

—¿Me dirá al menos de cuánto tiempo dispongo?

—No.

—Pero, prot..., se trata de la vida de Robert, que es la razón de su presencia aquí, ¿no es cierto?

—Ya se lo he dicho antes: le avisaré con antelación. No le pillará totalmente por sorpresa.

—Me alegra oír eso —dije, taciturno—. De acuerdo. Bien, mientras siga usted aquí, me gustaría hacerle una pregunta más acerca de Rob.

—¿Es eso una promesa?

—No, exactamente. Veamos..., ¿hay alguna otra razón por la que de pronto haya decidido hablar conmigo? ¿Algo que yo desconozco?

—Al parecer no hay límites en cuanto a lo que usted desconoce, mi amigo humano. Pero permita que le diga una cosa: no se deje engañar por su disposición aparentemente alegre. Eso ha sido todo lo que ha podido hacer para aparecer hoy. Todavía le queda un largo camino por recorrer, y podría volver a darse por vencido en cualquier momento. Sea usted amable con él.

—Haré cuanto esté en mi mano, prot.

—¿A pesar de sus métodos primitivos? Le deseo mucha suerte.

Cogió el resto de la naranja y se lo metió en la boca.

—Por cierto, ¿qué tal le va con las cartas?

Con los dientes teñidos de naranja respondió:

—Las he leído casi todas.

—¿Ha tomado alguna decisión?

—Todavía es demasiado pronto para eso.

—¿Me avisará cuando haya decidido quién se irá con usted?

—Puede. O quizá me lo guarde para el programa de televisión.

—¿Qué? ¿Quién se lo ha dicho?

—Todo el mundo lo sabe.

—Entiendo. Y supongo que todos saben ya lo de la excursión al zoo, y que hay mucha gente que quiere hablar con usted.

—Claro.

—¿Prot?

—¿Sí, doctor?

—Me está volviendo usted loco.

—Venga, cuénteme —suspiró.

Me reí un poco, creyendo que bromeaba. Pero parecía hablar en serio. Eché un vistazo al reloj de la pared situada tras él. Todavía nos quedaban unos minutos.

—Muy bien. Usted ocupe mi lugar y yo ocuparé el suyo.

Sin dudarlo un instante, se levantó de un salto y se acercó corriendo a mi silla. Se dejó caer en ella, apretó varias veces los brazos de vinilo, y luego se dio una vuelta completa. Sin duda lo estaba pasando en grande. Cogió una libreta amarilla y empezó a garabatear con furia mientras se mesaba una barba imaginaria.

Yo ocupé su silla.

—Se supone que debe hacerme algunas preguntas —le aguijoneé.

—Eso no será necesario —murmuró.

—¿Por qué no?

—Porque ya sé lo que le preocupa.

—Me encantaría oírlo.

—Elemental, mi querido watson. Ha nacido usted en un PLANETA mezquino del que no ve escapatoria. Está atrapado aquí a merced de sus congéneres humanos. Eso volvería loco a cualquiera.

De pronto golpeó el brazo de la silla con el puño.

—¡Se acabó el tiempo! —Se acercó rápidamente, cogió otra naranja y le dio un mordisco. Luego volvió a hacer girar la silla y puso los pies encima de mi escritorio—. Además, tengo muchas cosas que hacer —concluyó despidiéndome con un ademán—. Pague a la cajera cuando salga.

Le respondí con una mala imitación de la sonrisa del gato de Cheshire. Soltó un chillido y se precipitó hacia la puerta.

Fue más tarde cuando mis ojos se toparon con la libreta amarilla en la que prot había estado garabateando. Había escrito con letra confusa aunque legible, una y otra vez: 17.18/9/20. Me llevó un momento descifrarlo, pero por fin lo comprendí: ¡se va el día 20 a las 17.18 horas!

Como llevaba sin pasar por la tercera planta desde mis «vacaciones», decidí hacerle una breve visita. Encontré a Michael en la 3B leyendo atentamente un libro titulado *El derecho a morir*, una obra que ya ha leído docenas de veces, como le ocurre a Russell con el Nuevo Testamento.

Una mujer desnuda pasó como un rayo por nuestro lado. Michael no le hizo el menor caso. Quería saber cuándo iba a poder hablar con prot. Era imperdonable, lo sé, pero me había olvidado por completo de su petición, aunque le dije que me ocuparía de ello inmediatamente. Me contestó, espero que en broma:

—Seguro que me muero antes de que llegue.

Le di una palmada en el hombro y seguí con mi ronda, parándome a charlar con varios obsesos sexuales y sociales, almas torturadas, únicamente preocupadas por sus funciones corporales. Vi con infinita incredulidad cómo uno de ellos, un hombre estadounidense de ascendencia japonesa, se desnudaba, olisqueaba la bragueta de sus calzoncillos, volvía a vestirse y volvía a desvestirse una y otra vez. Otro intentaba insistentemente besarme la mano, y otros escenificaban sus interminables rituales y compulsiones. Aunque había una de esas criaturas que resultaba más trágica que cualquiera de los habitantes de la 3B, la sección donde estaban internados los casos más agudos de autismo.

Tiempo atrás se culpaba del autismo principalmente a padres poco cariñosos o poco preocupados por sus hijos, en especial a la madre. Ahora se sabe que los autistas sufren una especie de defecto cerebral, que puede ser genético o provocado por una enfermedad orgánica, y que por muchos cuidados y cariño que se le dé al niño, nada puede detener el avance de esta debilitadora aflicción.

Simplificando: los autistas carecen de aquella parte del funcionamiento del cerebro que hace que una persona sea un ser humano emocional, capaz de relacionarse con los demás. Aunque a menudo pueden llegar a protagonizar proezas extraordinarias, al parecer lo hacen de forma totalmente mecánica, sin sentir la menor «emoción» por lo que han conseguido. La capacidad del autista para concentrarse en lo que ocupa su pensamiento es increíble, y típicamente supone la exclusión de todo lo demás. Naturalmente, hay excepciones, y algunos pueden incluso tener un trabajo y aprender a desenvolverse hasta cierto punto en sociedad. Sin embargo, la mayoría vive en su propio mundo.

Encontré a nuestro mago de la ingeniería, un joven de diecinueve años al que llamaré Jerry, trabajando en una reproducción del Golden Gate Bridge mediante cerillas. Ya casi la había terminado. A escasa distancia estaban las réplicas del Capitolio, la torre Eiffel y el Taj Mahal. Le observé durante un rato. Trabajaba con destreza y deprisa, aunque parecía no prestar demasiada atención a su proyecto. Sus ojos vagaban por la sala, y parecía tener la mente en otro sitio. No utilizaba notas o modelos, sino que trabajaba de memoria a partir de fotografías a las que había echado un breve vistazo.

Le dije a Jerry, que quizá ni siquiera se había percatado de mi presencia:

—Qué bonito. ¿Cuánto te queda para acabarla?

—Para acabarla —respondió sin alterar su ritmo de trabajo.

—¿Qué tienes planeado hacer después?

—Después. Después. Después. Después. Después…

—Bien. Ahora tengo que irme.

—Irme. Irme. Irme.

—Adiós, Jer.

—Adiós, Jer.

Y así era también con los demás, la mayoría de los cuales deambulaban por la sala, tenían la mirada fija en las yemas de sus dedos o estudiaban las manchas de las paredes. A veces alguno soltaba un ladrido o empezaba a dar palmadas, pero ninguno me prestó la menor atención o miró hacia donde yo estaba. Es como si los autistas sufrieran activamente de un desesperado impulso por evitarlo todo. Sin embargo, intentamos encontrar alguna forma de relacionarnos con ellos, de entrar en sus mundos y de traerlos al nuestro.

Sentimos lástima por esos individuos y compadecemos su falta de contacto con otros seres humanos. Sin embargo, por lo que sabemos hasta ahora, puede que se sientan muy felices en los confines de sus reinos privados que, de hecho, quizá comprendan gigantescos universos llenos de una increíble variedad de formas y relaciones, visiones interesantes y satisfactorias, y sabores, sonidos y olores que el resto de nosotros jamás llegaría a imaginar. Sería fascinante poder entrar en un mundo así durante un glorioso instante. Aunque decidir quedarse allí ya es otra historia.

Sesión vigésimo primera

Mientras intentaba asimilar lo que, según sospechaba, era la próxima fecha de «partida» de prot, di un paseo por el jardín, donde tenía lugar un animado partido de croquet, aunque era imposible determinar qué reglas guiaban el encuentro. Detrás de tamaño circo vi a Klaus entre los girasoles, hablando animadamente con Cassandra, una mujer de unos cuarenta y cinco años que tiene la habilidad de predecir ciertos acontecimientos con manifiesta precisión. Nadie sabe cómo lo hace, ni siquiera ella misma. El problema con Cassandra es que no le interesa nada más. Cuando la trajeron al centro, casi había muerto de desnutrición. Lo primero que dijo, en cuanto vio el césped con su plétora de sillas y de bancos desde donde podía contemplar el cielo, fue:

—Creo que aquí voy a estar bien.

Una de sus especialidades es la predicción del tiempo. Quizá sea porque pasa mucho tiempo al aire libre, ya sea invierno o verano. Quien alguna vez haya visto en televisión a los desvergonzados meteorólogos predecir el tiempo que nos espera para los próximos cinco días, sabrá que se equivocan con frecuencia. Cassie, por otra parte, suele acertar en períodos de hasta dos semanas a partir de la fecha de su predicción. De hecho, me he enterado de que Villers, el médico que la trata, la ha consultado acerca de las condiciones meteorológicas de cara a la propuesta excursión al zoo antes de permitir que se fije una fecha. (Cuando Milton supo que se esperaba buen tiempo para el día de la excursión, comentó: «¿Sólo bueno? Está claro que deberíamos esperar a que mejore».)

Al parecer, los animales también saben cuándo va a cambiar el tiempo, probablemente gracias a cierta desconocida sensibilidad a sutiles variaciones en la presión o en la humedad del aire, aunque seguramente no con tanta antelación como Cassandra. Pero ¿cómo explicar su misteriosa habilidad para predecir, con más de un noventa por ciento de certeza, quién será el próximo presidente o quién ganara la Super Bowl con semanas o incluso meses de antelación, algo de lo que no es capaz ningún animal? (Se rumorea que Villers se ha embolsado una pequeña fortuna gracias a las poco metódicas predicciones de Cassandra, predicciones que casi nunca comparte con nadie, escudándose en los privilegios implícitos en la relación médico-paciente.) ¿Qué ve Cassandra en el sol y en las estrellas que los demás no vemos?

Vi también a Frankie contoneándose por el césped bajo su habitual nubarrón de mal humor. Su incapacidad para establecer vínculos humanos parece guardar cierta relación con el autismo (quizás esté implicada una parte semejante del cerebro). Sin embargo, a diferencia de los verdaderos autistas, ella no tiene el menor problema para comunicarse con el equipo médico y con sus compañeros internos, aunque lo que comunique suela ser un comentario cáustico o un insulto de lo más hiriente. No sabría decir si sus arranques de mal genio son intencionados, pero ella era una de las pacientes a las que esperaba que prot pudiera ayudar, a pesar del recelo que éste mostraba hacia el amor humano.

En el rincón más alejado del jardín vi a algunos internos arracimados bajo el gran roble, refugiándose en la sombra como un rebaño de ovejas que se protegieran del calor del sol de agosto, aunque en este caso todos miraban al árbol. Cuando empecé a acercarme hacia donde estaban, vi a prot entre ellos. Hablaba detenidamente sobre uno u otro tema, captando por completo la atención del grupo. Hasta Russell estaba en silencio. Al aproximarme a ellos, me sonó el «busca».

Corrí a un teléfono y marqué el número de la oficina de servicios del hospital.

—Es la madre de Robert Porter —dijo la operadora—. ¿Puede coger la llamada?

Le pedí que me la pasara.

La señora Porter había recibido mi carta y, como era de esperar, quería saber cómo se encontraba Robert. Desgraciadamente, sólo pude decirle que hasta el momento estaba satisfecho con sus progresos, pero que todavía quedaba mucho trabajo por hacer. Preguntó que cuándo podría venir a verle. Le dije que en cuanto su hijo se hubiera recuperado lo suficiente, se lo haría saber. Por supuesto, pareció decepcionada, pero terminó aceptando esperar a que su hijo mejorara. (No mencioné la posibilidad de que quizá le encontrara en el mismo estado en que lo vio cuando estuvo aquí hace cinco años.)

Volví al césped. Villers se había ido, dejando a Cassandra contemplando el cielo una vez más. Prot también se había marchado, y los demás deambulaban alrededor del roble, desorientados sin su magnético líder. Frankie seguía sola a lo lejos, maldiciendo al viento.

—El doctor Flynn estuvo ayer aquí con otro astrónomo y una física —me dijo Giselle durante el almuerzo en el comedor de personal—. Le dejé una hora con prot. Nunca he visto a nadie tan ansioso por encontrarse con alguien. Corrió literalmente por el pasillo a la habitación de prot.

—Bueno, ¿se enteró de algo que no supiera?

—No consiguió toda la información que esperaba obtener, pero al parecer se fue convencido de que el viaje había valido la pena.

—¿Por qué no consiguió todo lo que quería?

—Prot teme que use la información para sus propios fines.

—Lo imaginaba. Aunque, por supuesto, también puede ser que prot no tenga todas las respuestas.

—No contaría con eso.

—¿Qué tipo de preguntas le hizo Flynn?

Giselle le dio un enorme mordisco a su sándwich y continuó con el carrillo hinchado como una manzana.

—En primer lugar, quería saber la edad del universo.

—¿Y?

—Es infinito.

—¿Cómo?

—¿No se acuerda? Se expande y se contrae indefinidamente.

—Ah, es cierto.

—A Flynn no le bastó esa respuesta. Preguntó a prot cuánto tiempo hace que tiene lugar la expansión actual.

—¿Qué le dijo prot?

—Dijo: «¿Cómo sabe usted que se está expandiendo?». Flynn empezó a explicar el efecto Doppler, pero prot le cortó diciendo: «Cuando el UNIVERSO se encuentre en la fase de contracción, seguirá bajo el efecto Doppler». Flynn dijo: «Eso es ridículo». Prot respondió: «Se expresa usted como un auténtico *Homo sapiens*».

—¿Algo más?

—Sí. Quería saber cuántos planetas hay en nuestra galaxia, y cuántos están habitados.

—¿Qué dijo prot?

Giselle tragó parte de la comida que tenía acumulada en el carrillo.

—Dijo que sólo en nuestra galaxia hay un billón de planetas, y que el resto del universo contiene una cantidad proporcional. Y adivine cuál es el porcentaje de planetas habitados.

—¿La mitad?

—Qué va. El 0,2 por ciento.

—¿Sólo?

—¿Sólo? Eso significa que hay varios miles de millones de planetas y de lunas con vida en la Vía Láctea.

—¿Cuántas criaturas de ésas son como nosotros?

—Eso es lo interesante del asunto. Según prot, muchos de los seres del universo se parecen a nosotros. Cuando dice «nosotros» se refiere a los mamíferos, las aves, los peces, etcétera.

—¿Y qué pasa con los humanos?

—Dice que han aparecido algunos seres humanoides o que algunos humanos están evolucionando y se han convertido en seres humanoides, pero que no duran demasiado. Más o menos, un promedio de unos cien mil años de los nuestros.

—No es un panorama muy esperanzador.

—Para nosotros no.

—¿Qué más?

—El doctor Flynn quería saber cómo podemos lograr la fusión del hidrógeno como fuente de energía.

—Y prot no se lo dijo, ¿verdad?

—Oh, ya lo creo que sí.

—¿En serio? ¿Cuál es el secreto?

—No lo creerá.

—Probablemente.

—Sólo funciona con cierta sustancia catalizadora.

—¿Qué sustancia?

—Algo que en la Tierra sólo se encuentra en el excremento de las arañas.

—Bromea.

—Pero no estamos hablando de una araña cualquiera.

—¿Ah, no?

—No. Sólo del excremento de una especie concreta que se encuentra en Libia. ¡La sustancia en cuestión viene en pequeñas pepitas preciosas del tamaño de una semilla de amapola! —exclamó, echándose a reír.

—¿Eso es lo que prot entiende por chiste?

—Flynn no lo tomó así. Ya está intentando averiguar cómo llegar a Libia.

Entonces Giselle se puso seria.

—Y adivine qué más.

—Ni lo imagino.

—Quiso que prot le hiciera una demostración de un viaje a través de la luz.

Terminé el último pedacito de requesón que me quedaba en el plato.

—¿Lo hizo?

—Sí.

—¿Qué? ¿Volvió a desaparecer?

—No exactamente. Cogió su pequeña linterna y su espejo, pero justo en ese momento pasó un gato corriendo. Soltó un maullido y todos nos giramos a mirarlo durante un segundo. Cuando volvimos a girarnos, prot estaba en el otro extremo de la habitación. El doctor Flynn se quedó de una pieza. Yo también. Nunca le había visto hacer algo semejante —concluyó con los ojos brillantes como los de una ardilla.

No pude disimular mi escepticismo.

—La verdad es que suena a muy buen truco.

—¿Conoce usted a alguien más capaz de hacer ese truco, doctor B?

—Bueno, ¿le dijo prot cómo lo había hecho?

—No. Dijo que no estamos «preparados» para viajar con la luz.

—Eso suponía.

Un nuevo mordisco y el carrillo de Giselle volvió a hincharse.

—Entonces intervino la física y la situación se puso bastante tensa. Preguntó a prot todo tipo de cosas relacionadas con los rayos alfa y omega. Tendré que estudiar un poco para aclararme, pero hay algo que sí entendí.

—¿Y es?

—¿Ha oído hablar de los quarks?

—Se supone que son partículas fundamentales del núcleo del átomo, ¿no?

—Mmmm. Pero tienen dentro otras partículas aún más pequeñas, y dentro de éstas hay otras aún más pequeñas.

—Dios mío. ¿Dónde termina eso?

—No termina nunca.

—¿Qué opinión le mereció todo eso a la física?

—Quiso saber los detalles.

—¿Y prot le dio alguno?

—No. Dijo que si lo hacía la privaría de la gran diversión que significaba descubrirlo por ella misma.

—Quizá no conozca ningún detalle. Quizás esté limitándose a especular.

—¡Sabe lo suficiente para viajar a la súper velocidad de la luz!

—Quizá. ¿Algo más?

—Eso es todo. Dejaron una gruesa libreta llena de preguntas adicionales para que prot las pensara.

Le conté que sospechaba que prot sólo tenía hasta el 20 de septiembre para responderlas. Asintió con tristeza.

—¿Y qué pasa con las cartas? ¿Ha dicho prot algo sobre las cartas?

—Ya ha terminado con ellas. Me las ha devuelto.

—¿No las quiere?

—Lo que quería de ellas ya está en algún rincón de su cabeza. Huelga decir que siguen llegando más. Recibe unas cuantas diariamente.

—¿Y dónde están las viejas?

—En la mesa pequeña que usted me dejó para que la utilizara de escritorio —dijo, alargando y haciendo hincapié en la palabra «pequeña»—. ¿Quiere leerlas?

—¿No es ilegal que yo las lea?

—No si prot le da su permiso.

—¿Cree usted que lo hará?

—Ya lo ha hecho. Las dejaré en la mesa «grande» de su consulta.

—Todas no. Deje sólo una muestra representativa. Por cierto, la directiva cree que es muy buena idea lo de la excursión al zoo. ¿Podría ponerse en contacto con los funcionarios del zoo y disponerlo todo?

—Conozco a alguien que trabaja allí. Todo lo que necesito de usted es una fecha definitiva.

—¡Gino! ¡Cuánto tiempo!

—Sólo hace dos días, prot.

—Eso es mucho tiempo. Se puede recorrer la mitad de algunas GALAXIAS en dos de sus días.

—Quizás usted sí.

—Usted también podría si de verdad quisiera. Pero está más preocupado por otras cosas. La bolsa, por ejemplo.

—Pero no piensa decirnos cómo hacerlo.

—Acabo de hacerlo.

—Ya. ¿Algo más que desee decirme antes de empezar?

—Creo que a algunas de las personas que me han escrito les encantaría emprender un largo viaje.

—¿Quién querría ir, por ejemplo? —le pregunté sin darle importancia.

—Todavía necesita seguir trabajando en su sentido del humor, gene.

—En general, quiero decir.

—Los que son infelices aquí, en la TIERRA.

—Eso no me dice demasiado.

Se encogió de hombros.

—Está bien. ¿Ya se ha terminado el zumo de pomelo?

—Sí. Es fantástico. En todo el UNIVERSO no hay nada de un violeta tan intenso como el pomelo.

—Así es. ¿Se acuerda del silbato?

—Claro. Pero no será necesario, doctor Brewer.

La transición había sido tan sutil que apenas noté el leve cambio en su voz y en sus gestos, sobre todo con la fina franja violeta que le cubría el labio superior.

—¿Robert?

—Sí.

—¿Cómo se encuentra?

—No lo sé. Raro. Inseguro. Supongo que podría ser peor.

—Me alegra oír eso. Dígame: ¿puede ya aparecer siempre que lo desee?

—Siempre pude hacerlo. Lo que pasa es que no… podía.

—Le entiendo. ¿Podrá quedarse aquí un rato?

—Si es eso lo que quiere…

—Bien. Como ya le dije cuando estaba bajo hipnosis, éste es su refugio. Le ruego que no lo ovide. Veamos, ¿hay algo específico de lo que le gustaría hablar hoy? ¿Algo que en este preciso instante le esté molestando?

—Echo de menos a mi esposa y a mi pequeña.

Me impresionó la simplicidad de la frase. De haber venido de otro paciente no habría sido más que pura rutina, una confesión que llegaba con evidente retraso. Pero había creído que pasarían semanas antes de lograr que hablara de su familia. Era un gran cambio. ¡Cuánto valor debía de haber necesitado Robert para decir eso!

—Me gustaría que me hablara más de ellas, si cree estar preparado para hacerlo.

Se le humedecieron los ojos y dejó vagar la mirada por la sala, una mirada soñadora. Tuve la sensación de que, antes de empezar, deseaba revivir con cariño una situación maravillosa durante unos instantes. Era como si, en un principio, quisiera recrearse durante un instante en una situación que le resultaba entrañable. Por fin dijo:

—Vivíamos en el campo, en una casa preciosa, con un jardín y un pequeño huerto. Los árboles todavía no habían dado frutos, pero lo harían en uno o dos años. Teníamos dos hectáreas de terreno, un seto, un pequeño estanque, un arroyuelo y muchos arces y abedules. Prot me dijo que le recordaba a K-PAX. La única diferencia es que allí casi no tienen agua. Era un lugar lleno de vida. Había pájaros, conejos, marmotas, y algunas carpas en el estanque. Teníamos narcisos, tulipanes y forsythias. En primavera y en otoño era precioso. Y también en invierno, cuando llegaba la nieve. A Sally le encantaba el invierno. Solíamos practicar esquí de fondo, y a Becky le gustaba patinar en el pequeño estanque. Adoraba los pájaros y también a los demás animales. Daba de comer a los ciervos. La casa no era muy grande, pero era perfecta para nosotros. Sally no podía tener más hijos…

Guardó silencio unos segundos, recordando.

—Teníamos una gran chimenea y Becky tenía su propia habitación con papel floreado en las paredes y con espacio suficiente para todas sus cosas. Había colgado algunas fotos en las paredes. Creo que eran de estrellas del rock. Nunca me interesó demasiado el rock-and-roll. La cocina —se interrumpió de repente y cerró la boca de golpe, apretando los dientes—. La cocina…

—Está bien, Rob. Podemos volver a la cocina más adelante.

—¿Para qué? ¿Todavía tiene usted hambre?

—¡Prot! ¿Dónde está Robert?

—Está aquí, intentando recobrar el dominio de sí mismo. ¿No le había dicho que fuera más amable con él?

—Escuche, amigo alienígena. Sé lo que hago. Robert ha hecho grandes progresos desde que usted ha vuelto. Dele una oportunidad.

Se encogió de hombros.

—No le agobie demasiado, doctor. Avanza lo más rápido que puede.

—¿Va a dejarle usted volver o no?

—Dele un par de minutos. Lleva mucho tiempo intentando olvidar. Para él es muy duro tener que soltarlo todo a petición suya.

—Yo no le he pedido nada.

—¿Podríamos hablar de otra cosa durante un rato?

Me llevó unos segundos darme cuenta de que Robert había vuelto de nuevo.

—Por mí podemos hablar de lo que quiera, Rob.

—No sé qué decir.

—Volvamos atrás un poco. ¿Le gustaría contarme algo más de su infancia? Creo que la última vez lo dejamos cuando tenía doce años.

—Doce. Estaba en séptimo curso.

—¿Le gustaba la escuela?

—Aunque odie admitirlo, sí, me encantaba.

—¿Por qué odia tener que admitirlo?

—Se supone que todo el mundo odia la escuela. Pero a mí me gustaba. Me acuerdo del curso de séptimo porque fue el primer año que empezamos a ir a distintas aulas para cada asignatura.

—¿Qué asignaturas eran sus preferidas?

—Ciencias. Biología. Detrás de nuestra casa había bosques y un campo, y a menudo iba a caminar por allí e intentaba identificar los diferentes tipos de árboles y otras cosas. Era genial.

—¿Iba con algún amigo? ¿Con alguna de sus hermanas?

—No, normalmente iba solo.

—¿Le gustaba estar solo?

—No me importaba. Pero también tenía amigos. Jugábamos al baloncesto y nos metíamos en líos juntos. Fumábamos en la casa del árbol. Pero a ellos no les interesaban el campo ni los bosques, así que normalmente iba solo. Todavía recuerdo el olor de los árboles en un caluroso día de verano, o el de la tierra después de la lluvia. El canto de los grillos durante la noche. A veces, al amanecer y al anochecer, veía algunos ciervos. Los estuve vigilando hasta que descubrí dónde dormían. No sabían que los observaba. De vez en cuando iba allí de noche y esperaba a que despertaran y luego los seguía.

—¿Y Sally? ¿Ya la conocía entonces?

—Sí. Desde el primer curso.

—¿Qué pensaba de ella?

—Que era la niña más guapa de la escuela. Tenía el pelo como el sol. .

—¿Hablaba mucho con ella?

—No. Deseaba hacerlo, pero era demasiado tímido. De todos modos, ella no me prestaba mucha atención. Era animadora y esas cosas.

—¿Cuándo empezó a fijarse en usted?

—Durante nuestro primer año en el instituto. Yo estaba en el equipo de lucha. Ella empezó a venir a los combates. Yo no entendía por qué venía, pero intentaba por todos los medios impresionarla.

—¿Lo consiguió?

—Eso creo. Un día me dijo que me había visto hacer algunos buenos movimientos. Fue entonces cuando la invité al cine. Esa fue mi primera cita.

—¿Qué fueron a ver?

—*El aguijón*.

—Es una película extraordinaria.

Rob asintió.

—Jamás la olvidaré.

—¿Cuándo fue su siguiente cita?

—Fue bastante después.

—¿Por qué?

—Como ya le he dicho, Sally tenía más amigos. Yo no estaba seguro de gustarle demasiado. No entendía por qué iba ella a fijarse en mí.

—¿Cómo descubrió que le gustaba?

—Si alguna vez ha vivido en un pueblo, ya sabe con qué rapidez vuelan las noticias. Sally se lo dijo a alguna amiga, y ésta se lo dijo a otra, etcétera, hasta que me enteré de que yo le gustaba mucho y de que quería volver a salir conmigo.

—¿De modo que le pidió usted otra cita?

—No, exactamente. Al final se dio por vencida y fue ella quien me la pidió a mí.

—¿Qué pensó usted de eso?

—Me gustó. Ella me gustaba. Era muy simpática y extravertida.

Cuando estabas con ella hacía que te sintieras único en el mundo.

—Y llegó el día en que se enamoró de ella.

—Creo que siempre estuve enamorado de ella. Soñaba con Sally constantemente.

—¡Consiguió a la mujer de sus sueños!

Respondió, pensativo:

—Sí, creo que sí —y con una sonrisa enfermiza—: soy un hombre con suerte, ¿verdad?

—¿Recuerda alguno de esos sueños?

—Creo… creo que no.

—Bien. Hablaremos de eso en otra ocasión. ¿Cuándo le pidió a Sally que se casara con usted?

—El día de nuestra graduación.

—Se refiere al instituto, supongo.

—Sí.

—¿No hubo algunos problemas en relación a eso? ¿No deseaba usted ir a la universidad?

—Sally estaba embarazada.

—¿De un hijo suyo?

—No.

—¿No?

—No.

Me quedé confundido durante un instante antes de comprender lo que me estaba diciendo. Le pregunté, con la mayor dulzura y desenfado que pude:

—¿Sabe usted quién era el padre del niño?

—No.

—Muy bien. Volveremos a eso más adelante.

—Si usted lo dice, jefe.

—¡Prot! ¡Tiene que dejar de aparecer así!

—Yo diría que es rob quien desaparece de improviso.

—¿Por qué no me dijo que Rebecca no era hija de Robert?

—¿No lo era?

—No.

—No lo sabía. De todos modos, ¿cuál es la diferencia?

—En la Tierra las personas saben quiénes son sus padres.

—¿Por qué?

—Porque la sangre es más densa que el agua.

—También lo son los mocos.

—Responda a lo que voy a preguntarle: ¿tiene usted idea de quién puede ser el padre de Rebecca? ¿Mencionó Robert a otro novio de Sarah? ¿Algo por estilo?

—No. No me llamaba para chismorrear. Aunque, ¿por qué no se lo pregunta a él? Está aquí mismo.

—Gracias por la sugerencia, pero creo que lo dejaremos por hoy. Llegados a este punto, no quiero exigirle demasiado.

—Mi querido caballero, quizá todavía haya esperanza para usted.

Eché un vistazo al reloj. Eran exactamente las tres y media y tenía un seminario a las cuatro. El conferenciante era el doctor Beamish, cuyo tema, uno de sus favoritos, era «Freud y la homosexualidad».

—Antes de irse, dígame una cosa: ¿se encuentra Robert bien en este momento?

—Está bien. Probablemente esté listo para volver a hablar con usted el viernes.

—Bien. Gracias de nuevo por su ayuda.

—*No problemo.*

Todavía llevaba pintado el bigote violeta cuando se giró y salió a paso ligero de mi consulta. Yo estaba tan absorto en el inesperado desarrollo de la sesión que olvidé de nuevo preguntarle si aceptaría hablar con Mike y con algunos de los demás pacientes.

No fui al seminario. Tenía demasiadas preguntas incómodas incrustadas en el cerebro.

Por un lado, Robert había estado literalmente escondido tras prot, sin apenas decir una sola palabra durante diez años, cinco de los cuales los había pasado en estado de catatonia. Ahora, de pronto, había aparecido y hablaba con sólo un mínimo estímulo. ¡Quería hablar! Aunque se retiraba cuando el tema le resultaba demasiado doloroso, a veces parecía bastante relajado, y me pregunté si también habría empezado a aparecer en las salas del centro (tomé nota de que debía preguntárselo a Betty McAllister). Se trataba de un cambio espectacular y notable, uno de esos cambios que raras veces ocurren en psiquiatría.

Por otro lado, Rob atribuía su repentino valor a la próxima partida de prot. Pero el trastorno de personalidad múltiple no funciona así. Es Robert quien dota de «existencia» a prot cuando le necesita. Sin duda, resultaría particularmente aberrante que prot se negara a aparecer, aunque una rara avis así no es un hecho desconocido en el campo de la literatura. Por ejemplo, a veces se da el caso de personalidades primaria y secundaria que no se soportan, y en algunas ocasiones esta última se niega a aparecer por despecho, o la primaria rehúsa pedirle que aparezca.

Pero prot y Robert parecían llevarse muy bien. Sin embargo, se me ocurrió que el efecto resultante de la partida de prot sería similar al provocado por una riña «familiar». Quizá pudiera conseguir que Robert se enfadara tanto con prot como para alegrarse de verle partir. Pero ¿le ayudaría eso a enfrentarse al mundo por sí mismo o simplemente empeoraría las cosas?

Además, quedaban otras preguntas todavía sin responder. La más importante: ¿quién era el padre de la hija de Sally? ¿Y cómo afectaba ese giro del destino a la psique ya dañada (a causa del inoportuno accidente y posterior muerte de su padre doce años antes) de Robert? Aquello empezaba a parecerse al interior de un átomo. Cuando ya daba la sensación de que empezábamos a llegar a alguna parte, aparecían más partículas. ¿Cuánto más tendríamos que profundizar para dar con la verdadera causa del problema de Robert? ¿Y lograríamos encontrarla antes del veinte de septiembre?

Le expuse mis preocupaciones a mi esposa durante la cena. Su comentario fue:

—Quizá Robert no sea el padre, o quizá sí lo sea.

—¿Qué quieres decir?

—Quizá no pueda admitirlo, ni siquiera ante sí mismo. Si quieres saber mi opinión, el acontecimiento clave tuvo lugar mucho antes de eso.

—¿Qué te hace pensar así?

—Bueno, prot hizo su primera aparición cuando Robert tenía seis años, ¿no? Un poco antes. Quizá deberías concentrarte en sus primeros años de infancia.

—¡Avanzo lo más rápido que puedo, «doctora» Brewer!

Cuando, el jueves por la mañana, llegué a mi despacho encontré un montón de las cartas de prot sobre mi escritorio. Algunas habían sido escritas por personas que podrían perfectamente haber sido pacientes del IPM o de cualquier otro hospital. («¡Auxilio! ¡Alguien está intentando envenenarnos el agua con fluoruro!») Otros tenían planes para llevar el «desarrollo» a K-PAX; por ejemplo, convertirlo en un gigantesco parque temático llamado Utopía. Y otros pretendían extender sus distintas religiones a los últimos confines del universo. Pero la mayoría eran patéticamente similares. He aquí un ejemplo:

Glen Burnie, Maryland

Querido señor Prot:

Mi hijo Troy tiene diez años. Después de ver en la televisión un documental en el que se decía que ustedes no matan animales ni comen carne, él también se niega a probarla. No sé qué darle de comer. Parece estar bien de salud, pero temo que no esté recibiendo todas las vitaminas que podría darle la carne. También ha tirado a la basura sus soldaditos de juguete. Ahora dice que quiere ir a K-PAX con usted. De hecho, ya tiene las maletas hechas.

No sé qué hacer. Por favor, escríbale y explíquele que no quería decir que la gente de la Tierra deba ser como usted.

Gracias
Suya,
Señora Floyd B.

Muchas cartas eran de los propios niños, garabateadas con una caligrafía de grandes trazos. Supongo que las dos que leí eran una muestra más que representativa. Una imploraba con prot que «por favor, paren todas las guerras». La otra, de una niña mayor, se excusaba por no poder ir ahora a K-PAX porque tenía que ayudar en casa, ¿pero podría ir más adelante? Si estas eran claros ejemplos de las cartas que prot había recibido, no cabe duda de que hay miles y miles de niños en todo el mundo listos y deseosos de probar suerte en un planeta alienígena antes de aceptar la herencia recibida de manos de sus antepasados. Sentí una mezcla de júbilo y de tristeza ante la esperanza de futuro de nuestro propio mundo si esas sentidas cartas reflejaban de algún modo las esperanzas y la mentalidad de los jóvenes de hoy.

Debajo del montón de cartas encontré una lánguida nota escrita a mano con cuidadosa caligrafía en tinta verde que decía: «¡Yo también quiero ir!».

Un espectáculo peculiar: prot y Giselle atravesando el salón a toda prisa en dirección a la puerta principal con Russell pisándoles los talones. Tras ellos, un grupo formado por otros pacientes, y, detrás de éstos, una fila de gatos. Milton iba bailando al frente del grupo, con su estrafalario sombrero y soplando un silbato de latón imaginario. Nadie decía nada. Era casi como un sueño extraño y silencioso, una imagen de una película de Bergman o de Kurosawa. Me fijé en que prot llevaba algo en la palma abierta de la mano.

Para no molestarlos corrí a las ventanas que daban al jardín, y desde allí vi a prot soltar su carga en el césped, provocando el aplauso y los gritos de sus seguidores. No llegué a ver de qué se trataba. Más tarde me enteré de que prot había encontrado una araña que intentaba trepar frenéticamente por el lateral de uno de los lavamanos del cuarto de baño. Él y los demás la habían llevado fuera. Cuando desapareció en el césped, Russell rezó una oración y todo hubo terminado.

Russ rezaba mucho últimamente, incluso más que cuando se creía Jesucristo. Me habían dicho que había decidido que no faltaba mucho para que se acabara el mundo. No sabría decir si su actitud tenía que ver con el regreso de prot. De todos modos, su reciente preocupación por la muerte y por el más allá en poco se diferenciaba de la de millones de personas que andaban por ahí sueltas.

Mientras observaba al grupo entrar de nuevo por la gran puerta situada al otro extremo del salón, con prot y Giselle de la mano, se me ocurrió algo en lo que no había reparado antes, o que quizá había preferido pasar por alto. El renaciente romance entre ambos (a pesar de lo mucho que prot aborrecía el sexo) parecía cada día más sólido. ¿Cómo reaccionaría Giselle si prot desapareciera y Robert ocupaba su lugar en el mundo? Para ser más precisos: ¿intentaría Giselle dificultar de algún modo el tratamiento de Robert? ¿Y prot? ¿Acaso el evidente afecto que sentía por ella podía llevarle a echarse atrás y no ayudar a Robert a recuperarse?

Sesión vigésimo segunda

El primer día de septiembre tuvimos el honor de recibir la visita del presidente de nuestro consejo de dirección. Villers había grabado cuidadosamente en cada uno de nosotros la importancia de su llegada: el hospital estaba buscando un donante con el que dar nombre a la tan esperada (y para la que todavía no teníamos fondos) nueva ala del centro. Se me honró con el privilegio de recibir a tan distinguido empresario, cuya cartera de acciones le daba el control sobre varias grandes empresas, un banco, una cadena de televisión (que, según me enteré, tenía el programa de temas de actualidad en el que prot iba a ser entrevistado) y otras compañías. Menninger bromeó diciendo que era un hombre tan rico que estaba pensando en presentarse como candidato a la presidencia del país. Klaus estaba decidido a hacerse con un pellizco de aquella mina de oro.

La primera impresión que tuve al conocerle en la verja de entrada al centro fue que debía de haber tenido una infancia muy difícil. A pesar de su gran fortuna y correspondiente poder, era tan introvertido que casi parecía que iba a desaparecer de un momento a otro. Me tendió la mano a regañadientes, una mano tan fría y fláccida que instintivamente la solté como quien suelta un pescado muerto. A buen seguro eso nos costaría unos cuantos miles de dólares, pensé consternado. Aunque quizás él ya estuviera acostumbrado.

No me miró ni una sola vez durante toda la visita. Mientras recorríamos las instalaciones, antes de tomar café con Villers y con el resto de los miembros del comité ejecutivo, me di cuenta de que se mantenía a una respetable distancia de mí, como si intentara evitar que le contaminara. De hecho, uno de sus guardaespaldas se interponía en todo momento entre los dos. Además, daba la sensación de padecer un leve trastorno obsesivo-compulsivo. Cada vez que nos acercábamos a algún objeto que tuviera una esquina puntiaguda, se detenía y pasaba el pulgar por el afilado vórtice antes de seguir adelante (me habían dicho que en su oficina no había ni una sola esquina o ángulo sobresaliente).

Aunque parezca extraño, parecía desconcertado al ver a los pacientes arremolinados por ahí, sobre todo cuando vio a Jackie sentada en el césped con un montón de basura entre sus piernas desnudas. Bert, que buscaba tesoros perdidos detrás de cada árbol, y Frankie, que iba de acá para allá arrastrando los pies y sin camiseta, intentando combatir el calor, no ayudaron a disminuir su consternación. Al parecer nunca había visto enfermos mentales. O quizá se estuviera enfrentando a lo que fácilmente podría haberle ocurrido a él.

Sin embargo, todo iba más o menos bien y de acuerdo a lo previsto hasta que Manuel saltó hacia nosotros, graznando y batiendo los brazos. Cuando me giré para explicarle a nuestro visitante el problema de ese paciente en particular, le vi corriendo a toda velocidad hacia la verja de entrada. Los guardaespaldas apenas pudieron darle alcance. Yo desde luego que no.

Villers no se dignó dirigirme la palabra en toda la mañana. No me ofrecieron ni café ni pastelitos. Para ser sincero, me refugié en mi despacho hasta el almuerzo, reorganizando mis archivos y negándome a contestar el teléfono. Pero cuando volví a ver a Villers durante la comida, estaba realmente eufórico. El presidente de nuestro consejo había enviado un cheque de un millón de dólares, más que suficiente para dar el pistoletazo de salida a nuestro programa de recogida de fondos y poner una placa con su nombre encima de la puerta del nuevo edificio.

De hecho, Klaus estaba tan encantado que me invitó a almorzar (galletas de soda y requesón), cosa que jamás había hecho.

* * *

Prot pasó por alto el cuenco de fruta cuando entró en mi consulta, y supe en ese momento que Robert ya había aparecido sin esperar a que se lo pidiera.

—¿Rob?

—Hola, doctor Brewer.

—¿Está prot con usted?

—Dice que sigamos sin él.

—Muy bien. Quizás esta vez no le necesitemos.

Se encogió de hombros.

—¿Cómo se encuentra hoy?

—Bien.

—Perfecto. Me alegra saberlo. ¿Le parece si retomamos la conversación donde la dejamos la última vez que nos vimos?

—Supongo.

Parecía nervioso.

Esperé a que empezara. Como no lo hacía, tomé la iniciativa:

—La última vez hablamos de su mujer y de su hija, ¿se acuerda?

—Sí.

—¿Hay algo más que quiera contarme de ellas?

—¿Podríamos hablar de otra cosa?

—¿De qué quiere que hablemos?

—No lo sé.

—¿Le gustaría hablarme de su padre?

Se hizo un largo silencio antes de que respondiera.

—Era un hombre maravilloso. Era más un amigo que un padre.

Daba la extraña sensación de que estuviera recitando, como si hubiera preparado y ensayado su discurso.

—¿Pasaban mucho tiempo juntos?

—El año en que murió estábamos siempre juntos.

—Hábleme de ello.

Con absoluta rigidez:

—Estaba enfermo. Un novillo le había caído encima en el matadero y le aplastó. No sé exactamente qué partes de su cuerpo resultaron afectadas, pero sí sé que fueron muchas. Le dolía el cuerpo constantemente. Siempre. Dormía poco.

—¿Qué tipo de cosas hacían juntos?

—Pasábamos mucho tiempo jugando: al Monopoly, a las cartas… Me enseñó a jugar al ajedrez. Él no sabía jugar, pero aprendió y luego me enseñó.

—¿Le ganaba usted?

—Dejó que le ganara unas cuantas veces.

—¿Qué edad tenía usted entonces?

—Seis años.

—¿Volvió a jugar al ajedrez más adelante?

—Un poco en el instituto.

—¿Era bueno?

—No se me daba mal.

Eso me dio una idea (lo había consultado con Betty y también con Giselle: Robert todavía no había hecho su aparición en ninguna de las plantas).

—Algunos pacientes juegan al ajedrez. ¿Le apetecería jugar una partida algún día?

Pareció dudar.

—No sé. Quizá…

—Esperaremos a que se sienta preparado. Muy bien…, ¿qué más puede decirme sobre su padre?

Y de nuevo, como si hablara de memoria:

—Mamá le trajo de la biblioteca un libro de astronomía. Aprendimos mucho sobre las constelaciones. Él tenía unos binoculares con los que mirábamos la Luna y los planetas. Llegamos incluso a ver cuatro de las lunas de Júpiter con ellos.

—Tiene que haber sido fantástico.

—Sí. Parecía que los planetas y las estrellas no estuvieran tan lejos, que fuera fácil llegar hasta allí.

—Permita que le haga una pregunta: ¿cómo imaginaba que sería vivir en otro planeta?

—Imaginaba que sería genial. Papá decía que quizás allí vivían todo tipo de criaturas, pero que casi todas eran más amables que las personas. Que no había guerras ni crímenes, y que todo el mundo convivía en paz. Tampoco había enfermedades, ni pobreza ni injusticias. Me daba mucha pena que estuviéramos atrapados aquí y que mi padre sufriera tanto sin que nadie pudiera hacer nada por él. Pero cuando, al llegar la noche, salíamos a mirar las estrellas él parecía encontrarse mejor. Ésos eran los mejores momentos…

Rob se quedó mirando al techo, como perdido en un sueño.

—¿Qué más hacían?

Respondió con voz vacilante (casi a punto de echarse a llorar):

—A veces veíamos la tele. Y hablábamos. Me compró un perro, un perro grande y peludo de color rojo. Lo llamé *Apple*.

—¿De qué hablaban?

—De nada especial. Ya sabe, de cómo era todo cuando él era pequeño, ese tipo de cosas. Me enseñaba a hacer cosas, como a clavar un clavo y a serrar un tablón. También me enseñó cómo funcionaba el motor de un coche. Era mi amigo y mi protector. Pero entonces…

Esperé a que se enfrentara a sus pensamientos. Por fin, como si todavía no pudiera creerlo, dijo:

—Pero entonces murió.

—¿Estaba usted allí cuando ocurrió?

Robert inclinó la cabeza hacia un lado.

—No.

—¿Dónde estaba?

Se volvió hacia mí, pero sus ojos evitaron los míos.

—No… no me acuerdo…

—¿Qué es lo siguiente que recuerda?

—El día del funeral. Prot estaba allí.

Empezaba a moverse nerviosamente en la silla.

—Bien. De momento hablemos de otra cosa.

Suspiró profundamente y dejó de agitarse.

—¿Cómo era todo antes, me refiero a antes del accidente de su padre? ¿Pasaba en aquella época mucho tiempo con él?

—No lo sé. Supongo que no tanto.

—Bien, ¿qué edad tenía cuando ocurrió el accidente?

—Cinco años.

—¿Recuerda algo de lo que pasó antes de eso?

—Todo está como borroso.

—¿Qué es lo primero que recuerda?

—Recuerdo cuando me quemé la mano con el fogón de la cocina.

—¿Qué edad tenía?

—Tres años.

—¿Qué es lo siguiente que recuerda?

—Que me perseguía una vaca.

—¿Qué edad tenía?

—Fue el día en que cumplí cuatro años. Estábamos de picnic en un campo.

—¿Qué más ocurrió cuando tenía cuatro años?

—Me caí del sauce y me rompí el brazo.

Robert siguió relatándome otras cosas que le habían sucedido cuanto tenía cuatro años. Por ejemplo, se mudó de casa. Recordaba ese día con cierto detalle. Sin embargo, cuando cumplió cinco años todo quedó en blanco. Cuando intentó recordar, se angustió y empezó a agitar inconscientemente la cabeza de lado a lado.

—Está bien, Rob. Creo que ya es suficiente por hoy. ¿Cómo se encuentra?

—No demasiado bien —suspiró.

—De acuerdo. Ahora relájese. Cierre los ojos y respire despacio. ¿Está prot ahí con usted?

—Sí, pero no quiere que se le moleste. Dice que está pensando.

—Muy bien, Rob, eso es todo por ahora. Ah, una cosa más: me gustaría someterle a hipnosis la próxima vez. ¿Le parece bien?

Sus pupilas parecieron reducirse visiblemente.

—¿Es necesario?

—Creo que le ayudaría a recuperarse. Porque usted quiere recuperarse, ¿no?

—Sí —dijo, un poco mecánicamente.

—De acuerdo. El martes le someteremos a una sencilla prueba para determinar hasta qué punto es usted un sujeto adecuado para dicho procedimiento.

—¿No nos veremos el lunes?

—El lunes es el Día del Trabajo. Volveremos a vernos el próximo miércoles.

—Ah, bien —dijo. Parecía aliviado.

—Gracias por venir. Ha sido una buena sesión.

—Genial. Hasta la vista, doc.

De camino a la puerta, cogió un par de peras y mordió una. Supe entonces que Rob se había «retirado» para el resto del día.

—¿Prot?

—¿Sí?

—¿Quiere ir a un picnic el lunes?

—¿Habrá fruta?

—Por supuesto.

—Delo por hecho.

—Bien. Y me pregunto si me haría usted otro favor.

Farfulló algo en pax-o.

—Tengo un paciente con el que me gustaría que hablara.

Le hablé de Michael. Pareció muy interesado en el caso.

—Si le dejo entrar a la tercera planta, ¿intentará ayudarle?

—¿Ayudarle a que se suicide?

—No, maldita sea. Ayudarle a que no lo haga.

—Ni lo sueñe.

—¿Por qué no?

—Porque es su vida. Pero le diré lo que haré. Averiguaré por qué quiere hacerlo y veremos si se nos ocurre algo.

—Gracias. Eso es todo lo que le pido. Programaré algo tan pronto como...

—¡Tiempo! —chilló prot—. ¡Y hay alguien es-pe-ran-do!

Supuse que se trataba de Rodrigo, que había subido con él, pero cuando abrí la puerta me encontré con Betty en compañía de Kowalski.

—¿Algún problema en alguna de las plantas? —les pregunté.

—Se trata de Bert.

—¿Dónde están los demás?

—Casi todos los médicos se han ido antes a casa por lo del fin de semana largo.

—Escuche, ¿pueden usted y Roman bajar con prot a la 3B? Quiero que hable con Michael. Estaré ahí enseguida.

—Claro.

—Conozco el camino —dijo prot.

—Quiero que también Betty vea esto.

Sonrió, tolerante.

—Vale, jefe.

Corrí hasta las escaleras y bajé a toda prisa al segundo piso, preguntándome qué habría podido pasar con Bert, que puede pasarse días y semanas sin alterarse en absoluto antes de volverse desesperadamente ansioso por encontrar lo que ha perdido. En eso es igual a los maniacodepresivos (trastorno bipolar): ambos viajan por la montañosa carretera que circula entre la indiferencia y una sensación muy próxima al pánico.

Bert sólo lleva con nosotros unos meses. Llegó poco después de que, durante su fiesta de cumpleaños sorpresa, se dedicara a destrozar los setos del jardín y a golpear frenéticamente la puerta del garaje de los vecinos, buscando algo. Es un gran atleta que no aparenta en absoluto sus cuarenta y ocho años, además de un hombre al que aparentemente no le falta de nada: amigos, un trabajo que le encanta y una salud excelente.

Se comprobó en un principio que no hubiera perdido ninguna de las cosas que suelen desaparecer con más frecuencia —la llave de una caja fuerte, un maletín, la cartera—. Por supuesto, no parecía que faltara nada importante. Tampoco parecía tratarse de cosas tan obvias como la pérdida de la juventud (todavía tenía mucho pelo y de un rojo brillante), de dinero o de su fe religiosa, de un miembro de su familia o del respeto de sus colegas, factores que a veces desempeñan un papel importante en el bienestar del individuo. La única pista que descubrimos fue un armario lleno de muñecas que su madre había descubierto en una de sus visitas anteriores. Pero ni siquiera eso nos condujo a parte alguna.

Esta vez Bert abordaba a todo aquel con quien se encontraba, pidiéndoles a voces que vaciaran sus bolsillos y se sometieran a un «registro corporal». Intenté sin éxito calmarle, pero, como de costumbre, terminé ordenando que le administraran una dosis de Thorazine.

Mientras ayudaba a llevarle de vuelta a su habitación, una de las enfermeras vino corriendo hacia mí. Le faltaba el aire.

—¡Doctor Brewer, doctor Brewer! ¡Betty le necesita urgentemente arriba!

—¿Dónde? ¿En la cuarta planta?

—¡No! ¡En la tercera! ¡Es prot!

Lo primero que pensé fue: ¡Maldita sea! ¿Qué le habrá hecho a Michael?

Avisé a alguien para que ocupara mi puesto y se encargara de Bert.

—¿Qué ha pasado? —le pregunté a la enfermera mientras corríamos hacia las escaleras. De pronto me acordé del comentario de prot cuando le dije que Robert había intentado ahogarse en 1985: «Tiene ese derecho, ¿no?». Yo había cometido un estúpido error táctico, un error de aficionado. No me sorprendería que prot se hubiera mostrado de acuerdo con el deseo de Michael de poner fin a su vida y le hubiera ayudado a hacerlo.

—Se trata de los pacientes autistas —jadeó la enfermera—. ¡Les ha ocurrido algo!

—¿Qué? ¿Qué les ha ocurrido?

Pero ya habíamos entrado en la 3B y no hubo necesidad de más explicaciones. En mis treinta y dos años de práctica he visto cosas terribles y cosas maravillosas, pero nada comparado con lo que me encontré esa tarde en aquella sala.

Prot estaba sentado en un taburete frente a uno de los autistas. Era Jerry, el ingeniero de las cerillas, que no había logrado articular seis palabras seguidas desde que había ingresado en el hospital, tres años antes. Prot le apretaba la mano, acariciándola con ternura y cariño, como si estuviera acariciando un pájaro. Jerry, que no había mirado a nadie a los ojos desde que era niño, sí miraba a los de prot. ¡Y estaba hablando! No hablaba en voz alta ni daba la menor muestra de nerviosismo, sino que lo hacía en voz baja, casi entre susurros.

Betty se había apartado a un lado, con una lacrimógena sonrisa en los labios. Nos acercamos a ella. Jerry le hablaba a prot de su niñez, de ciertas cosas que le gustaba hacer, de sus platos favoritos, su amor por las estructuras arquitectónicas. Prot le escuchaba atentamente, asintiendo de vez en cuando. Momentos después, apretó la mano de Jerry por última vez y la soltó. En ese instante, los ojos del pobre Jerry vagaron por las paredes, por los muebles, por todas partes excepto por la gente que había en la sala. Finalmente se levantó y volvió a trabajar en su último modelo, una nave espacial anclada sobre su plataforma de lanzamiento. En resumen, regresó de inmediato a su estado habitual, la única existencia que había conocido durante los treinta y un años de su patética vida. El episodio había durado sólo unos minutos.

Betty, todavía con los ojos llenos de lágrimas, dijo:

—También lo ha hecho con otros tres.

Prot se giró hacia mí.

—Gene, gene, gene, ¿dónde diablillos estaba?

—¿Cómo lo ha hecho?

—Ya se lo he dicho, doctor. Sólo tiene que dedicarles toda su atención. El resto es fácil.

Sin más, se fue hacia las escaleras. Kowalski salió al trote tras él.

—Y eso es sólo la mitad —dijo Betty, sonándose la nariz.

—¿Cuál es la otra mitad?

—¡Creo que Michael está curado!

—¿Curado? Vamos, Betty, usted sabe perfectamente que las cosas no funcionan así.

—Ya lo sé. Pero creo que esta vez sí.

—¿Qué le ha dicho prot?

—Bueno, ya sabe que Michael siempre se ha hecho responsable de la muerte de todos aquellos con los que alguna vez ha tenido contacto directo.

—Sí.

—Prot le ha encontrado una salida.

—¿Una salida? ¿Qué salida?

—Sugirió a Michael que se hiciera auxiliar de clínica de urgencias.

—¿Cómo? ¿Cómo iba a solucionar eso su problema?

—¿No se da cuenta? Así, salvando la vida de la gente, podrá compensar las muertes que ha causado. Neutraliza sus errores, por así decirlo, uno a uno. Es perfectamente lógico. Al menos lo es para Michael. Y para prot.

—¿Está ahora Mike en su habitación? Me gustaría entrar a verle un minuto.

—Le envié a la biblioteca con Ozzie, de Seguridad. No podía esperar a ponerle las manos encima a algún manual de procedimientos médicos de urgencias. Ya verá. ¡Es una persona totalmente distinta!

* * *

Un aluvión de ideas me daba vueltas en la cabeza mientras miraba por la ventanilla del tren a Connecticut. Me emocionaba que aparentemente prot hubiera sido capaz de hacer por Michael algo que yo, en varios meses de terapia, no había conseguido. Y su interacción con los autistas era algo que jamás olvidaría. (Antes de salir de mi despacho llamé a Villers, que llevaba el caso de Jerry, y le conté, lo más calmadamente que pude, lo ocurrido. Su único comentario fue un frío: «¿Eso es todo?»)

Mientras contemplaba las casas y los jardines que pasaban frente a la ventanilla a toda velocidad, me preguntaba si los psicoanalistas no habríamos optado por la vía errónea. ¿Por qué no podíamos ver las cosas con la claridad con la que prot parecía estar dotado? ¿Existía algún simple atajo que condujera a la psique de las personas y que nosotros no sabíamos ver? ¿Alguna forma de ir eliminando las distintas capas del alma, coger su núcleo entre las manos y masajearlo como lo haríamos con un corazón que ha dejado de latir para devolverle la vida?

Me acordé de lo que Rob me había dicho sobre las noches que había pasado en el jardín trasero de su casa con sus binoculares, entre los brazos de su padre, ambos contemplando el cielo mientras el perro husmeaba entre el seto. Si ponía en ello todo mi empeño, ¿podría formar parte de esa escena y sentir lo que él debía de estar sintiendo?

Yo culpaba a mi padre por lo solo que me sentí de niño. Como era el único médico de la ciudad, inspiraba mucho respeto, y ese halo parecía transferírmelo también a mí. Los demás niños me trataban como si fuera distinto a ellos, y me costaba mucho hacer amigos a pesar de que deseaba desesperadamente ser uno de ellos. El resultado fue que me convertí en un niño introvertido, un rasgo que, desgraciadamente, todavía conservo. Si no hubiera sido porque Karen vivía en la casa de al lado, tal vez habría terminado siendo un caso perdido.

Sinceramente, envidiaba la relación que Rob había tenido con su padre y con su perro. También yo quería un perro, pero mi padre no quería ni oír hablar del tema. No le gustaban los perros. Creo que quizá le daban miedo.

Por otro lado, si él o yo hubiéramos sido distintos, o si él hubiera vivido más años, quizá yo no me hubiera hecho psiquiatra. Como le gusta decir a Goldfarb: «Si mi madre hubiera tenido ruedas, habría sido un furgón». Mientras seguía con la mirada perdida en la difusa luz del sol, intentando encontrar algún sentido a la vida de Robert/prot, pensé de pronto en Cassandra, nuestra interna vidente. ¿Podría decirme qué ocurriría si prot se marchaba? O, mejor aún, ¿sabría si de verdad iba a marcharse el veinte de septiembre?

No me apetecía demasiado ir al hospital el sábado, pero los padres de Dustin habían solicitado una reunión conmigo y era el único momento libre que había podido reservar para recibirlos. Los encontré esperándome en el salón. Charlamos unos minutos sobre el tiempo, la comida del hospital y las peladuras de la moqueta. Naturalmente, ya los había visto en anteriores ocasiones. Parecían una pareja genial que intentaba ayudar a su hijo en lo posible, visitándole a menudo y asegurándome que contábamos con su total confianza e incondicional apoyo.

Habían solicitado verme para hablar de los progresos de Dustin. Les dije con toda franqueza que todavía no había cambios apreciables, pero que estábamos pensando probar con él algunos de los medicamentos experimentales más recientes. Mientras hablaba con aquella amable pareja, me vi sopesando la posibilidad de que, a pesar de su comportamiento casi obsequioso, quizá hubieran abusado de algún modo de su hijo. Me vino a la cabeza un caso parecido, el de un venerado pastor y su esposa que, juntos, habían apalizado a su pequeño hasta casi matarlo. Ninguno de los miembros de la congregación parecía haber notado las heridas y los hematomas del niño, o quizá habían preferido pasarlos por alto. ¿Podía ser el de Dustin un caso similar? ¿Estaría ocultando heridas que todavía no habíamos podido detectar, mostrándonos pistas crípticas que conducían a la causa subyacente de su problema?

El abuso a menores toma formas muy diversas. Puede ser sexual o implicar algún tipo de abuso físico o mental. A causa del miedo y de las reticencias del niño a contarle a nadie lo que le ocurre, es una de las aberraciones más difíciles de descubrir. A veces, una visita al médico saca a la luz pruebas de dicha forma de malos tratos (aunque, a veces, también los médicos se muestran reticentes a actuar en tales casos). Pero el historial médico de Dustin no apuntaba a ese problema, y no fue hasta que llegó al instituto cuando de repente «se desconectó». Es un misterio por qué ocurrió justo entonces, como desgraciadamente ocurre con muchos de nuestros pacientes.

Sesión vigésimo tercera

Como de costumbre, me asaltó una fuerte sensación de *déjà vu* mientras Karen y yo esperábamos a nuestros invitados un soleado, aunque relativamente fresco, Día del Trabajo. Fue aquí, hace cinco años, donde por primera vez tomé conciencia del torbellino que enturbiaba profundamente la mente de prot (la de Robert), y donde vislumbré su habilidad para influir en la vida de los demás, no sólo en la de los pacientes, sino también en la de los miembros de mi propia familia.

Shasta y *Oxeye*, los dálmatas, husmeaban por el jardín, sin perder de vista la verja de entrada ni la mesa donde iba a servirse el picnic. Sin duda sabían que las visitas estaban por llegar.

Sólo la mitad de la familia iba a estar presente en esta última barbacoa del verano. Fred, nuestro hijo mayor, estaba rodando un musical (formaba parte del coro), y Jennifer, la internista, no había podido escaparse de la clínica de San Francisco donde trabajaba. De hecho, hacía varios meses que no veíamos a ninguno de los dos. Al parecer, uno a uno, los hijos se deshacen de las ataduras que los unen a nosotros y desaparecen. En momentos así es cuando empiezo a sentirme cada vez más viejo, cada vez más desvinculado, a medida que el tamborileo del tiempo gana fuerza y cuesta más pasarlo por alto. A pesar de que todavía no he cumplido los sesenta (aunque me falta muy poco), me soprendo planteándome si la jubilación no será preferible a ir quedándome sin cuerda como el viejo reloj de un abuelo.

Karen me pregunta constantemente cuándo pienso dejar a un lado mi libreta amarilla de notas, y a veces creo que sería maravilloso dedicar mi tiempo a pasearme tranquilamente por las distintas plantas del hospital, charlando con los pacientes, pudiendo llegar a conocerlos íntimamente como hace prot, un don con el que Will, y algunas de las enfermeras, parecen haber nacido. Sin duda en nada tendría que envidiar a la jubilación de un conductor de autobús, aunque conozco a un par de conductores que estarían encantados de poder pasar sus vacaciones conduciendo por el campo y viendo cosas en las que antes no habían reparado. ¡Y no tendría que seguir comiendo requesón en el almuerzo!

Abigail, su marido Steve y los niños fueron los primeros en llegar. Abby me saludó afectuosamente. A medida que hemos ido haciéndonos mayores, ella ha empezado a comprender que hice lo que pude como padre, del mismo modo que también yo, por mi parte, he tenido que aceptar mis propios defectos. Todos cometemos errores, nunca acertamos del todo, como ella está comprendiendo ahora por experiencia propia, la que (como señaló prot) es probablemente la única forma de que cualquiera de nosotros aprenda algo.

Abby, quizá viendo en nuestro visitante alienígena a un aliado, aprovechó la oportunidad para preguntarme (algo que no había hecho en años) si por fin me había dado cuenta de que la experimentación con animales era «el error más caro de la historia de la medicina. Y no es que no haya dado algún resultado —continuó antes de que pudiera responderle—, aunque no más apreciable que cualquier estúpido enfoque de los problemas científicos. Pero deberíamos preguntarnos cuánto más podríamos haber progresado si hace muchos años se hubieran desarrollado mejores metodologías».

Le recordé a mi hija, la radical, que podría llevar más lejos su caso si se lavara un poco la lengua y si los defensores de los derechos de los animales dejaran de irrumpir en los laboratorios, aterrorizando a los investigadores.

—Oh, papá, eres tan jodidamente *pro-sistema*. Como si la propiedad y lo que tu llamas «lenguaje sucio» fueran más importantes que los animales a los que matáis a diario. También llamaron terroristas a los que se manifestaron contra la guerra (se refería a Vietnam),

¿te acuerdas? Ahora sabemos que aquello no era más que una gilipollez. Tenían razón, y todo el mundo lo sabe. Ocurre exactamente lo mismo con el movimiento a favor de la defensa de los animales. Afortunadamente —añadió, bromeando a medias— todos vosotros, los viejos carcamales, desapareceréis algún día y las cosas cambiarán. Los más jóvenes están empezando a darse cuenta del disparate que significa la investigación con animales —terminó, sonriendo y dándome un beso en la mejilla. Felizmente, todas nuestras discusiones acaban así.

Steve, mi yerno astrónomo, estaba al corriente de la entrevista que Charlie Flynn había mantenido con prot, y me informó de que su colega estaba estudiando el cielo con renovado vigor en busca de datos que evidenciaran la existencia de planetas habitados. Durante los últimos años, Flynn ha recibido un buen número de prestigiosos premios a raíz de haber «descubierto» varios mundos hasta entonces desconocidos, entre ellos Noll, Flor y Tersipión, gracias a las indicaciones que prot le dio en 1990. Flynn y algunos de sus colegas trabajan además con funcionarios del Departamento de Estado con la esperanza de visitar Libia o, como mínimo, de conseguir importar la mayor cantidad posible de excremento de cierta araña específica de ese país. Y tiene a todos sus estudiantes de postgrado reflejando luces en espejos, a la espera de verlos moverse por el laboratorio a velocidades de súper luz, hasta el momento sin éxito.

—Ah, me encanta —dijo Steve con voz cansada—. Es como estar en una novela de ciencia ficción.

Ese día, Rain y Star, mis nietos, de once y nueve años respectivamente, lo pasaron en grande, supongo que sobre todo por los perros, con los que se llevan de maravilla. Tan pronto como llegaron empezó la gran caza al Frisbee, mientras el cabello de los chicos, que les caía sobre los hombros, volaba tras ellos como pequeñas banderolas. *Shasta Daisy*, que ya había cumplido trece años y era dura de oído y un poco artrítica, se excitó tanto con el juego que volvió a comportarse como un cachorro.

Betty, su marido Walt y los trillizos llegaron un poco más tarde con Giselle y prot, a quien *Shasta* reconoció de inmediato debido a la visita similar que tuvo lugar cinco años antes. *Oxeye* también se acercó a él, aunque con más cautela. Quizá se diera cuenta instintivamente de que no era Robert, el silencioso compañero de sus días de cachorro (llevé a *Oxie* a la planta de catatónicos en un tímido intento por conseguir que Rob se relacionara con él). De cualquier modo, los perros casi no se movieron de su lado durante toda la tarde.

Por fin llegó Will, que trajo con él a Dawn, su novia. Will acababa de terminar sus prácticas de verano en el IPM, decepcionado por no haber sido capaz de descifrar el código secreto de Dustin. Estaba convencido de que éste tenía algo que ver con la pantomima del «cigarro», pero no conseguía descubrir de qué se trataba. Vino con ánimo de relajarse durante ese Día del Trabajo, su último día libre, antes de que empezaran las clases, pero también esperaba hablar con prot sobre cómo poder comunicarse con Dustin.

No ocurrió nada extraordinario durante la mayor parte de la tarde, y todos disfrutamos de un fantástico picnic en el jardín trasero. Cuando terminamos de comer y todos estaban sentados conversando, me llevé a prot a un lado y le pregunté cómo se sentía Robert.

—Parece que está bien, gino. Debe de ser gracias a su mano izquierda con los pacientes.

—Gracias. Lo que me recuerda…, necesito preguntarle algo ahora que está aquí.

—Dispare.

—En nuestra última sesión, Robert llamó a su padre «amigo y protector». ¿Sabe qué quería decir con eso?

—No conocí a su padre. No conocía a Rob cuando su padre estaba vivo.

—Lo sé. Pensé que quizá le habría mencionado algo sobre él.

Me llevé la mano al bolsillo y saqué el silbato que había utilizado para hacer aparecer a Robert durante la vigésima sesión.

—¿Se acuerda de esto?

—¡No! ¡El silbato no! ¡Oh, Dios mío! ¡Oh, Dios mío! ¡Todo menos el silbato!

Prot levantó las manos con fingida consternación, aunque noté que lo había estado esperando. Los demás estaban avisados y todos los adultos presentes, especialmente Giselle, miraban en nuestra dirección con gesto nervioso. Le guiñé un ojo para tranquilizarla. Los niños, incluidos los pequeños Huey, Louie y Dewey, también se habían quedado quietos en sus sillas con los perros a sus pies. De pronto se había hecho un completo silencio.

No tenía la menor idea de si funcionaría ahí, de si Robert estaba preparado para hacer su aparición fuera de la relativa seguridad de mi consulta. Tan pronto como toqué el silbato con los labios, dejó caer la cabeza un instante y a continuación volvió a levantarla. Ni siquiera tuve que soplar.

—Hola, doctor Brewer —dijo. Sus ojos no dejaban de dar vueltas como un par de mariposas asustadas—. ¿Dónde estoy?

Se quitó las gafas de prot para poder ver mejor.

—Está en mi casa, en Connecticut. Su segundo refugio. Vamos. Le presentaré a los demás.

Pero antes de que pudiera hacerlo, *Oxeye* vino corriendo hacia nosotros meneando el rabo. Saltó sobre Robert y empezó a lamerle la cara (estábamos sentados en sillas de linón al fondo del jardín trasero). Obviamente, *Oxie* había reconocido a su antiguo compañero y estaba muy contento de verle. *Shasta*, por su parte, fue menos expansiva. Sólo había visto a Robert una vez, cuando él se asustó al ver nuestro aspersor de césped.

Por su parte, Robert no cabía en sí de contento al volver a ver a *Oxie*, y estuvo abrazado a él durante unos minutos.

—¡Te he echado de menos! —exclamó. El perro meneó el rabo de lado a lado y empezó a correr alegremente por el jardín, pasando junto a Rob varias veces, como suelen hacer los dálmatas cuando están felices. Más tarde, Rob me preguntó si podríamos cuidar de su perro «un poco más». Le aseguré que estaríamos encantados de hacerlo, satisfecho de que su actitud fuera tan positiva.

Más allá de los confines del hospital y de la influencia de prot, Robert mostraba una parte de sí mismo que yo no había visto antes. Era un hombre cortés, amable y dulce, que adoraba a los niños, a los que hizo una demostración de unas cuantas posturas de lucha antes de unirse a una animadísima sesión de Frisbee con los cinco, perros incluidos. Si no hubiera sido un paciente con problemas mentales, nadie habría sospechado jamás que había demonios rascando y royendo justo debajo de su plácido exterior.

Steve intentó iniciar con él una conversación sobre los cielos, pero desistió cuando quedó claro que Robert tenía sólo conocimientos muy superficiales sobre el tema: el nombre de los planetas y de algunas constelaciones. Por otro lado, ambos disfrutaron cambiando impresiones sobre sus equipos de fútbol universitario y profesional favoritos, a pesar de que Robert parecía ignorar virtualmente la evolución de ese deporte desde mediados de los años ochenta.

Pero fue Giselle quien ocupó la mayor parte de su tiempo. Aunque al principio pareció tomarse a mal la presencia de Robert, pronto se puso a charlar tranquilamente con él sobre su pasado y el de él (ambos procedían de ciudades pequeñas). Por supuesto, yo no hice el menor intento por desanimarlos. Cuanto más cómodo se sintiera Rob en aquel ambiente nuevo y desconocido, mayores serían las probabilidades de que confiara en nosotros y mejor sería el diagnóstico. Mientras los observaba, me preguntaba si sería Robert o prot quien volvería al hospital con Betty y su familia.

Pero Rob no aguantó la tarde entera. Cuando se metió en la casa para ir al cuarto de baño, fue prot quien regresó, con gafas y todo. No supe con seguridad si el interior de la casa le había recordado aquel fatídico día de 1985, pero no intenté por ningún medio volver a recuperar su alter ego. Con su mera aparición yo estaba más que encantado.

Cuando Will descubrió que prot había regresado, inmediatamente le apremió para que le ayudara a descifrar el «código secreto» de Dustin.

—¿Quieres decir que todavía no lo has averiguado? ¿Lo de la zanahoria? ¡Vaya! —chas, chas, chas—. ¿Qué hay, doc?

—¿Zanahoria? —tartamudeó Will—. Pensaba que se trataba de un cigarro.

—¿Qué razón tendría para mascar un cigarro?

—Bueno, cierto, ¿qué significado tiene la zanahoria?

—Eres más listo que tu padre. Averígualo.

Algunos de los demás también querían hablar con prot. Steve le acribilló a preguntas sobre su propia especialidad —la formación de estrellas—, y Giselle intentó hacerle «hablar» con *Shasta* para descubrir si podía averiguar algo sobre su pasado. Abby quería saber cómo conseguir que más gente se compadeciera de la situación de los animales en el mundo.

—No reprimáis lo que por naturaleza vuestros hijos sienten hacia ellos —le aconsejó.

Incluso los niños le sometieron a un interrogatorio, deseosos de saber más cosas acerca de la vida en K-PAX. Star, por ejemplo, deseaba saber si K-PAX era tan hermoso como la Tierra.

A prot parecieron velársele los ojos.

—No podrías creer lo hermoso que es —murmuró—. El color cambia de un rojo intenso a un azul brillante y de nuevo al rojo, dependiendo de a qué sol esté mirando la cara iluminada. Rocas, campos de grano, rostros… todo resplandece bajo la radiante energía de los soles. Y el silencio es tal que se puede oír volar a los *korms* y la respiración de otros seres a lo lejos…

Nunca tuve la oportunidad de hacerle ninguna de las miles de preguntas que había ido guardando para mí mismo. Eso, como tantas otras cosas, tendría que esperar mejor ocasión.

A pesar de que ya había hecho aparecer a Robert después de hipnotizar a prot, debido a ciertas causas técnicas deseaba pasar por encima de éste y tratar directamente con Rob. Había programado la prueba de susceptibilidad a la hipnosis (Stanford) de Robert para primera hora de la mañana del martes, pero no me sorprendió que fuera prot quien apareciera. Aproveché la ocasión para preguntarle, no sin notable agitación, sobre mi familia y sobre qué tal encontraba a sus miembros (fue prot quien me había abierto los ojos al problema de Will con las drogas cinco años antes).

—Su esposa hace una macedonia estupenda —dijo, llenándose hasta los topes la boca de frambuesas.

Intentando ser lo más paciente que pude:

—¿Algo más?

Trituró las frambuesas en la boca y un hilillo de jugo rojo como la sangre le cayó por la barbilla.

—Abby parece ser uno de los pocos seres humanos que entiende qué haría falta para salvar a la TIERRA de sus manos. Obviamente es un poco bruta —sonrió con ironía y una frambuesa masticada se le cayó de la boca—. Pero me gusta.

—Maldita sea, prot. ¿Y qué pasa con Will?

—¿Qué pasa con él?

—¿Está tomando drogas?

—Sólo relaciones sexuales y cafeína. Ustedes los humanos nunca dejan de intentar encontrar algo que llene sus aburridas vidas, ¿no es cierto?

—Quizá le sorprenda saber, amigo mío, que no hay nadie en la Tierra más humano que usted.

—Sin insultar, gino.

Me eché a reír, quizá de puro alivio.

—Entonces, ¿piensa usted que Will está bien?

—Será un gran médico, *mon ami*.

—Gracias. Me alegra mucho oír eso.

—De nada.

Supe, al ver su sonrisa torcida, que todavía no iba a decirme cuándo se marcharía o a quién pensaba llevarse con él. Sin embargo, se me había ocurrido algo esa misma mañana mientras conducía.

—¿Prot?

—Zí, zeñó —respondió imitando a la pata Daffy.

Pensé: lleva demasiado tiempo en compañía de Milton.

—Betty me dijo que le vio en la sala de recreo leyendo *K-PAX*.

—Sentía curiosidad.

—¿Encontró algún dato incorrecto?

—Sólo esa absurda especulación suya de que no soy más que una quimera, producto de la imaginación de robert.

—Eso plantea una interesante pregunta que llevo algún tiempo queriendo hacerle: ¿cómo es que nunca los he visto a usted y a Robert a la vez?

Se dio una palmada en la frente.

—Gene, gene, gene. ¿Acaso me ha visto a mí y al world trade center al mismo tiempo?

—No.

—Entonces, supongo que piensa usted que el world trade center no existe.

—¿Sabe? Hay un método mucho más eficaz para probar o desaprobar de forma concluyente si usted y Robert son o no la misma persona. ¿Nos permitiría que le extrajéramos una muestra de sangre?

—Ya me extrajeron una la primera vez que estuve aquí, ¿se acuerda?

—Por desgracia, fue accidentalmente desestimada. ¿Podríamos sacarle un poco más?

—Los accidentes no existen, amigo. Pero ¿por qué no? Tengo mucha.

—Lo programaré con el doctor Chakraborty para que se le extraiga durante la semana, ¿de acuerdo?

—De acuerdo, joe.

—Veamos…, necesito hablar un rato con Robert. ¿Puede decírselo, por favor?

—¿Decirle qué, doctor Brewer?

—Ah, hola, Robert. ¿Cómo te encuentras?

—Supongo que bien.

—Perfecto. Le he traído aquí para saber si es usted un buen candidato para la hipnosis, ¿se acuerda?

—Lo recuerdo.

—Bien. Relájese un instante.

Le expliqué el procedimiento. Él escuchó atentamente, asintiendo en los momentos apropiados, y empezamos.

El procedimiento llevó casi una hora. Robert fue sometido a pruebas en las que se evaluó un número de respuestas sencillas a la sugestión hipnótica, como la inmovilización de los brazos, la inhibición verbal, etcétera. Mientras que prot había obtenido una puntuación óptima de doce en la misma prueba, me sorprendió saber que Robert soló consiguió un pobre cuatro, considerablemente por debajo de la media. Me pregunté si eso representaba una genuina falta de aptitud, o si Robert se resistía a propósito a la prueba. Como no tenía mejor alternativa, decidí seguir adelante con la siguiente sesión como estaba planeado, aunque con menos confianza de lo que hubiera deseado.

* * *

Si Robert iba a curarse, las razones para que permaneciera fuera de su coraza protectora tendrían que ser más convincentes que las que le impulsaban a refugiarse tras ella. Por esa razón yo deseaba y necesitaba la ayuda de Giselle en su tratamiento, a pesar de lo mucho que Giselle sentía por prot. Ella gozaba de una posición estratégica para actuar como una especie de vínculo entre Rob y el mundo. Durante el almuerzo le pregunté qué pensaba de él.

—No está mal. Un tipo agradable. De hecho, me gusta.

—Me alegra oír eso. Tengo que pedirle un favor, Giselle. Robert está luchando por mantener su identidad, incluso en mi consulta. Ayer hizo una breve aparición en mi casa, pero eso es todo. Por lo que sé, nunca ha aparecido en las salas del hospital. ¿Le ha visto usted alguna vez en la segunda planta?

—No, nunca.

—A eso me refiero. De algún modo el destino la ha colocado en una posición única desde la que ayudar a Robert. ¿Lo intentará? ¿Le hará usted ese favor y me lo hará también a mí? Le daré libre acceso a Robert. Se acabaron los límites de tiempo.

—¿Por qué no le hace salir con su silbato como lo hizo entonces?

—Esa fue una ocasión especial. No quiero conmocionarle haciéndole aparecer en las salas del hospital antes de que esté preparado.

—¿Qué puedo hacer?

—Lo que *no* quiero es que intente convencerle para que aparezca. Quisiera que le hiciera sentirse cómodo para que, una vez que haya aparecido, se quede.

Giselle arqueó las cejas.

—¿Y cómo lo hago?

—Simplemente sea amable con él, lo máximo que pueda. Hable con él, entérese de qué cosas le interesan, juegue con él, léale…, haga todo lo que se le ocurra para mantenerle aquí. Quiero que él la quiera. Quiero que dependa de usted. Quiero que usted esté ahí para él. —Intente quererle, estuve a punto de añadir, pero eso era pedir demasiado—. ¿Cree usted que podrá con un reto así?

Creo que Giselle sonrió, aunque era difícil estar seguro, ya que tenía la boca atiborrada de comida.

—Es lo menos que puedo hacer —murmuró—, por haberme dado tanto tiempo para estar con prot.

—Bien.

Raspé el plato, como de costumbre, echando en falta más requesón. Le pregunté:

—Veamos, ¿qué más está ocurriendo?

—Bien, a finales de esta semana vendrán un antropólogo y un químico. Quiero decir que vendrán a hablar con prot.

—¿Qué quieren?

—Creo que el antropólogo quiere información sobre los progenitores de la especie «dremer» de K-PAX y quizá hacerse alguna idea de cómo debían de ser nuestros propios antepasados. El químico quiere preguntar a prot sobre la flora de la selva amazónica, que lleva estudiando desde hace unos veinte años. Quiere saber dónde buscar medicamentos para tratar el sida y varias formas de cáncer.

—Hágame saber lo que les dice, si es que les dice algo. ¿Alguien más en la lista de espera?

—Vendrá un cetólogo la semana que viene. Quiere que prot hable con su delfín.

—¿Va a traer un delfín?

—Tiene un enorme tanque de agua que lleva por ahí a ferias y a centros comerciales. Va a traer el tanque y el delfín y los va a colocar frente al hospital para que prot pueda hablar con él.

—Dios mío…, ¿qué será lo siguiente?

—Cómo diría prot: todo es posible.

Esa misma tarde me reuní con varios miembros del equipo médico en la planta cuarta, donde residen los pacientes psicopáticos. La razón para dicha reunión fue la llegada de un nuevo paciente, alguien que había planeado y llevado a término una serie de asesinatos en los cinco distritos de la ciudad. Normalmente esos pacientes suelen asignarse a Ron Meninger, el especialista en psicopatía, mientras que Carl Thorstein le asiste siempre que Ron está sobrecargado de trabajo.

Habitualmente el cuerpo facultativo al completo, excepto aquellos médicos que no pueden asistir debido a otros compromisos, están presentes en la primera sesión con un nuevo residente de la planta cuarta, no sólo para ayudar a su psiquiatra a evaluar la condición del paciente y el posible tratamiento, sino también para evaluar el peligro potencial que el nuevo paciente supone para el resto del personal y de los pacientes.

La nueva interna, que llevaba unos grilletes de plástico de color naranja brillante, llegó de la mano de dos de los guardias de seguridad y se le pidió que se sentara en la cabecera de la larga mesa. Normalmente no me sorprende el aspecto general de un paciente psicopático, porque una persona de esas características no se ajusta a ningún arquetipo concreto. Un «pático» puede ser joven o viejo, tímido o insensible. Puede tener un aspecto desastrado o pasar por el vecino de la casa de al lado. Pero pestañeé cuando trajeron a aquella despiadada asesina. Huelga decir que ya me habían informado de que se trataba de una mujer blanca, pero costaba imaginar, incluso con tantos años de experiencia a mis espaldas, que aquella hermosa mujer pudiera ser culpable de los crímenes que se le imputaban. Sin embargo, había sido juzgada y no se la había considerado responsable de sus actos por razones de demencia, tras lo cual había sido enviada al IPM por haber matado a siete jóvenes en varias zonas de la ciudad.

Los asesinatos en serie, y, de hecho, la mayoría de los asesinatos, son obra de hombres. No está nada claro si eso tiene algo que ver con la psique masculina (o femenina), o es simplemente una cuestión de oportunidad. La psicopatía es en sí misma una aflicción difícil de comprender. Como ocurre con muchas enfermedades mentales, parece haber un defecto genético que a menudo conduce a un infraestímulo del sistema nervioso autónomo. Las personas que abrigan este defecto, por ejemplo, muestran escasa ansiedad cuando se enfrentan a una situación potencialmente peligrosa. De hecho, parecen disfrutar de ella.

Además, los psicópatas suelen ser muy impulsivos, actúan básicamente a partir de sentimientos momentáneos y buscan emociones de corto alcance sin importarles las consecuencias a largo plazo. Normalmente son también sociopáticos, poco preocupados por los sentimientos de los demás, y evidencian escaso interés por lo que otra gente pueda pensar de ellos.

Por otro lado, a menudo son superficialmente encantadores, con lo que resulta muy difícil para las víctimas potenciales ver algún peligro en mantener relaciones ordinarias con ellos. ¿Cómo reconocer que «el amable chico (o chica) del piso de al lado» puede ser tan mortal como una anaconda?

Pero volvamos a nuestro paciente. Se creía que la mujer, de sólo veintitrés años, había asesinado a siete jóvenes, quizá hasta nueve, todos ellos de la periferia, que habían venido a la gran ciudad a divertirse un sábado por la noche. Todos fueron hallados en áreas desiertas, desnudos de cintura para abajo y penectomizados. La asesina fue aprehendida sólo cuando pilló a un policía en funciones de señuelo, que casi deja la vida en ello, por no hablar de sus genitales.

Pero era una mujer encantadora y también adorable. Sonreía mientras miraba a los ojos de cada uno de los médicos de la sala. Sus respuestas a las preguntas de rutina eran francas, a veces no desprovistas de humor y en absoluto antisociales. Y pensé: ¿podemos llegar de verdad a conocer a una persona, incluso a las que están perfectamente sanas? Sabía que a Ron le esperaba una interesante experiencia. Sin embargo, no le envidiaba lo más mínimo, ni siquiera cuando ella se humedeció los labios y me guiñó un ojo como diciendo: «Divirtámonos un poco».

Cuando volví a mi consulta, leí atentamente el currículum de nuestra nueva paciente, a la que llamaré Charlotte. Una a una, sus víctimas habían desaparecido y no se había vuelto a saber de ellas. La policía tardó tanto en encontrarla porque los jóvenes vienen a la ciudad todos los fines de semana en busca de chicas, e incluso en las circunstancias más óptimas es virtualmente imposible dar con un asesino desconocido en una ciudad llena de gente. Probablemente nadie se fijaría en una pareja de jóvenes saliendo de un bar o de un restaurante en el que se habían conocido, quizá cogidos del brazo, sonriéndose afectuosamente, el señor Mosca acompañando ansioso a la señora Araña a su tela.

Quizá por eso me cuesta sentir la menor compasión por las arañas, incluso cuando quedan atrapadas en un lavamanos.

* * *

Antes de irme a casa bajé a ver a Cassandra. La encontré sentada en el desgastado banco bajo *Adonis en el jardín del Edén*, con su pelo negro azabache brillando al sol y la mirada perdida en el cielo despejado del que recibe su inspiración, o al menos eso es lo que dice. Como sé que hace caso omiso a mis intentos por interrumpirla, decidí esperar.

Cuando por fin apartó la mirada del cielo, me acerqué a ella con suma cautela. Parecía estar de bastante buen humor, y charlamos un rato sobre el calor. Pronosticó más de lo mismo.

—No es eso lo que quería preguntarte —le dije.

—¿Por qué no? Eso es lo que preguntan todos los demás.

—Me gustaría saber si podrías ayudarme con algo, Cassandra.

—No pienso decirle nada de los Mets.

—No, no es eso. Necesito saber cuánto tiempo va a estar prot con nosotros. ¿Puedes decirme algo sobre cuándo piensa dejarnos?

—Si está usted planeando un viaje a K-PAX, no haga todavía las maletas.

—¿Quiere decir que todavía pasará un tiempo antes de que se vaya?

—Cuando haya terminado lo que ha venido a hacer, se marchará. Eso todavía le llevará algún tiempo.

—¿Puedo preguntarle…, si obtuvo esta información del propio prot?

Pareció molesta, pero admitió que había hablado con él.

—¿Hay algo más que pueda decirme sobre su conversación con prot?

—Le pregunté si me llevaría con él —respondió, esta vez con cierto regocijo en la voz.

—¿Qué dijo él?

—Me dijo que era una de las posibles candidatas.

—¿De verdad? ¿Sabe quién más está en la lista?

Se dio unos golpecitos en la cabeza con el índice.

—Dijo que me haría usted esa pregunta.

—¿Conoce usted la respuesta?

—Sí.

—¿Quiénes son?

—Todo aquel que quiera ir.

Pero no todos los que estén en la lista serán seleccionados, pensé con desmayo. Muchos van a sentirse muy decepcionados.

—De acuerdo. Gracias, Cassie.

—¿No quiere saber quién va a ganar la World Series?

—¿Quién?

—Los Braves.

Casi le suelto: «¡Está usted loca!»

Sesión vigésimo cuarta

Siempre que sufro la experiencia que supone la llegada de un nuevo paciente a la cuarta planta, hago una visita a la primera planta para intentar recuperar mi optimismo. Así lo hice la mañana en que conocí a Charlotte. Encontré a Rudolph en la sala de ejercicios practicando lo que parecían ser posturas y movimientos de ballet totalmente innovadores. Me recordó a los contorsionistas que aparecían a menudo en *El Show de Ed Sullivan*. Le pregunté cómo le iba todo. Cuál fue mi sopresa cuando me confesó que todavía le quedaba mucho. No supe a ciencia cierta si se refería a su tratamiento o a su perfeccionamiento de la técnica de ballet, pero me di cuenta de que no le quedaba mucho tiempo más entre nosotros.

Encontré a Michael en la sala de recreo, con el rostro oculto tras un libro de poesía. Le pregunté qué estaba leyendo.

—Oh, algo de Keats y de Shelley, de Wordsworth y de esos tipos. Una antología. Me he perdido demasiadas cosas en la vida. Cuando iba al instituto quería ser profesor de inglés.

—Todavía puedes serlo.

—Puede. Aunque de momento sólo pretendo saldar algunas cuentas.

—¿Has echado un vistazo a los programas del servicio médico de urgencias?

—Ya me he inscrito en uno. Empieza el tres de octubre —dijo, con una mirada ilusionada.

—Lo conseguirás. Consultaré mi agenda a ver si pronto podemos trabajar en una sesión de apoyo.

De vuelta a mi consulta me detuve unos instantes en la segunda planta, donde el globo de mi optimismo empezó a desinflarse con un sonoro silbido. Bert iba de un lado a otro de la sala común levantando cojines, pisoteando la alfombra, mirando detrás de las sillas y de las cortinas. Parecía muy triste, totalmente absorto en su imposible búsqueda como un Don Quijote moderno.

Pero, ¿era el caso de Bert más trágico que el de Jackie, que jamás dejaría de ser una niña? ¿O que el de Russell, tan concentrado en la Biblia que nunca consiguió aprender a vivir? ¿O que el de Lou, o el de Manuel, o el de Dustin? ¿O, ya que estamos, de algunos de los miembros del equipo médico o de los empleados del hospital? ¿O de los millones de personas que van dando tumbos por el mundo en busca de lo que quizá no existe? ¿O de todos los que se propusieron metas imposibles y nunca las alcanzaron?

Milton, quizá percibiendo mi repentina melancolía, se lanzó a una de sus disertaciones:

—Un hombre fue al médico. Decía que le dolía el pecho y que quería que le hicieran un electrocardiograma. El médico se lo hizo y le dijo que a su corazón no le pasaba nada. El hombre volvió unos meses después. El resultado de la prueba fue el mismo. Sobrevivió a tres médicos. Por fin, a la edad de noventa y dos años, se produjo un cambio en el resultado de su electrocardiograma. El hombre miró al médico a los ojos y le dijo: «¡Ahá! ¿Qué le había dicho?»

Ahora, ya cumplidos los cincuenta, Milton comprende perfectamente la tristeza de la vida e intenta en vano animar y alegrar a todo aquel que se cruza en su camino. Desgraciadamente, nunca ha sido capaz de aliviar su propio sufrimiento. Perdió a toda su familia: padre, madre, hermanos, una hermana, abuela y a varias tías, tíos y primos en el Holocausto. Sólo él escapó, gracias a la protección de una perfecta desconocida, una «gentil» que, atendiendo a los ruegos de su madre, se llevó al bebé con ella, fingiendo que era suyo.

Pero ¿acaso su historia es más triste que la de Frankie, una mujer incapaz de establecer ningún tipo de relación personal? No se trata de una sociópata como Charlotte, ni de un autista como Jerry y los demás, sino de alguien que siente una absoluta indiferencia hacia todo tipo de afecto, una paciente patológicamente incapaz de amar o de ser amada. ¿Puede haber algo más triste que eso?

Cuando entré en el comedor, Villers ya se iba. Le saludé con la mano al pasar junto a mí, pero no me vio. Parecía distraído, meditabundo. Supuse que debía de estar concentrado en pergeñar algún plan para conseguir fondos.

En vez de él, fue Menninger quien se unió a mí, y le pregunté por su nueva paciente.

—Es fría como el hielo —me dijo—. Un Hannibal Lecter en versión femenina. Debería usted leer su detallado historial.

—Creo que prefiero pasar.

Pero Ron estaba disfrutando. Le encanta jugar con fuego.

—Cuando tenía cinco años mató a un cachorro. ¿Sabe cómo lo hizo?

—No.

—Lo asó en el horno.

—¿Se le administró algún tratamiento?

—No. Dijo que no sabía que el cachorro estaba ahí.

—Y a partir de ahí fue cuesta abajo.

—Hasta el fondo.

Mastiqué lentamente mi última galleta de soda.

—No estoy seguro de querer oír el resto.

—Para que se haga una idea, le diré que, después de varios episodios de prácticas con las mascotas de los vecinos, incluido un caballo al que apuñaló hasta matarlo, asesinó al vecino de la casa de al lado cuando tenía dieciséis años.

—¿Cómo consiguió que no la encerraran?

—No lo consiguió. Pasó un tiempo en un reformatorio y luego fue transferida a una institución psiquiátrica donde atacó a uno de los guardianes. Mejor no le digo lo que le hizo. Consiguió escapar de aquel lugar y se perdió su rastro.

—¿Qué edad tenía entonces?

—Veinte años. Fue arrestada un año después.

—¿Quiere decir que mató a esos siete u ocho tipos en un año?

—Y eso no es lo peor. Cuando mató al hijo de los vecinos...

—¿Sí?

—Lo dejó tendido en el jardín trasero de la casa y se fue al cine. Luego, según cuentan sus padres, durmió como un bebé.

—Yo que usted no la perdería de vista.

Se le iluminaron los ojos.

—No se preocupe. Aunque es un caso increíble, ¿no le parece? Nunca he conocido a alguien así.

Parecía totalmente fuera de sí, esperando ansioso su primera sesión con Charlotte.

—Tenga cuidado. No es ninguna maestra de catequesis.

—Daría igual si lo fuera.

—¿Por qué?

—Algunas de las personas más violentas del mundo son maestras de catequesis.

Mientras esperaba a que Robert/prot llegara a su vigésimo cuarta sesión, apunté en un bloc de notas algunas de las piezas del rompecabezas que todavía faltaban y que esperaba averiguar con la ayuda de Rob. La pieza principal era la respuesta a quién era el padre de la hija de Sarah y qué tenía eso que ver, en caso de que lo tuviera, con los problemas mentales de Rob. ¿Por qué se había referido a su padre como su «protector»? ¿Qué pasó cuando tenía cinco años que no podía, o no quería, recordar? No iba a ser fácil para Rob lidiar con ellas, pero yo estaba prácticamente seguro de que las semillas de su trauma habían empezado a germinar durante ese temprano período de su agitada vida, como mi perceptiva esposa había sugerido.

Me enfrentaba, además, a otra dificultad imprevista. Apoyándome en los resultados de la prueba Stanford, parecía que Robert hacía denodados esfuerzos por resistirse a la hipnosis. ¿Estaba empezando a replantearse cooperar conmigo y llegar al fondo del cenegal por el que había intentado abrirse camino durante toda su vida? Decidí que por el momento sólo tocaría el tema de su infancia de forma indirecta.

A juzgar por el historial de Rob, yo sabía más o menos la fecha en que Sarah debía de haberse quedado embarazada, de manera que tenía una idea aproximada de cuándo se lo había comunicado a Rob. Intenté imaginar lo que él debió de haber sentido al recibir la noticia, y todavía seguía con la mirada perdida en el vacío cuando llamaron a la puerta.

—Hola, doctor Brewer.

—Hola, Rob. ¿Cómo se encuentra?

Se encogió de hombros.

—¿Recuerda haber llegado hasta aquí desde la segunda planta?

—No.

—¿Qué es lo último que recuerda?

—Que me estaban haciendo pruebas para ver si podían hipnotizarme.

—Bien, las superó.

Dejó caer los hombros.

—Y sabe que en mi consulta no hay peligro alguno, nada de lo que deba preocuparse, ¿no es cierto? ¿Está preparado para intentarlo?

—Supongo.

—Bien, siéntese y relájese. Perfecto. Ahora centre toda su atención en el pequeño punto que verá en la pared que está a mi espalda.

Fingió no verlo. Sin embargo, un momento después, obedeció.

—Eso es. Relájese. Bien. Bien. Ahora voy a contar del uno al cinco. Empezará a tener sueño cuando cuente uno, le pesarán los párpados cada vez más a medida que siga contando, y cuando llegue a cinco estará completamente dormido, pero podrá oír todo lo que le diga. ¿Lo ha entendido?

—Sí.

—Bien. Veamos… deje caer los brazos… —Rob dejó caer de golpe los brazos junto a su cuerpo y cerró los ojos con fuerza. Empezó a roncar levemente. Sin duda fingía—. Muy bien, Rob, abra los ojos.

Los abrió de golpe.

—¿Ya terminamos?

—Rob, tendrá que poner más de su parte. ¿Le tiene miedo al proceso?

—No, no exactamente.

—Bien. Volvamos a intentarlo. ¿Se encuentra usted cómodo?

—Sí.

—De acuerdo. Ahora relájese del todo. Distienda los músculos y limítese a relajarse. Eso es. Bien. Ahora fíjese en el punto que está en la pared. Bien. Relájese. Uno… empieza a tener sueño. Dos… empiezan a pesarle los párpados…

Robert miraba fijamente el punto blanco. Seguía resistiéndose, al parecer atrapado entre el miedo y la sospecha. Al contar tres le empezaron a temblar los párpados y se esforzó por mantenerlos abiertos. Al llegar a cinco se le habían cerrado y había dejado caer la barbilla contra el pecho.

—¿Rob? ¿Puede oírme?

—Sí.

—Bien. Ahora levante la cabeza y abra los ojos.

Obedeció. Le tomé el pulso y tosí con fuerza. No hubo ninguna reacción.

—¿Cómo se encuentra?

—Bien.

—Perfecto. Veamos, Rob, ahora daremos marcha atrás en el tiempo. Imagine que las páginas del calendario van pasando al revés, hacia atrás, hacia atrás. Poco a poco va siendo cada vez más joven. Más y más joven. Tiene usted treinta años, veinticinco, veinte. Ahora está en el último año de instituto. Es marzo de mil novecientos setenta y cinco, casi ha llegado la primavera. Tiene una cita con su novia Sally. Ahora la ha pasado a recoger. ¿Adónde van?

—Vamos al cine.

—¿Qué película van a ver?

—*Tiburón*.

—Bien. ¿Cómo va vestida Sally?

—Lleva su abrigo amarillo y una bufanda.

—¿Hace frío fuera?

—No mucho. Tiene el abrigo desabrochado. Lleva una blusa blanca y una falda azul.

—¿Van en coche o a pie?

—A pie. No tengo coche.

—Bien. Están en el cine. Entran. ¿Qué ocurre después?

—Compro palomitas. A Sally le encantan.

—¿A usted no?

—Le cogeré unas cuantas. No tengo más dinero.

—Bien. Ahí está Robert Shaw desapareciendo entre las fauces del tiburón. Ahora ya ha terminado la película y están saliendo del cine. ¿Adónde van?

—Volvemos a casa de Sally. Quiere hablar.

—¿Sabe de qué quiere hablarle?

—No. No me lo dirá hasta que lleguemos a su casa.

—Bien. Ya están en casa de Sally. ¿Qué ve?

Robert pareció ponerse nervioso.

—Es una casa grande y blanca con buhardillas en el tejado. Vamos a sentarnos un rato en el porche, en uno de los balancines.

—¿Qué le está diciendo Sally?

—Ha puesto su cabeza en mi hombro. Tiene el pelo muy suave. Huelo su champú. Me dice que está embarazada.

—¿Cómo lo sabe ella?

—Hace dos meses que no le llega el período.

—¿Es usted el padre?

—No. Nunca hemos hecho nada.

—¿Nunca ha tenido relaciones sexuales con Sally?

Aprieta los puños.

—No.

—¿Sabe usted quién es el padre?

—No.

—¿Sally no quiso decírselo?

—Nunca se lo pregunté.

—¿Por qué?

—Cuando quiera que yo lo sepa, me lo dirá.

—Bien. ¿Qué va a hacer usted al respecto?

—Eso es de lo que ella quiere hablar.

—¿Qué cree ella que *debería* hacer usted?

—Quiere que nos casemos. Pero…

—¿Pero qué?

—Pero ella sabe que quiero ir a la universidad.

—¿Cómo se siente usted?

—Yo también quiero que nos casemos.

—¿Y abandonar sus estudios?

—No tengo mucha elección.

—Pero usted no es el padre.

—No importa. La amo.

—Entonces, ¿le dijo que se casaría con ella?

—Sí.

—¿Qué ocurre ahora?

—Me está besando.

—¿Le gusta que le bese?

—Sí —su respuesta sonó sospechosamente prosaica.

—¿Le ha besado ella antes?

—Sí.

—¿Pero nunca pasó de ahí?

—No.

—¿Por qué no?

—No lo sé.

—De acuerdo. ¿Qué ocurre ahora?

—Entramos en la casa.

—¿Hace demasiado frío para seguir en el porche?

—No. Sally quiere subir a su habitación.

—¿Está enferma?

—No. Quiere que suba con ella.

—Cuénteme lo que ve.

—Subimos las escaleras. Intentamos subir con mucho cuidado porque los escalones crujen. Excepto por la luz del vestíbulo, la casa está a oscuras. Todos se han ido a la cama.

—Siga.

—Vamos de puntillas por el pasillo. También el suelo del pasillo cruje. Vamos a la habitación de Sally. Está cerrando la puerta. Oigo el pestillo. Nos estamos quitando los abrigos.

—Siga.

—Estamos abrazándonos y besándonos de nuevo. Ella se aprieta contra mí. Lo siento. No puedo retenerme. Meto las manos debajo de su falda y se la subo.

—Siga, Rob. ¿Qué ocurre ahora?

—Vamos hacia la cama. Sally cae sobre la cama. Estoy encima de ella. ¡No! ¡Por favor! ¡No quiero hacerlo!

—¿Por qué no? ¿Por qué no quieres tener relaciones sexuales con Sally?

—¡Porque es terrible! Ahora tengo que dormir.

—Está bien, Rob. Ya pasó. Ya pasó. ¿Qué ocurre ahora?

—Me estoy vistiendo.

—¿Cómo se siente?

—No sé. Mejor, supongo.

—¿Qué está haciendo Sally?

—Se ha quedado tumbada en la cama, viendo cómo me abrocho la camisa. Estamos a oscuras, pero puedo verla sonreír.

—Siga.

—Me pongo el abrigo. Tengo que irme.

—¿Por qué tiene que irse?

—Le dije a mi madre que estaría en casa a las once y media.

—¿Qué hora es?

—Las once y veinte.

—¿Qué está ocurriendo?

—Sally se ha levantado y me rodea entre sus brazos. No quiere que me vaya. No lleva nada puesto. Intento no mirar pero no puedo evitarlo.

—¿Qué es lo que ve?

—Está desnuda. No puedo mirar. Estoy abriendo la puerta. «Adiós, Sally, hasta mañana.» Recorro el pasillo de puntillas. Bajo las escaleras. Salgo de la casa. Estoy corriendo. Corro durante todo el camino a casa.

—¿Está su madre esperándole?

—No, pero me oye llegar. Pregunta si soy yo. «Sí, mamá. Soy yo.» Quiere saber si lo he pasado bien. «Sí, mamá, lo hemos pasado muy bien.» Me da las buenas noches. Me voy a mi habitación.

—¿Ahora se va a la cama?

—Sí, pero no puedo dormir.

—¿Por qué?

—No dejo de pensar en Sally.

—¿En qué piensa cuando la recuerda?

—En cómo huele, en cómo me siento al tocarla y en cómo sabe.

—¿Y le gusta?

—Sí.

—¿Pero no puede llegar hasta el final?

—No.

—Rob, ¿puede contarme algo que ocurriera cuando era usted más joven que provocara que le disguste tener relaciones sexuales? ¿Algo que le hiciera daño o que le asustara?

No hubo respuesta.

—Bien. Ahora escúcheme con atención. Vuelva a imaginarse el calendario. Las páginas pasan a toda velocidad, pero esta vez hacia delante. Van pasando los años. Veinte, veinticinco, treinta, y siguen pasando los años. Tiene usted treinta y ocho años. Es el 6 de septiembre de 1995, el momento actual. ¿Me sigue?

—Sí.

—Bien. Ahora voy a contar del cinco al uno. A medida que cuente empezará a despertarse. Cuando llegue al uno, estará totalmente despierto, alerta y totalmente recuperado. Cinco... cuatro... tres... dos... uno...

—Hola, doctor Brewer.

—Hola, Rob. ¿Cómo se encuentra?

—Me lo ha preguntado hace sólo un minuto.

—Ha estado bajo los efectos de la hipnosis. ¿Lo recuerda?

—No.

—Bien. ¿Puedo hacerle unas cuantas preguntas más?

—Claro.

Parecía aliviado de que todo hubiera acabado.

—De acuerdo. Rob, tenía usted ocho años cuando su padre tuvo un accidente en el trabajo, ¿no es así?

—Sí.

—¿Fue a verle al hospital?

—Me dijeron que era demasiado pequeño. Pero mi madre sí iba a verle todos los días.

—¿Quién se ocupaba de usted mientras su madre estaba en el hospital?

—Tío Dave y tía Catherine.

—¿Se quedaban con usted en su casa?

Rob empezó a ponerse nervioso.

—No, fui yo quien me quedé un tiempo en la suya.

—¿Cuánto tiempo?

Respondió despacio, casi susurrando.

—Mucho tiempo.

—Y durante ese tiempo, ¿ocurrió algo de lo que le gustaría hablarme?

—No lo sé, gino. No estuve ahí.

—Maldita sea, prot. ¿No podía habernos dado unos minutos más? ¿Dónde está Robert? ¿Está bien?

—Aguantando el tipo bastante bien, diría yo, dadas las circunstancias.

—¿Qué circunstancias?

—Su implacable… ¿cuál es la palabra?… intimidación.

—¿Va a volver?

—No hasta dentro de un tiempo.

—Prot, ¿qué puede usted decirme acerca de los tíos de Rob? Me refiero a tía Catherine y tío Dave.

—Ya se lo he dicho… yo no estuve ahí.

—¿Nunca le ha hablado de ellos?

—Es la primera vez que oigo hablar del tío dave o de la tía catherine.

—De acuerdo. Sírvase un poco de fruta.

—Ya creía que no iba a ofrecerme —dijo, cogiendo un melón cantalupo y dándole un mordisco.

Le observé mientras devoraba la cáscara, las semillas y todo lo demás. Yo seguía enfadado con él, pero no había tiempo que perder.

—Ya que ha irrumpido usted así…, el doctor Villers me ha pedido que le tantee acerca de su aparición en televisión.

—Adelante.

—Bueno, ¿está usted dispuesto a hacerlo?

—¿Para quién es el dinero?

Pensé: ¡Ha hablado como un auténtico *Homo sapiens*!

—Supongo que para el hospital. Usted no necesita dinero, ¿no?

—Ningún ser necesita dinero.

—¿Qué sugiere que hagamos con él?

—Sugiero que el canal de televisión se quede con él.

—¿De lo contrario se negará a ir?

—Eso es.

—No creo que a Klaus vaya a gustarle la idea. La razón principal por la que iba a ir usted era recaudar fondos para la nueva ala del hospital.

—Se acostumbrará.

—¿Quiere aparecer en televisión?

—Depende. ¿Por qué les interesa saber lo que tiene que decir un loco?

—Le sorprendería saber quién aparece en los programas de entrevistas de televisión. De hecho, probablemente intenten burlarse de usted.

—Suena divertido. ¡Ahí estaré!

—Bien. Le comunicaré su decisión a Villers.

—¿Algo más, doc?

—Se ha programado el viaje al zoo para el día catorce. ¿Le parece bien?

—Sí. ¡Menudo lugar! —dijo, dándole un enorme mordisco al melón.

Me negué a profundizar en su comentario, que, por otro lado, podía significar cualquier cosa. En vez de eso, aproveché la oportunidad, mientras podía, para hablar con él de los pacientes.

—Esta mañana le he visto hablando con Bert.

—Qué observador.

—¿Sabe usted, por casualidad, qué es lo que busca?

—Claro.

—¿Sí? ¿Qué busca, por el amor de Dios?

—Ah, gene, ¿es que tengo que pensarlo todo por usted?

—Por favor, prot. Lo único que le pido es una pequeña pista.

—Ah, bueno. Busca a su hija.

—¡Pero si no tiene ninguna hija!

—¡Por eso no puede encontrarla! —exclamó, yendo hacia la puerta.

—Un momento…, ¿adónde va?

—No me pagan horas extras.

—¿Podría hacer algo por Frankie? —le pregunté a voces. Pero ya se había ido.

A la mañana siguiente, lo primero que hice fue llamar a Chakraborty y a continuación fui en busca de prot. De camino a la sala de recreo me encontré con Betty y le dije lo que prot me había dicho sobre Bert. Me respondió con un típico:

—Lo de prot es increíble, ¿no cree? Quizá debiera darle un despacho y llevar a todos los pacientes a verle.

—Ya lo hemos pensado —le dije con resignación—. Pero él no acepta el puesto.

Le encontré en la sala de recreo rodeado por su séquito habitual, incluido Russell, que ahora insistía en que el fin del mundo era inminente. Les pedí que me dejaran hablar con nuestro amigo alienígena unos instantes. Recibieron mi petición con no pocos refunfuños, pero finalmente se retiraron.

—Prot, el doctor Chakraborty está listo para extraerle una muestra de sangre.

—Volveré —prometió a sus seguidores—. El conde Drrracula esperrra en la crrrripta.

Sin decir más, fue hacia la puerta. Estuve a punto de llamarle, pero me di cuenta de que sabía perfectamente adónde iba. De pronto tuve la incómoda sensación de estar rodeado. Alguien dijo:

—Intenta usted deshacerse de él, ¿verdad?

—¿De prot? Por supuesto que no.

—Intenta quitárselo de encima. Todo el mundo lo sabe.

—No… ¡Estoy intentando que se quede! Al menos durante un tiempo.

—Sólo hasta que consiga curar a Robert. Después de eso desea verle muerto.

—No quiero que muera nadie.

Russell gritó:

—¡Si usted no despierta, me acercaré a usted como un ladrón y no sabrá nunca cuándo llegaré a usted!

Mientras los presentes meditaban sobre la sentencia, salí de allí a toda prisa.

Giselle apareció ya entrada la tarde para informarme del encuentro de prot con la antropóloga y el químico especialista en flora selvática.

—En primer lugar —dije—: ¿seguimos sin rastro de Robert?

—No le he visto desde el Día del Trabajo.

—Bien. Siga.

—Resulta que son hermano y hermana y que hace años que no se hablan. Me parece que no se tienen demasiado afecto.

—¿Qué les ha dicho prot?

—El químico parecía desconfiar de las habilidades y de los conocimientos de prot. Exigió saber los nombres de todas las plantas que elaboran productos naturales que podrían utilizarse en la lucha contra el sida.

—¿Y?

—Prot se limitó a sacudir la cabeza y decir: «¿Por qué los humanos etiquetan todo como "lucha"»? Los virus no pretenden causarles ningún mal. Están programados para sobrevivir, como todo el mundo.

—Muy propio de él. ¿Qué pasó entonces?

—El químico planteó la pregunta con otras palabras.

—¿Y prot le dio la información que buscaba?

—No, pero sí le dijo dónde buscar una de esas plantas.

—¿Dónde?

—Al suroeste de Brasil. Llegó incluso a describir la planta. Tiene unas hojas grandes y florecillas amarillas. Dijo que los nativos la llaman «otolo», que significa «amargo». El químico lo anotó todo, pero todavía parecía seguir teniendo sus dudas, hasta que prot le dijo que existía una sustancia que iba muy bien para tratar ciertos tipos de arritmias cardíacas, producida por otra planta que se encontraba en la misma región de Brasil. El tipo conocía esa sustancia a la perfección. De hecho, era uno de los científicos que la habían descubierto. En realidad, llegó a besarle la mano a prot. Llegado ese momento se le había acabado el tiempo. Despegó como un murciélago.

—¿Y qué hay de la antropóloga?

—Prot le dijo que en la Tierra probablemente había varios eslabones perdidos. Ella quiso saber dónde encontrarlos.

—¿Es que todavía no lo saben?

—No. No están en África.

—Entonces, ¿dónde?

—Prot le sugirió que buscara en Mongolia.

—¿Mongolia? ¿Cómo llegaron hasta allí desde África?

Giselle me lanzó una de esas miradas de exasperación tan típicas de prot.

—No tenían coches, doctor B. Probablemente fueron a pie.

—Entonces supongo que ahora estará camino de Mongolia.

—Se va la semana que viene.

—Naturalmente, se dará usted cuenta de que pasará mucho tiempo hasta que sepamos si prot estaba en lo cierto acerca de esas cosas.

—Se equivoca. Ya lo sabemos.

—¿Cómo es eso?

—¿Qué tiene que hacer prot para probarle que sabe perfectamente de lo que habla? Todo lo que le ha dicho al doctor Flynn hasta ahora es cierto, ¿no?

—Quizá. Pero los sabios como él sólo conocen lo que ya es sabido. No es capaz de deducir nada que todavía nadie sepa.

—No es un sabio. Es un habitante de K-PAX.

Ya habíamos pasado por eso en anteriores ocasiones. Le di las gracias por su informe y le dije que tenía que pedirle otro favor.

—Lo que usted diga, doctor b.

—Necesitamos saber si Bert tuvo una hija en el pasado. No hay constancia de ello, pero quizá desapareciera, como ocurrió con Robert en mil novecientos ochenta y cinco, cuya desaparición fue registrada como suicidio.

Le di una hoja de mi bloc de notas donde había apuntado todos los datos pertinentes. Se fue literalmente a la carrera, tan rápido que apenas me dio tiempo a verla salir. Ojalá tuviera en esa misión la mitad del éxito que tuvo cinco años antes, cuando descubrió la verdadera identidad de prot.

Villers entró justo después de que Giselle se fuera. Pensé que quizá venía a hablarme de alguno de sus pacientes, o a ofrecerme algunas sugerencias directas sobre uno de los míos, cosa que le encanta hacer. Pero en vez de eso, se pasó quince minutos mesándose la perilla y contándome la historia de Robin Hood. Quería saber mi opinión sobre las implicaciones morales de ese mito para la sociedad actual. Le dije que creía que la gente no debía tomarse la justicia por su mano, pero que si decidían hacerlo, deberían estar preparados para pagar las consecuencias. A juzgar por la inflexión de sus gruñidos, no creo que le gustara mi respuesta.

Sesión vigésimo quinta

La mañana anterior a la siguiente sesión con Rob, estaba en mi despacho pensando en él y en Sally. ¿Qué podía haber ocurrido que le impidiera mantener una relación íntima con su futura esposa, a la que amaba profundamente? ¿Tenía algo que ver el hecho de que ella estuviera embarazada de otro hombre?

Incluso en las circunstancias más óptimas, el sexo es una de las cuestiones más difíciles a las que debe enfrentarse el ser humano. La mayoría de nosotros aprendemos sobre las relaciones sexuales poco a poco, en los patios de las escuelas, en la calle, extrayendo información de las películas o de la televisión. Algunos reciben un cursillo introductorio de manos de su padre o de su madre, a menudo a modo de manual práctico conseguido en la biblioteca local. Muchos padres saben del tema casi tan poco como sus hijos.

El mejor sitio para aprender sobre la relación sexual, como ocurre con casi todo lo demás, es la escuela. Pero esta es una idea que ha sido muy criticada en los últimos años. El resultado neto de este vacío es, por supuesto, que el índice de embarazos y de enfermedades de transmisión sexual entre adolescentes en nuestra sociedad aumenta desenfrenadamente. Los niños aprenden mucho sobre sexo, pero lo aprenden los unos de los otros.

Mi propia iniciación a esta misteriosa cuestión careció hasta cierto punto de la menor información. Una calurosa tarde de agosto mi madre se fue de compras, dejándonos a Karen y a mí solos en casa.

Tendríamos unos catorce o quince años. Conectamos el riego automático y corrimos bajo el agua del aspersor una y otra vez hasta que las camisetas y los shorts se nos empaparon, volviéndose casi transparentes. Entonces, y de manera totalmente «accidental», caímos el uno sobre el otro, una cosa llevó a la otra y, bueno…, la historia de siempre. Después, Karen estaba convencida de que se había quedado embarazada y yo de que era un violador. No volvimos a tocarnos hasta pasados dos años.

Sin embargo, a pesar de todos los tabúes y de otros obstáculos, la mayoría de nosotros consigue, cuando menos a fuerza de ir tanteando, encontrar una pareja satisfactoria y, a la larga, gozar de una vida sexual más o menos exitosa. ¿Por qué Rob no?

Horas más tarde, esa misma mañana, Will, que aunque había vuelto a la universidad seguía viniendo al IPM en su tiempo libre para hablar con Dustin y con otros pacientes, pasó por mi despacho para ver si quería ir a almorzar a algún sitio con él. Aunque es algo que no suelo hacer, fuimos juntos a un restaurante cercano.

Consciente de que no debía comer demasiado si no quería quedarme dormido a mi vuelta al trabajo, me decidí por un plato de sopa y una ensalada. Will, que nunca ha tenido problemas con la comida, pidió bastante más que yo.

Charlamos un rato. Aunque habitualmente Will desborda energía, parecía nervioso y reservado. Se limitó a picar de su plato, diciendo que no estaba tan hambriento como había pensado. Puedo no ser el mejor padre del mundo, pero hasta yo fui capaz de darme cuenta de que algo le pasaba, y sospeché lo que podía ser: su novia, Dawn, estaba embarazada. Mi propio padre, que vivió durante la Depresión (que nunca olvidó), jamás me permitía dejar comida en el plato; es una costumbre con la que no he sido capaz de romper. Vertí los restos de la comida de Will en el plato vacío donde me habían servido la ensalada.

Pero su novia no estaba embarazada (por lo menos que yo supiera). Era algo peor. ¡Se estaba planteando dejar la Facultad de Medicina! No era un tema que me resultara desconocido, puesto que yo mismo me había enfrentado a dudas similares treinta y cinco años antes. Y había conocido a otros estudiantes que no habían podido soportar la presión y habían terminado por abandonar la carrera. Uno de ellos se había suicidado. Otros se dieron a las drogas. Eso era precisamente lo que me preocupaba, ya que Will había tenido un problema con ellas.

Mientras engullía su almuerzo, le conté las dudas que yo había tenido a su edad y le dije que era normal que un estudiante, incluso que un médico, se cuestionara su capacidad y se sintiera a veces superado por su tremenda responsabilidad sobre la vida de sus pacientes. Pero también le recordé que son gajes del oficio. Que él, como todos nosotros, cometerá errores, que nadie es perfecto y que sólo podemos aspirar a hacerlo lo mejor que podamos. Y, en su caso, hacerlo lo mejor que podía era hacerlo muy bien. Hasta prot lo había dicho.

—¿Prot ha dicho eso, papá?

—Dice que vas a ser un buen médico.

—Bien, si prot lo cree así, quizá pueda conseguirlo después de todo.

A pesar de sentir un poco de envidia por el hecho de que hubiera sido el comentario de prot, y no el mío, lo que le había hecho cambiar de opinión y le había animado, me alivió ver que el problema parecía haberse resuelto. Will recuperó el apetito. Como me había comido toda su comida, pidió algo más. A fin de hacerle compañía, me comí un buen postre mientras hablábamos de Dustin y de algunos de los demás pacientes. Por fin apartó el plato y dio un sorbo a su café.

Le pregunté si había terminado. Asintió. Como no se lo había comido todo, vertí los restos de su almuerzo en mi plato de postre.

Fue un almuerzo fantástico, la clase de almuerzo que nunca pude compartir con mi propio padre. Pero ahora yo tenía que volver a la consulta e intentar ser un buen médico, a pesar de mis propias dudas, un viernes por la tarde y con el estómago lleno.

* * *

—¡Ah, cerezas! ¡Ningún ser puede comer sólo una!

—¡Prot! ¿Dónde está Robert?

¡Slurp! Crunch, crunch, crunch.

—Se ha tomado el día libre.

—¿Qué quiere decir con eso de que «se ha tomado el día libre»?

—Que hoy no quiere hablar con usted. Dele libre el fin de semana. Volverá a aparecer después.

Crunch, crunch.

—¿Una cereza?

—No, gracias. ¿Por qué debería estar más dispuesto a hablar el lunes que hoy?

—Necesita prepararse psicológicamente.

—Se nos acaba el tiempo, prot.

—¿No hemos hablado ya de eso? Confíe en mí, doc. Estas cosas llevan su tiempo. ¿Preferiría acaso hacer sonar su silbato y sumirle en el estado en que se encontraba hace un mes?

—¿Tan mal está?

—Está usted metiéndose en un terreno que él lleva intentando evitar durante casi toda su vida.

—¿De qué se trata? ¿Sabe usted lo que le ocurrió?

—No. Nunca me lo ha dicho.

—Entonces, ¿cómo sabe...?

—Llevo viniendo aquí desde mil novecientos sesenta y cinco, ¿se acuerda?

—¿Y qué hacemos ahora?

—Ya casi está preparado. Dele un poco más de tiempo.

Lo único que se oye en la cinta durante esos segundos de grabación es el golpeteo del pie de alguien, probablemente el mío.

—¿Prot?

—¿Qué quiere, *kemo sabe?*

—¿Cree usted que Robert se sentiría más cómodo si hablara primero con usted?

—No lo sé. ¿Quiere que se lo pregunte?

—Sí, por favor.

Prot se quedó un buen rato mirando al techo. Imperdonablemente, bostecé. Pasando por alto mis modales, exclamó:

—¡Bien pensado, doctor b! Sí que quiere contármelo a mí primero. Pero no quiere que yo se lo cuente a usted. Quiere hacerlo él mismo.

—¿Se lo dirá ahora?

Prot levantó las manos en un más que conocido ademán de frustración.

—¡Gene, gene, gene! ¿Cuántas veces tengo que decírselo? Quiere hacerlo el lunes. Me lo dirá a mí por la mañana y a usted por la tarde. Me parece un buen trato, ¿no cree? Le aconsejo que lo acepte.

—Lo acepto.

—Buena persona.

Le miré desde la pesadez de mis párpados mientras él devoraba enérgicamente más de medio kilo de cerezas.

—Bueno, todavía nos queda algo de tiempo —apunté—. Quizá quiera usted responder a unas preguntas.

—Lo que sea, excepto cómo construir bombas más potentes o cómo contaminar otro PLANETA.

No le pregunté con qué creía que podríamos contaminarlo. En vez de eso, saqué mi vieja lista de preguntas, las mismas que había llevado conmigo al picnic del Día del Trabajo pero que nunca tuve la oportunidad de hacerle. Por supuesto que tenía mis motivos ocultos para desear interrogarle. Quizá dijera algo que me diera una perspectiva más precisa acerca del funcionamiento de su impredecible mente (y de la de Robert).

—Hace cinco años, durante su visita, me dijo usted unas cuantas cosas que nunca conseguí corroborar. ¿Puedo hacerlo ahora?

—No creo que haya nada capaz de impedirle hacer sus implacables preguntas, gino.

—Gracias. Lo tomaré como un cumplido. Por cierto, recibí algunas de estas preguntas de personas que habían leído *K-PAX*.

—Hurra por ellos.

—¿Listo?

—Apunten. ¡Fuego!

—No hay ninguna necesidad de ser sarcástico, prot. En primer lugar, ¿Qué significa K-PAX?

Adoptó una pose estirada y pomposa antes de seguir.

—«K» es el tipo de PLANETA superior, el último eslabón en el proceso evolutivo, el punto de paz y estabilidad absolutas. «PAX» significa «lugar de llanuras y de montañas violetas».

—Debido a sus soles rojos y azules.

Volvió a relajarse.

—¡Bingo!

—En ese caso, «B-TIK», lo que nosotros llamamos TIERRA, ¿pertenece al segundo grado evolutivo?

—Cooorrecto. Será mejor que no pregunte por los planetas que pertenecen a la categoría «A».

—¿Por qué?

—Esos son los MUNDOS que ya han sido destruidos por sus propios habitantes. Antes de eso eran planetas de categoría «A».

—Entiendo. ¿Y «TIK» significa...?

—Agua azul hermosa moteada de nubes blancas.

—Ah, ya capto.

—Estaba empezando a dudarlo.

—De acuerdo. ¿Qué pasa con Tersipion?

—Oh, ese es el nombre con el que *ellos* lo llaman. Nosotros lo llamamos F-SOG.

—Bien. Hábleme sobre algunos de los demás seres con los que se ha encontrado, como insectos gigantes en... hmmm... F-SOG, por ejemplo.

—Utilice su imaginación, doc. Todo lo que se le ocurra, y sé que es mucho, existe en algún lugar. Recuerde que sólo en nuestra GALAXIA hay varios miles de millones de planetas y de lunas habitados, por no mencionar un par o dos de cometas. Su especie parece incapaz de imaginar nada que no funcione como funcionan ustedes. Sus «expertos» no dejan de repetir que no puede haber vida en este o aquel lugar porque no hay oxígeno o agua o lo que sea. ¡Despierte y huela el hoobah!

Supuse que «hoobah» era «café» en pax-o. Ojalá hubiera podido tomar un poco. Me vino a la cabeza un paciente que había tenido en el pasado, al que llamaré «Rip van Winkle». Rip se quedaba dormido incluso durante sus relaciones sexuales.

—Pasemos a preguntas más generales.

—¿Eh? ¿Eisenhower?

—No, él no. Una vez me dijo que a los K-PAXianos les gusta barajar la posibilidad de viajar hacia delante en el tiempo. ¿Lo recuerda?

—Claro.

—¿Quiere eso decir que pueden volver atrás en el tiempo?

—No como ustedes lo conciben. Piense..., si los seres pudieran volver desde, pongamos, el año dos mil cincuenta, ¿por qué no lo han hecho?

—Quizá lo hayan hecho.

—No veo por aquí a ninguno de ellos, ¿usted sí?

—Entonces, ¿es imposible volver atrás en el tiempo?

—En absoluto. Pero quizá los seres del futuro no quieren volver aquí. O —añadió enfáticamente— quizás el futuro de la TIERRA sea limitado.

—¿Y qué ocurre en K-PAX? ¿Está abarrotado de seres que vuelven desde el futuro?

—No, que yo sepa.

—¿Quiere eso decir que...?

—¿Quién sabe?

—De acuerdo. Una vez mencionó usted una «cuarta dimensión espacial». ¿Alguna vez la ha visto?

—Una o dos veces.

—Entonces ¿existe?

—Evidentemente. De hecho, cuando regresé a K-PAX, conseguí meterme en ella. Fue maravilloso. Era algo que siempre había querido hacer —hizo una breve pausa para valorar la experiencia—. Pero salí de ella enseguida. Debe de tener algo que ver con la gravedad.

—Obviamente. Bien, bajemos un minuto a la Tierra.

—Un bonito lugar para venir de visita, aunque...

—Ya. Veamos, hace ya tiempo me dijo que nosotros, los humanos, estábamos «empeñados en explotar la energía solar, eólica, geotérmica y la de las mareas sin prestarle atención alguna a las consecuencias». ¿Qué quería decir con eso?

—Mire. ¿Qué ocurre cuando construye un dique en un río y le

roba toda su energía para sus propios propósitos? Inunda todo aquello que está a la vista y el río se convierte en riachuelo. ¿Qué cree usted que ocurriría si llenara su PLANETA de molinos de viento?

—No lo sé. ¿Qué ocurriría?

—¡Utilice su noggin! En primer lugar, el clima cambiaría de tal forma que llegaría el momento en que creería estar viviendo en otro MUNDO. De hecho, ya está ocurriendo, ¿o es que no se ha dado cuenta? Las inundaciones, las sequías, la infinita sucesión de tornados y huracanes…, ahí lo tiene.

—Pero tampoco tenemos tantos molinos de viento en la Tierra.

—¡Exacto! ¿Y qué cree que ocurrirá a medida que tengan más y más? Por no mencionar la manipulación de las mareas y de las temperaturas internas. Mientras tanto, insisten en agotar los últimos restos de combustible y destruirlo todo como si el mañana no existiera.

—Pero, prot, todo causa algún grado de contaminación o de efecto sobre el ambiente. Hasta que logremos la fusión nuclear, ¿qué vamos a utilizar para calentar nuestras casas, para poner en marcha nuestras máquinas?

—¿Qué? Dígamelo usted.

—Entonces, ¿no hay victoria posible?

—Podían empezar por intentar reducir sus cifras en cinco mil o seis mil millones.

En ese momento apenas podía mantener los ojos abiertos.

—Pero, ¿no cree usted que hemos empezado ya a reaccionar? Últimamente existe una gran preocupación por el medio ambiente, por ejemplo.

—¿El medio ambiente? Se refiere usted a *su* medio ambiente.

—Bueno, sí.

—Y para conseguir que *su* medio ambiente resulte más tolerable para ustedes, reciclan latas de cerveza, plantan árboles…, ¿es a eso a lo que se refiere?

—Es un principio, ¿no?

—Reciclar es como poner una tirita en un tumor, doc. Y ¿dónde plantarán sus árboles cuando ya no tengan sitio donde hacerlo?

—¿A eso se refiere cuando en su informe dice que todavía somos niños?

Prot levantó la mirada hacia el techo, como suele hacer cuando intenta encontrar palabras que me resulten comprensibles. Intenté sin éxito reprimir otro bostezo.

—Se lo diré de otro modo: cuando consigan que matar deje de parecer algo digno de admiración, cuando la maternidad sea menos importante que la supervivencia (no *su* supervivencia, sino la de todas las criaturas de su PLANETA), estarán en proceso de alcanzar la madurez.

—¡Los leones matan! Y también las águilas y los osos y…

—No tienen elección. Ustedes sí la tienen.

—Ustedes matan plantas, ¿no?

—Las plantas no tienen cerebro ni sistema nervioso. No sienten ni dolor ni angustia.

—¿Es ese su criterio básico?

—Es el único criterio.

—¿Y qué me dice de los insectos?

—Tienen sistema nervioso, ¿no?

—¿Y usted cree que sienten dolor?

—¿Alguna vez le han dado un pisotón?

—Literalmente, no.

—Intente imaginárselo.

—¿Y las bacterias? ¿Y el moho?

—Más de lo mismo.

—¿Quiere eso decir que se opone usted al aborto?

—Supongo que se refiere al feto *humano*.

—Sí.

—Si el feto puede sentir angustia o dolor, no lo hagan.

—¿Y siente dolor o ansiedad?

—No hay duda de que así es el día antes nacer. El día después de la concepción no es más sensato que un grano de arena.

—Entonces, ¿dónde establece usted el límite?

—Vamos, gene, eso es obvio, ¿no le parece?

Tenía que terminar la conversación antes de quedarme dormido.

—Prot, ¿cuándo piensa marcharse?

Puso los ojos en blanco durante un instante (esa era su versión de una sonrisa afectada).

—Todavía no lo sé, amigo. Pero le diré una cosa: esta vez he reservado tres ventanas, por si acaso.

Me desperté de golpe.

—¿Ventanas?

—Por si las cosas vuelven a complicarse.

—¿Con Robert?

—Con todo.

—¿Puede al menos decirme si piensa llevarse con usted a alguno de nuestros pacientes?

—*Ad hos forgal!* ¡Otra vez con lo mismo!

—¿Cassandra?

Se encogió de hombros.

—¿Jackie?

—No.

—¿Por qué no?

—¡Si es el ser más feliz de este lugar!

—¿Y...?

—Puede. No hay duda de que aquí no es feliz. Pero tienen ustedes mucho que aprender de ella.

—¿De Frankie? ¿Una mujer que es incapaz de amar?

Se quedó mirándome con cara de asco, casi enfadado.

—A veces tengo la impresión que estas visitas son una absoluta pérdida de tiempo. Eso que usted llama «amor» es una parte muy importante de su problema. Veo que tiene tendencia a limitar el concepto a usted mismo y a su familia inmediata. Hable con frankie, doc. Puede que aprenda algo. Y lo mismo le digo respecto al resto de sus pacientes.

Pensé que quizás el problema de Robert tuviera que ver más con el amor que con el sexo. Quizá había sido traicionado por su esposa e hija o por algún otro ser querido.

—Todavía me quedan muchas preguntas, mi querido amigo alienígena, pero, bueno..., las dejaré para más adelante.

—Por mí, perfecto. Tengo un montón de cosas que hacer.

—Lo que me recuerda, por si no tengo otra oportunidad de decírselo..., gracias por todo lo que ha hecho hasta ahora. No sólo por Robert, sino también por Rudolph y por Michael, y por lograr comunicarse con algunos de los autistas. Ha conseguido usted más en las pocas semanas que lleva aquí que el resto de nosotros en los últimos años.

—Ya se lo dije: también ustedes pueden hacerlo. Lo único que tienen que hacer es eliminar toda la basura que impregna sus pensamientos.

—Para usted es fácil decirlo.

Esa noche, mi esposa me prohibió seguir trabajando después de cenar, ni siquiera me dejó hojear un diario. En vez de eso, puso el vídeo de *Recuerda*, una de mis películas favoritas, y me sugirió que fuera pensando en buscar una casa al norte del Estado para cuando nos jubiláramos. Minutos después, incluso antes de que a Gregory Peck le diera uno de sus desmayos, ya me había quedado dormido.

Soñé que prot se había integrado por completo en Robert, y que éste había superado su timidez y ya no estaba deprimido, sino que se mostraba extravertido y seguro de sí mismo. A pesar de que no se observaba en él ninguno de los rasgos característicos de prot (no podía ver la luz ultravioleta, por ejemplo), había en la personalidad de Robert otros signos evidentes de prot. Su facilidad para las matemáticas y para la ciencia había aumentado sustancialmente y planeaba ir a la universidad. Por otro lado, no había perdido nada de su libido (tampoco de la de prot).

Entonces el sueño dio un giro inesperado. Prot llegó volando en compañía de Manuel. A ambos les habían salido alas. También a Robert le habían crecido alas y los tres empezaron a volar en círculos, invitándome a que me uniera a ellos. Luego Russell, que parecía un ángel salido del Apocalipsis, halo incluido, se elevó por los aires. Aparecieron los demás pacientes, volando en perfecta formación, y todos se elevaron cada vez más alto con prot a la cabeza, hasta que no fueron más que una pequeña mancha en el sol. Moví las alas desesperadamente, pero no conseguí elevarme del suelo. Intenté llamarlos, pero ni siquiera eso logré. De hecho, apenas podía respirar…

Cuando desperté, Karen me miraba con una sonrisa en los labios, esa típica sonrisa en la que se lee: «Qué tierno». Me di cuenta de que había estado roncando. La película ya había acabado.

—¿Te has decidido por algún lugar en el que jubilarnos?

—No, pero ciertamente es algo que quiero plantearme muy en serio.

Al día siguiente, sábado, fui en coche al trabajo, pero no resultó un día demasiado productivo. Estaba apático, me sentía incómodo, no era yo. Descubrí en mi escritorio el artículo que todavía no había revisado y un par de entradas para el Carnegie Hall de esa misma tarde. Me las había enviado Howie, gran músico y antiguo paciente. Llamé a Karen, pero se había comprometido a jugar un torneo de bolos al que no podía faltar.

Por alguna razón pensé en prot. No estaba en el edificio, así que le busqué en el jardín. Le encontré estudiando los girasoles, que a buen seguro debían de parecerle una fila de estrellas candentes.

—¡Me encantaría oír tocar a howie! —exclamó.

—Dese prisa. Tenemos que irnos ahora mismo.

—Ya estoy listo —respondió, dirigiéndose a la verja de entrada.

Prot se puso a hablar de inmediato con el taxista, que había visto su foto en la televisión.

—Me alegro de que haya vuelto —le dijo a mi compañero alienígena—. Esperaba que pudiera hacer algo con este jodido calor.

—Lo siento, amigo —respondió prot—. Pero eso está en sus manos.

El taxista no volvió a soltar palabra.

Minutos más tarde pasamos junto a un par de niños que se disparaban con rifles de juguete.

—Veo que todavía enseñan a sus hijos a matar —apuntó. Pensé: ¡No puedo llevarle a ningún lado!

La multitud que abarrotaba las calles parecía ponerle de un humor de perros. Cuando le pregunté qué CD se llevaría a una isla desierta, me soltó:

—¿Dónde encontraría un equipo de música en una isla desierta?

Sin embargo, el concierto fue todo un éxito. Prot parecía capaz de distinguir la interpretación de Howie del resto de violinistas que conformaban la orquesta de cámara.

—Buen *vibrato* —informó—. Pero, como siempre, suena un pelín desafinado.

Cuando los músicos empezaron a tocar la última pieza del repertorio, el Octeto de Mendelssohn, alguien gritó desde el piso de arriba:

—¡Hagan el favor de dejar de toser, maldita sea!

Las toses remitieron automáticamente, y también la música. Todos los músicos y la mitad de la audiencia dieron al hombre una gran ovación. Prot se echó a reír de buena gana. A continuación se hizo un silencio sepulcral. Nunca he oído tocar esa pieza de forma tan hermosa.

Pasamos a ver a Howie después del concierto. Parecía más joven que hacía cinco años, se alegraba mucho de ver a prot y quiso saber cuánto tiempo estaría entre nosotros. Prot eludió la pregunta. Howie preguntó por la salud de Bess y por los pacientes que seguían en el hospital.

—Los echo de menos —se lamentó—. A decir verdad, echo de menos a todo el hospital.

—¿Le gustaría volver? —bromeé.

—Lo estoy pensando —respondió totalmente serio—. A menos que haya sitio para mí en el autobús a K-PAX.

Prot no dijo que sí, pero tampoco dijo que no.

Sesión vigésimo sexta

Villers llegó tarde a la reunión del personal médico que tenía lugar todos los lunes. Dijo que su esposa estaba enferma y que había tenido que llevarla al médico. Después hubo un retraso en la línea de trenes de Long Island. Al parecer, algún imbécil había tirado de la palanca de emergencia sin razón aparente.

Aún se sintió peor cuando se enteró de que prot insistía en que nos negáramos a cobrar por su aparición en televisión, pero pronto se le ocurrió un plan alternativo: una invitación para que los televidentes enviaran fondos para el hospital, que se completaría con un número de teléfono al que podrían llamar para realizar sus donaciones. La entrevista con prot se había cerrado para el miércoles veinte de septiembre. ¡El veinte de septiembre! ¡La fecha de partida de prot! A menos, claro, que hubiera cambiado de parecer y hubiera decidido esperar a la próxima «ventana», a saber cuándo…

Goldfarb planteó un nuevo problema que yo había pasado por alto. Como mis esfuerzos por lograr que Robert saliera de su coraza protectora estaban dando resultados, ¿había alguna posibilidad de que fuera él, y no prot, quien apareciera en la grabación de la entrevista? Le dije que no lo creía demasiado probable teniendo en cuenta que Robert se resistía a aparecer fuera del ámbito de mi consulta. Beamish apuntó que con prot nadie podía estar seguro de nada. No encontré una buena respuesta a eso.

Opté entonces por hablar de la nueva información que yo, o mejor prot, había obtenido de Bert, pero parecía un tema casi intrascendente comparado con el optimista informe de Menninger sobre Charlotte, quien de algún modo había logrado seducir a uno de los guardias de seguridad, consiguiendo que entrara en su celda y llegando casi a arrancarle de un mordisco la nariz y un testículo. Naturalmente, nuestro jefe de seguridad había sido informado de ese desafortunado incidente, y se le apremió para que diera las instrucciones pertinentes a los guardias.

Villers, todavía de un humor de perros, sacó a colación las visitas programadas del cetólogo y de otros científicos. Quería saber cuánto íbamos a colocar por esas «consultas» a prot, y aún se enfadó más al conocer la respuesta. Thorstein, que parecía estar convirtiéndose cada vez más en el segundo de a bordo de Klaus, sugirió que cobráramos una buena suma por las siguientes entrevistas con el alter ego de Robert, sobre todo si de ellas podían salir patentes u otra información útil.

El único tema restante fue volver a recordarnos que uno de los psicoterapeutas más renombrados del mundo venía a hacernos una visita de veinticuatro horas la semana siguiente (una breve biografía del ilustre visitante fue pasando de mano en mano), y que una conocida personalidad del mundo de la televisión, autor del libro *Psicología popular*, vendría hacia finales de mes.

Entonces la conversación degeneró, como suele ocurrir, en resultados de partidos de béisbol, restaurantes, retiros de fin de semana, fabulosas partidas de golf, etcétera. Yo me quedé meditando en silencio sobre cuánto tiempo iba a quedarse prot. Al menos, supuse, hasta su aparición en televisión, y quizá más. Y pensé: si la solicitud de donaciones daba fruto y prot conseguía ayudarnos a recaudar suficiente dinero para financiar la nueva ala del edificio, ¿qué nombre le daríamos?

Después del almuerzo, prot dio el pistoletazo de salida a una inesperada búsqueda del tesoro sin anunciar cuál sería el premio. Ese era todo el estímulo que los pacientes necesitaban, y pasaron el resto de la tarde registrando a fondo la sala común, la sala de ejercicios, el co-

medor y la sala de recreo en busca del tesoro «enterrado». Aunque
nadie sabía lo que buscaba, la alegría y la excitación eran inmensas.

Yo estaba un poco molesto. Prot no me había avisado de que
planeaba la búsqueda en cuestión, aunque técnicamente no se trataba de una «tarea» para los pacientes, que, según habíamos acordado,
me habría anunciado con antelación. Me quedé observando, divertido y melancólico a la vez, mientras nuestros internos participaban en
el juego con considerable frenesí, buscando por todas partes algo que
les hiciera la vida más provechosa, o, al menos, tolerable.

Incluso algunos miembros del personal se dejaron llevar por el
entusiasmo general y empezaron a dar vuelta a las sillas y a mirar debajo de las alfombras. Para ser franco, hasta yo participé, supongo
que con la esperanza de encontrar algo que me animara, que me ale-
grara el día. Quizá buscara la vida paralela que había perdido, esa
vida en la que mi padre no había muerto y en la que yo había llegado
a ser un cantante de ópera: la vida con la que soñaba de vez en
cuando.

Sin embargo, mientras todo eso ocurría, me informaron de que
prot había desaparecido. Nadie le había visto irse. Entonces la cace-
ría se centró en dar con él.

A pesar de sentirme aún más frustrado por el giro que habían
dado los acontecimientos, no me preocupé demasiado, puesto que
eso ya había ocurrido antes una vez. Estaba seguro de que prot estaría de regreso a tiempo para nuestra siguiente sesión. Y así fue. Poco
después de su desaparición, Giselle entró corriendo, anunciando a
voz en grito que prot había vuelto a aparecer, noticia que fue recibida con fuertes gritos de alegría por sus seguidores. Al parecer, fuera
lo que fuese lo que había hecho durante su ausencia no le había llevado tiempo alguno.

Mi sueño no se hizo realidad ese día y dudo que los demás vie-
ran hacerse realidad los suyos. Pero cada uno de los pacientes encontró su hilo imaginario, que resultaba invisible para los demás. Algo
que quizá les diera esperanzas para conseguir un mundo mejor, un tímido intento por empezar una nueva vida.

* * *

Cuando prot entró en mi consulta, seguido por uno de los gatos, me pregunté si percibiría mi frustración. Se sentó y atacó una ciruela, que compartió con su «amigo». Yo ignoraba por completo que a los gatos les gustara la fruta.

—¿Dónde está Robert?

—Estará aquí en cualquier momento. Todavía se está recuperando. Además —añadió, pensativo—, ya casi nunca consigo fruta.

—¿Quiere decirme dónde ha estado esta mañana?

—En realidad, no.

—Prometió que si planeaba hacer algún viaje me lo haría saber, ¿se acuerda?

—No lo planeé. Fue una decisión de última hora.

—¿Adónde fue?

—Tenía que repartir algunas invitaciones.

—¿Personalmente?

—No soy una «persona», ¿recuerda? Soy un ser.

—¿Por qué no se limitó a dejarlas en el buzón?

—Quería asegurarme de que llegaban a su destino.

—¿Esas invitaciones iban dirigidas a personas que van a volver con usted a K-PAX?

—Algunas son personas, otras no.

—¿Cuántas invitaciones había en total?

Tampoco esperaba que me respondiera a esa pregunta, pero contestó alegremente:

—Hasta ahora sólo doce. Todavía queda mucho sitio.

Le lancé una mirada feroz.

—La próxima vez que planee algo «a última hora», ¿me lo hará saber, por favor?

—Lo que usted diga.

—Gracias. Veamos… ¿Qué puede decirme sobre Robert?

—¿Qué quiere que le di…?

—Maldita sea, prot, ¿no le contó lo que le pasó cuando tenía cinco años?

—Sí, y permita que le diga una cosa: ¡ustedes los humanos están enfermos!

—No todos, prot. Sólo algunos.

—Por lo que he visto hasta ahora, todos ustedes son capaces de casi cualquier cosa.

Nos miramos en silencio durante un rato. Cinco o seis ciruelas más tarde, prot escupió el último hueso en el cuenco y se puso las manos detrás de la cabeza, aparentemente saciado. El gato se había instalado cómodamente en su regazo. A prot se le cerraron los ojos. De pronto se echó hacia delante y se rodeó con los brazos. Los ojos de Robert lucharon por volver a abrirse. Parecía débil, abatido, totalmente desprovisto de cualquier rastro de confianza. En resumen, tenía un aspecto muy parecido al de las primeras sesiones. Instintivamente empezó a acariciar al gato, que se puso a ronronear ruidosamente.

—Hola, Rob, me alegro de volver a verle. ¿Qué tal se encuentra hoy?

—Tengo miedo.

—Confíe en mí, por favor. Nada puede ocurrirle en esta habitación. Este es su refugio, ¿recuerda? Vamos simplemente a charlar sobre cualquier cosa que quiera contarme. Lo que se le ocurra. Avanzaremos a su propio ritmo.

—De acuerdo. Pero sigo teniendo miedo.

—Le entiendo.

Se quedo mirándome, pero no dijo nada durante unos cuantos minutos que para mí resultaban preciosos.

Decidí arriesgarme.

—¿Quiere contarme algo sobre los días que su padre estuvo en el hospital?

Bajó la vista y se quedó mirando al suelo.

—Sí.

Me quedé de piedra. Gracias a prot, Robert había hecho tantos progresos que quizá no resultara necesario recurrir a la hipnosis.

—Se fue usted a vivir con su tío Dave y su tía Catherine, ¿no es así?

—Sí —murmuró.

—¿Son tíos suyos por parte de madre o de padre?

Rob levantó la mirada lentamente.

—El tío Dave era hermano de mamá.

—¿Y tía Catherine era su esposa?

—No. Su hermana. La hermana de mi madre.

—¿Y vivían juntos?

—Los dos eran solteros.

—Muy bien. ¿Puede hablarme un poco de ellos?

—Eran de constitución fuerte. Corpulentos. Mi madre también está un poco rellenita.

—¿Qué más? ¿Cómo eran?

—No eran muy agradables.

—¿En qué sentido?

—Eran mezquinos. Crueles. Pero cuando me fui a vivir con ellos, nadie lo sabía todavía.

—¿Qué tipo de mezquindades hacían?

—El tío Dave mató a mi gatita.

Inconscientemente cogió al gato y lo abrazó.

—¿Sí? ¿Por qué?

—Quería darme una lección.

—¿Qué lección?

Robert palideció ostensiblemente. Empezó a sufrir incontrolables tics en la cara.

—No… no me acuerdo.

—Inténtelo, Rob. Creo que ya está usted preparado para hablar de ello. ¿Qué le hizo su tío? ¿Quiere contármelo?

Siguió una larga pausa. Ya había decidido hipnotizarle cuando, en un hilo de voz prácticamente inaudible, dijo:

—Yo tenía que dormir en el sofá del salón. La primera noche que dormí allí el tío Dave bajó al salón y me despertó.

—¿Por qué le despertó?

—Quería acostarse a mi lado.

—¿Y lo hizo?

—Sí. Yo no quería. En el sofá no había espacio suficiente para los dos. Pero de todos modos se acostó conmigo.

—¿Qué ocurrió entonces?

—Me puso la mano encima del pijama. Yo no paraba de decirle: «¡No!», pero él no me escuchaba. Me había aplastado contra el respaldo del sofá y no podía moverme.

—¿Qué hizo él?

—Me lamió la cara con su enorme lengua. Luego me tocó durante mucho rato hasta que…

—¿Hasta qué, Rob?

—Hasta que empezó a agrandársele.

—¿Cómo se sentía usted?

—Tenía miedo. No entendía lo que estaba pasando. No sabía qué hacer.

—¿Qué ocurrió a continuación?

—Por fin se levantó y se marchó.

—¿Así, sin más?

—Me dijo que si se lo contaba a alguien mataría a mi gatita.

—¿Qué más?

—Mi pijama estaba por fuera pegajoso y frío. No entendía por qué.

—¿Adónde fue su tío?

—Regresó al piso de arriba.

—¿Volvió a repetirse aquello?

—Casi cada noche. Yo me quedaba allí tumbado y rezaba para que el tío Dave no bajara.

—¿Siempre le hacía lo mismo?

—No. A veces me ponía la boca ahí abajo. Luego… luego…

—Sé que no es fácil para usted, Rob. Pero debe intentar contarme el resto.

—¡Quería que me metiera la suya en la boca! ¡Oh, papá, ayúdame!

—¿Y lo hizo?

—¡No! Le dije: «¡No, no lo haré!»

—¿Y él le dejó en paz después de eso?

—No. Al día siguiente mató a mi gatita. La cogió del suelo y le retorció el cuello.

—¿Mientras usted miraba?

—Sí.

—¿Qué más?

—Dijo que haría lo mismo conmigo si no hacía lo que él quería.

—¿Volvió esa noche?

—Sí.

—¿Y lo hizo usted?

—No. No lo sé. Yo... yo... ya no me acuerdo.

—¿Qué es lo siguiente que recuerda?

—Tío Dave bajaba casi todas las noches, pero no creo que volviera a molestarme. Siempre me encontraba dormido.

—¿Era capaz de dormirse sabiendo que su tío iba a bajar a acosarle?

—No exactamente. Nunca me dormía hasta que él bajaba y se tumbaba en el sofá. Por eso no creo que hiciera demasiado después de eso.

—¿Dónde estaba su tía Catherine todas esas noches?

—Normalmente se quedaba arriba. Sufría del corazón. Pero creo que a veces la vi sentada en los escalones. Y la oí en un par de ocasiones.

—¿Qué decía?

—Nada. Sólo hacía unos ruidos extraños. Como si no pudiera respirar.

—¿Y eso duró hasta que su padre volvió del hospital?

—Sí. También mataron al perro.

—¿Qué perro?

—No lo sé. Creo que era un perro vagabundo. Lo mataron con un cuchillo.

—¿Por qué?

—Dijeron que eso era lo que me pasaría si hablaba. El tío Dave me estrangularía, y la tía Catherine me apuñalaría con un cuchillo.

—¿Se lo contó usted a alguien?

—Nunca.

—Muy bien, Rob. Dejémoslo aquí por un rato.

Robert soltó un profundo suspiro, obviamente aliviado.

—Gracias por contarme todo esto. ¿Está usted bien?

—No lo sé. Supongo que sí —añadió, empezando de nuevo a acariciar al gato.

Dejé que descansara un minuto. Llegados a este punto, debería haberle enviado de vuelta a su planta, pero sabía que, a pesar de todo, prot podía marcharse en cualquier momento.

—Rob, ahora me gustaría someterle a hipnosis. ¿Le parece bien?

Dejó caer aún más los hombros.

—Pensaba que habíamos terminado por hoy.

—Casi.

Miró a derecha y a izquierda, como si intentara encontrar una salida.

—De acuerdo. Si usted cree que será de alguna ayuda…

Como ya había ocurrido anteriormente, Robert no cayó en trance inmediatamente, como pasaba con prot, sino que se resistió durante todo el proceso, mostrando muchísimo recelo. Cuando estuve seguro de que por fin se había «dormido», le induje a que regresara al pasado, pero esta vez le hice retroceder hasta el día de su quinto aniversario. Describió la tarta, recordaba haber apagado todas las velas, pero no me reveló el deseo que había pedido, porque de lo contrario (según me informó con absoluta solemnidad) no se cumpliría. Poco tiempo después su padre sufrió un accidente en el matadero y terminó en el hospital, y el pequeño Robin (así le llamaban de niño) tuvo que irse a vivir unas semanas con el tío Dave y la tía Catherine. Al pequeño Robin no parecía desagradarle aquel plan. Daba la sensación de que le gustaban los hermanos mayores de su madre, que le habían regalado una gatita por su cumpleaños. A sus hermanas las instalaron en casa de otra tía que vivía en Billings.

—Muy bien, Robin, está usted en casa de sus tíos y es hora de acostarse. ¿Dónde va a dormir?

—La tía Catherine me ha hecho una cama en el sofá. Me gusta. Huele raro, pero es blando y está calentito.

—Bien. ¿Ya se va a dormir?

—Sí.

—¿Dónde está la gatita?

—El tío Dave la ha dejado en la cocina.

—De acuerdo. ¿Qué ocurre ahora?

—Estoy acostado en el sofá, escuchando los grillos. La gatita maúlla. Oh, alguien ha llegado. Es el tío Dave. Está intentando meterse en la cama conmigo. Me empuja para que le haga sitio.

—¿Ha venido a dormir con usted?

—Eso creo. Pero apenas hay sitio para los dos. Me está empujando contra el respaldo del sofá. Me rodea con el brazo. ¡Me está tocando! «¡No, tío Dave! ¡No quiero!» Me pone la mano en el pijama. Me está tocando la cosa. «¡Tío Dave! Por favor, no. ¡Se lo diré a mamá!»

—¿Qué le respondió él?

El Robert de cinco años empezó a llorar.

—Dice que si se lo cuento a alguien, matará a mi gatita.

—Tranquilo, Rob. Ya está. Ya se ha ido. Ahora descanse un poco.

Siguió llorando hasta que sus sollozos fueron apagándose, quedando reducidos a un leve gemido.

—Muy bien, Robin. Ahora ya ha pasado una semana y se está usted acostando en el sofá. ¿Cómo se siente?

—Tengo mucho miedo. Va a bajar. Sé que va a bajar. No puedo dormir. Estoy muy asustado.

—¿Dónde está su gatita?

—Oh, tío Dave la mató. La mató. Creo que va a hacer lo mismo conmigo —estaba tiritando—. Oh, aquí viene. «Por favor, tío Dave, por favor. ¡Por favor, Dios mío, esta noche no!»

—¿Se está metiendo en el sofá?

—No. Está retirando la manta. Yo la agarro como puedo, pero él es demasiado fuerte. Ahora se ha quitado el pijama. No quiero mirar. Voy a quedarme dormido. —Cerró los ojos, apretándolos con fuerza.

—¿Robin? ¿Duerme? ¿Robin?

Volvió a abrir los ojos, pero ya no había miedo en ellos. El miedo había dejado paso al odio, un odio intenso y amargo. Tenía todos los músculos en tensión. No decía nada.

—¿Rob?

—No —respondió apretando los dientes.

—¿Quién es usted?

Empezó a arrastrar los pies.

—Soy Harry.

Me quedé de una pieza. No porque otro alter ego hubiera hecho su aparición, sino porque entendí de inmediato que yo había sido un estúpido, que quizá todavía hubiera otros cuya existencia yo desconocía y que quizás estaban escuchando y viendo todo lo que estaba siendo revelado.

—Por favor, Harry, cuénteme lo que ocurre.

Dejó de arrastrar los pies.

—Se ha puesto de rodillas junto al sofá. Me ha puesto su cosa en la cara. Quiere metérmela en la boca.

—¿Va usted a hacerlo?

—Tengo que hacerlo porque si no matará a Robin. Pero yo entonces lo mataré *a él*. Si le hace algo a Robin, lo mataré. ¡Lo odio! ¡Lo odio con todas mis fuerzas! ¡Odio su cosa asquerosa! Voy a mordérsela si le hace daño a Robin. Luego lo mataré. ¡Lo mataré! ¡Lo mataré! Y a esa cerda también.

Por su aspecto no había duda de que hablaba en serio.

—Bien, Harry, ya pasó todo. El tío Dave y la tía Catherine han vuelto a subir a su habitación. Os han dejado solos. A ti y a Robin.

Harry se quedó ahí sentado, bufando violentamente, ceñudo. Levantó la mirada mientras el tío Dave y la tía Catherine subían despacio las escaleras.

—¿Harry? Escúcheme con atención. Ahora va a quedarse dormido.

Esperé hasta que se calmó y cerró los ojos. Un instante después susurré:

—Muy bien, Robin, ya es de día. Despierte, Robin.

—¿Eh?

—¿Es usted, Robin?

—Sí.

—Es hora de levantarse.

—No quiero levantarme —dijo tristemente. Por lo menos las horribles contracciones nerviosas habían desaparecido.

—Entiendo. Está bien. Descanse un rato. Ahora vamos a avanzar en el tiempo. Se está haciendo mayor. Tiene seis años, ahora siete, ahora diez. Ahora tiene quince años, veinte, veinticinco, treinta, treinta y cinco, treinta y ocho. ¿Rob?

—¿Sí?

—¿Cómo está?

—Ya no tengo tanto calor.

—Perfecto, ahora voy a despertarle. Voy a contar de cinco a uno. Cuando llegue al uno estará usted totalmente despierto y se encontrará perfectamente. Cinco… cuatro… tres… dos… uno —chasqueé los dedos—. Hola, Rob, ¿cómo se encuentra?

Sobraba la pregunta. Puede que se encontrara bien, pero parecía enfermo y exhausto.

—¿Puedo volver a mi habitación?

—Por supuesto. ¿Rob?

—¿Sí?

Me levanté, le puse la mano en el hombro, y le acompañé a la puerta. Seguía con el gato entre los brazos.

—Creo que lo peor ha pasado. A partir de ahora todo va a ir bien.

—¿De verdad lo cree?

—Sí. Creo que con una o dos sesiones más habremos conseguido dar con el problema. Entonces podrá empezar a curarse.

—Suena demasiado bonito para ser verdad.

—Es verdad. Y cuando se cure, no habrá ningún problema para que prot se marche. Ya no le necesitará.

—Eso espero. De todas formas no creo que vaya a quedarse mucho tiempo más, pase lo que pase.

—¿Tiene usted alguna idea de cuándo…?

—Vuelve usted a intentar intimidarme, jefe. Robert no lo sabe, y yo tampoco.

—¡Prot! Rob estaba a punto de volver a la segunda planta.

Se encogió de hombros e hizo ademán de abrir la puerta.

—Antes de irse, dígame una cosa: ¿hay en K-PAX gente que abuse de los niños?

—No, ni tampoco nadie que abuse de los adultos.

La mañana del martes, uno de los psiquiatras más reconocidos del mundo vino a pasar el día al IPM con la intención de conocer al equipo médico y al personal del centro y presentar un seminario sobre los estudios en curso que tienen lugar en su campo. Era la primera vez que le veía, aunque había leído casi toda su obra, incluido el inmensamente popular *El lado más leve del trastorno mental*; le había oído hablar en congresos nacionales e internacionales, y esperaba ansioso poder disfrutar de esa excepcional oportunidad.

Llegó al hospital vestido de frac y con sombrero de copa, el atuendo que le caracterizaba. Aunque ya ha cumplido los ochenta, parece veinte años más joven y se mantiene en forma gracias a que corre diez kilómetros todas las mañanas antes del desayuno, hace cincuenta flexiones a mediodía, y nada una hora todas las tardes antes de cenar. Entre medio se atiborra de vitaminas y minerales. Preguntaba a todo aquel con el que se cruzaba dónde estaba la piscina. Desgraciadamente, el Instituto Psiquiátrico de Manhattan no dispone de dicha instalación.

No le vi hasta más tarde, en parte debido a que me salté el encuentro que había sido programado para la hora del café de la mañana (nuestro invitado tomó un zumo de pomelo) a fin de poder pasar a ver a Russell, que estaba en la enfermería, al parecer totalmente agotado. Aparte del cansancio parecía encontrarse bien, y seguía predicando el inminente fin del mundo.

Comenté el estado de Russ con Chak, quien confesó no tener la menor idea de lo que le pasaba.

—No se preocupe —me tranquilizó—. No corre peligro inmediato.

Chak estaba pensando trasladar a Russ al Columbia Presbyterian Hospital para que le examinaran más a fondo y le hicieran algunas pruebas.

—Haga lo que usted crea necesario —le dije—. No soportaría perderle.

Me asomé a la habitación de Russell antes de salir de la clínica para despedirme y darle ánimos y le encontré llorando. Entré y le pregunté que qué le pasaba.

—Cuando llegue al cielo, espero que sirvan hamburguesas los sábados por la noche —dijo.

Creo que esa fue la primera vez que le oí decir algo que no fuera una cita sacada de la Biblia.

Mi turno para hablar en privado con el gran médico clínico, cuyos libros ocupan un lugar de honor en las estanterías de mi despacho, llegó a las dos. Entró en mi consulta fresco como una rosa (quizá gracias a las flexiones), se tragó varias cápsulas de vitaminas e inmediatamente se quedó dormido en la silla. Durante unos segundos creí que había muerto, pero después de observarle atentamente certifiqué que el pecho se le movía bajo la corbata. Como no quería molestarle, salí sigilosamente de la habitación y le dejé disfrutando de su pequeña siesta. Más tarde me enteré de que se había quedado dormido en la consulta de todos los demás. Al parecer, reservaba fuerzas para la conferencia de las cuatro.

Cuando regresé para despertarle y acompañarle al despacho de Beamish, terminó la frase que había empezado cuando se había quedado dormido y saltó de la silla como un veinteañero. Me costó lo mío caminar a su paso mientras avanzaba a toda prisa por el pasillo.

Disponía todavía de una hora libre antes de la conferencia, así que decidí bajar al jardín, donde encontré a Lou resollando y jadeando en el patio de atrás. Hacía un par de semanas que no le veía, y me quedé horrorizado cuando me di cuenta de lo que había engordado. Sus pantalones premamá casi no daban más de sí. Se había desabrochado la blusa de color amarillo brillante, que le caía sobre el estómago hinchado como los pétalos de un girasol gigante. Daba la impresión de que estuviera literalmente alimentando su autoengaño.

Se apartó un par de mechones de pelo de la cara de un soplido.

—Si hubiera sabido que esto iba a ser así, jamás habría consentido en ser madre —se quejó. Parecía tener los dedos ocupados con algo. Supuse que se trataba de un hilo invisible.

Vi a Dustin caminando despacio junto al muro del fondo del jardín. Siempre parecía más agitado a últimas horas de la tarde. Oí decir a Lou:

—¿Por qué no le da un descanso a Dustin y les dice a sus padres que no vengan a verle esta noche?

—Son buena gente, Lou. Y son sus únicas visitas.

—¡Le están volviendo loco!

Justo en ese momento Milton pasó contoneándose sobre su destartalado monociclo, haciendo juegos malabares con unas cuantas uvas y musitando para sus adentros:

—Y le dije al maestro: ¡No, gracias! ¡Si no me cuenta toda la *ramide*, prefiero que no me la cuente!

Virginia Goldfarb se acercó desde la dirección contraria y me recordó que estaba a punto de dar comienzo la conferencia de nuestro distinguido visitante. La acompañé al anfiteatro.

Cuando todo el mundo estuvo sentado y Villers hubo presentado obsequiosamente a nuestro invitado, éste se puso en pie de un salto y subió al podio. Todo parecía indicar que nos esperaba una hora de lo más gratificante. Desgraciadamente, cuando nos quedamos casi a oscuras para que pudiera proyectar sus diapositivas, el gran hombre volvió a quedarse dormido y se pusó a roncar tranquilamente delante de todos nosotros como un viejo caballo con sombrero de copa. El encargado de la proyección, uno de nuestros brillantes jóvenes residentes, siguió pasando las diapositivas sin perder la compostura. De todos modos, la proyección era de por sí bastante explicativa. Cuando terminó y se encendieron las luces, nuestro conferenciante se despertó, concluyó su conferencia y quiso saber si alguien deseaba hacerle alguna pregunta.

No hubo preguntas. Como yo, quizá todos estuvieran planteándose hasta dónde llegaba la capacidad ejecutiva de los ancianos que llenan las salas del Congreso y las de la Corte Suprema de Estados Unidos y que dormitan en sus asientos mientras las grandes decisiones pasan, una tras otra, frente a sus ojos.

Totalmente recuperado después de su siesta, nuestro distinguido colega se pasó una hora nadando en un gimnasio cercano antes de echar una nueva cabezada, esta vez durante el transcurso de la cena que tuvo lugar en uno de los mejores restaurantes de Manhattan. (Villers, cuya mujer seguía enferma, se había disculpado y tuve que lidiar a solas con el problema.) De algún modo nuestro invitado logró prender fuego a la carta al acercarla demasiado a la vela que teníamos en la mesa, y después dejó caer la cabeza encima de su plato, aplastando los «guisantes tiernos y tempranos en salsa de mantequilla sin sal, aderezados con un toque de orégano y eneldo». Después de ayudarle a comer, por fin conseguí meter a nuestro soñoliento invitado en un taxi y llevarlo al aeropuerto, todavía con restos de comida en la frente. Salió del taxi y se dirigió a paso ligero a la terminal, aunque nadie supo nunca si logró llegar a su casa.

Cuando arrancábamos, me maravillé de los logros de nuestro ilustre amigo, la mayoría de los cuales deben de haber tenido lugar mientras dormía profundamente. Pensé que quizá tendría mucha más energía si dejara de mantenerse en tan buena forma.

Sesión vigésimo séptima

A primera hora de la mañana del miércoles, antes de mi siguiente sesión con Robert, desayuné brevemente con Giselle para ponernos al corriente. Mencionó que conocía a un oftalmólogo que estaba extremadamente interesado en poner a prueba la capacidad de prot para ver la luz ultravioleta. Le pedí que lo aplazara por el momento.

—Puede que prot se marche pronto, y todavía nos queda mucho por hacer.

—¡Precisamente por eso debería examinar a prot cuanto antes!

Le dije que en cuanto se diera la oportunidad óptima se lo comunicaría.

Desgraciadamente, Giselle no pudo decirme nada acerca de prot que yo ya no supiera. De hecho, se quejó de que prot pasaba con ella menos tiempo que antes, y me pidió copias de las grabaciones de nuestras últimas sesiones. Lo sentí por ella (se ha convertido casi en una hija para mí), pero me negué a permitirle que escuchara las cintas.

—¿Por qué? —exigió saber—. Las va a incluir en su libro, ¿verdad? Entonces todo el mundo sabrá lo que prot ha dicho durante esas sesiones.

—No pienso incluirlo todo. Además… ¿Por qué está tan segura de que pienso escribir otro libro?

—Porque se quiere jubilar. O al menos eso es lo que quiere su mujer.

—Escribir un libro no cambiará nada.

—Pero ayudará.

—Puede, pero aun así no puedo darle esa información. Ya conoce la confidencialidad que conforma la relación entre médico y paciente. Si escribo ese libro no pienso identificar a los pacientes por sus verdaderos nombres.

Se le infló el carrillo cuando se metió en la boca medio sándwich.

—¡Entonces no me diga quién aparece en las cintas!

—¿Por qué no le pide a prot que le hable de las sesiones? Según creo tiene muy buena memoria.

—Ya lo he intentado.

—¿Y qué le respondió?

—Que no quiere violar su intimidad.

—¿Qué diantre quiso decir con eso?

—Creo que sabe todo lo que hay que saber sobre usted.

—No hay mucho que saber —dije, sintiéndome incómodo.

—Prot dice que todos guardamos muchos secretos que no queremos que nadie sepa.

—Bueno, supongo que en eso tiene razón.

—Sí, y en todo lo demás. De hecho, fue idea de prot que me dejara escuchar las cintas. Dice que puedo ayudar mejor a Robert si estoy enterada de lo que le pasa.

La mosca de la jubilación empezó a zumbarme en el oído.

—Lo pensaré —le dije.

Robert entró en mi consulta para su vigésimo séptima sesión con una extraña sonrisa en los labios. No era la típica sonrisa satisfecha de prot, sino una sonrisa indudablemente afable. Por primera vez parecía tener ganas de hablar. Ni siquiera traía con él ningún gato.

—Robert, ¿está usted dispuesto a hablarme de Sally y de Rebecca?

La sonrisa se le encogió, pero respondió:

—Sí, creo que sí.

—Bien. Si empieza a sentirse incómodo, dígamelo y lo dejaremos.

Asintió.

—Rob, ¿cómo puede estar seguro de que no es usted el padre de Rebecca?

—Sally y yo nunca tuvimos relaciones… relaciones sexuales.

—Entonces, ¿qué hacían?

—Sólo nos besábamos y nos acariciábamos. Eso era todo.

—¿Incluso después de casados?

—Sí.

—¿Alguna vez llegó a quitarse la ropa?

—A veces.

—¿Cómo cree que ocurrió eso?

—Me quedé sin ella mientras nos besábamos y nos acariciábamos.

—Pero, ¿eso fue todo lo que ocurrió?

—Sí.

De repente, Robert parecía haber perdido la confianza. Se miraba los pies.

—¿Cómo se siente?

—Estoy bien.

—¿Sabe lo que es el sexo? ¿Cómo funciona?

—Tengo una ligera idea de ello —respondió, evidentemente violento.

—Pero no lo ha hecho nunca.

—No.

—¿Sally no quería?

—Oh, sí. Ya lo creo.

—¿No deseaba usted hacer el amor con ella?

—Sí. No. No lo sé. Nunca…

—De acuerdo. No perdamos más tiempo. Si está preparado, quisiera volver a hipnotizarle.

Desvió la mirada.

—Rob, probablemente esta sea la última vez. Estamos muy cerca de llegar al fondo de su problema. ¿Confía en mí?

Tomó una gran bocanada de aire y espiró con fuerza.

—Sí.

—Bien. ¿Está preparado?

Volvió a coger aire y asintió. Despacio, resistiéndose con uñas y dientes, cayó en trance. Le conduje hasta el 9 de junio de 1975.

—Rob, Sally y usted acaban de casarse. ¿Recuerda bien ese momento?

—Por supuesto. Nuestras familias estaban allí y fue una ceremonia muy hermosa.

—¿Y después?

—Hubo una recepción en el sótano de la iglesia. Tarta, ponche, anacardos y caramelos azules en bandejitas de plata.

—Bien. Ya ha terminado la recepción. ¿Qué ocurre ahora?

—La gente nos está sacando fotos.

—¿Y después?

—Salimos de la iglesia. Todos nos tiran arroz mientras bajamos corriendo las escaleras y vamos hacia el coche.

—¿Se compró un coche?

—Sí. Un Ford Fairlane del cincuenta y siete.

—¿De dónde sacó el dinero?

—Usamos el dinero de la boda para la entrada.

—Siga.

—Nos vamos en el coche.

—¿Adónde van?

—No tenemos dinero para la luna de miel, así que vamos a dar un paseo por el campo. Es uno de esos preciosos días de primavera. Es maravilloso tener a Sally a mi lado con su cabeza sobre mi hombro.

—No me cabe duda. Muy bien, es casi de noche. ¿Dónde están ahora?

—En el Hilltop House.

—¿Qué es el Hilltop House?

—Es un buen restaurante que hay en Maroney. A unos ochenta kilómetros de Guelph.

—¿Qué tal es la comida?

—De miedo. La mejor cena de mi vida.

—¿Qué comen?

—Langosta. Es la primera vez que comemos langosta.

—Bien. Ya han acabado de cenar. ¿Adónde van ahora?

—Vamos a casa.

—¿Dónde está su casa?

—En Guelph. En un parque de caravanas llamado Restful Haven.

—¿Tienen una caravana?

—Sally prefiere llamarla hogar móvil.

—¿Es de propiedad o alquilada?

—Fue un regalo de la familia de Sally. Es de segunda mano.

—Muy bien. Ya están en casa. ¿Qué ocurre?

—Entramos. No me he acordado de entrar con Sally en brazos, así que volvemos a salir, la tomo en brazos y entro con ella. Me está besando.

—¿Qué ve, ahora que está dentro?

—Alguien ha puesto una caja de pañales en la mesa de la cocina. Supongo que es una broma.

—¿Sally está embarazada?

—Sí.

—¿Quién lo sabe?

—Probablemente lo sepa todo el mundo.

—Quiere decir que ha corrido la voz.

—Sí.

—¿Lo sabe el padre?

—No sé quién es el padre. Quizá Sally se lo haya dicho. Nunca hemos hablado de eso.

—¿Qué ocurre ahora?

—Empieza a oscurecer. No estoy cansado, pero Sally quiere acostarse.

—¿Sally se ha ido a la cama?

—Sí. Está en el cuarto de baño… ahora sale. Lleva un camisón de seda. Mientras ella estaba en el baño me he quitado la ropa y me he metido en la cama.

—¿Y Sally se mete en la cama con usted?

—Sí. De hecho está dando saltos sobre la cama y no para de reír.

—¿Cómo le hace sentir eso?

—Tengo miedo.

—¿De qué tiene miedo?

—Nunca hemos tenido relaciones. Nunca he tenido relaciones sexuales con nadie. Excepto…

—Sí, ya sé lo que pasó con su tío Dave.

No hubo respuesta.

—De acuerdo. ¿Qué pasa ahora?

—Sally se aprieta contra mí, pasándome la mano por el pecho. Me besa la cara y el cuello. De repente tengo mucho sueño. Me estoy quedando dormido.

—¿Rob? ¿Se ha dormido?

—¿Bromea? ¿En un momento así?

Había cambiado totalmente de actitud. Estaba alerta, casi podía decirse que me miraba con ojos saltones. Parecía muy agitado. Pero no era prot. Ni Harry.

—¿Quién es usted?

—No tema, Paul está aquí.

—¿Paul? ¿Es usted Paul? ¿Qué hace usted aquí?

—Ayudar.

—¿Ayudar, cómo?

—Sally está muy excitada. Me necesita. Y también Rob.

—¿Rob? ¿Por qué cree que Rob le necesita?

—Estoy enseñándole a Rob cómo hacer el amor con su esposa.

—Pero si está dormido.

—Sí, siempre hace lo mismo. Pero eso no es problema mío.

Se giró y empezó a hacer como si besara a alguien.

—Está bien, Paul, ha pasado una hora. Todo ha terminado. Sally está dormida. ¿Qué está haciendo ahora?

—Sigo aquí tumbado. Sally tiene la cabeza sobre mi hombro. Duerme profundamente. La oigo respirar. Le huelo el aliento. ¿Es así como huele la langosta?

—¿No tiene sueño?

—Un poco. Voy a quedarme tumbado aquí disfrutando de este momento hasta quedarme dormido.

Sonreía.

—¿Cuántas veces ha ocurrido esto en el pasado?

—No muchas. Hasta ahora. Ha sido difícil encontrar algún sitio donde poder tener un poco de intimidad.

—Paul, ¿es usted el padre del bebé de Sally?

Empezó a chasquear los dedos.

—¿Cómo lo ha sabido?

—No era muy difícil. Dígame una cosa: ¿se entera usted de todo lo que le pasa a Rob?

—Claro.

—¿Él sabe que usted existe?

Snap, snap, snap.

—No.

—¿Con qué frecuencia aparece usted?

—Sólo cuando Sally me necesita.

—¿Y por qué no en otro momento?

—¿Qué sentido tendría? He llegado a un buen trato, ¿no le parece?

—Desde su punto de vista, supongo que sí. Bien, un par de preguntas más.

—Dispare.

Snap, snap, snap.

—¿Cuándo apareció por primera vez?

—Bueno, supongo que Robert tenía once o doce años.

—¿Y necesitaba masturbarse?

—Se asustaba mucho cada vez que tenía una erección.

—Muy bien. Una última pregunta: ¿está usted al corriente de la existencia de Harry?

—Claro. Un chiquillo terrible.

—De acuerdo. Siga ahí tumbado un rato. Se hace tarde. Se está quedando dormido.

Sin dejar de sonreír, cerró los ojos y dejó de chasquear los dedos.

—Ya se ha hecho de día. Es hora de levantarse.

—Shhh. Sally duerme. Dios, qué guapa es.

Bajé la voz.

—No me cabe duda. Ahora vamos a avanzar en el tiempo. Imagínese un calendario cuyas páginas van pasando rápidamente hacia delante. Estamos en 1975, 1980, 1985, 1990, 1995. Hemos regresado al presente y estamos a 13 de septiembre de 1995. ¿Me sigue?

—Le sigo.

Le desperté. Parecía cansado, pero no tan exhausto como al término de las sesiones anteriores.

—Rob, ¿se acuerda de algo de lo que acaba de ocurrir?

—Iba usted a hipnotizarme.

—Sí.

—¿Lo ha hecho?

—Sí. Y creo que he resuelto casi todo el rompecabezas.

—Me alegro.

Parecía muy aliviado, aunque no fuera consciente de la magnitud del problema.

—Le diré algo que quizá le parecerá muy inquietante. Por favor, recuerde en todo momento que estoy intentando ayudarle a lidiar con su confusión y con su dolor, por otro lado más que comprensibles.

—Lo sé.

—Y no olvide que puede hacer o decir lo que le venga a la cabeza. Aquí se encuentra usted a salvo.

—Lo recuerdo.

—Bien. Casi todo lo que hemos descubierto sobre su pasado ha sido gracias a la hipnosis. Eso se debe a que cuando una persona está hipnotizada es capaz de recordar muchas cosas que su mente consciente ha reprimido. ¿Me comprende?

—Creo que sí.

—Bien. Ya le he hipnotizado varias veces hasta ahora, y en cada una de ellas me ha dicho cosas sobre su pasado que ha olvidado conscientemente. En el fondo, porque le resulta demasiado doloroso recordarlas.

Robert pareció quedarse helado durante un instante y, con la misma rapidez, volvió en sí. En ese momento supe con certeza, por si no lo sabía ya, hasta qué punto anhelaba recuperarse. Me sentí sumamente satisfecho.

—Llegará un momento en que le permitiré escuchar las grabaciones de todas las sesiones que hemos tenido hasta ahora. Por el momento me limitaré a resumir lo que hemos descubierto hasta la fecha. Si le parece demasiado duro, deténgame y seguiremos en cualquier otro momento.

—Confío en usted. Por favor, dígame lo que ocurrió, por el amor de Dios.

Le conté toda la historia, empezando por el episodio en que se había quemado la mano en el fogón de la cocina, la vaca que le perseguía por el campo, el accidente de su padre y su posterior hospitalización, y le hablé del tío Dave y de la tía Catherine. Me escuchó con los cinco sentidos hasta que el tío Dave bajó las escaleras. En ese momento, Rob gritó «¡no!» y se cubrió la cara con las manos. Un instante después levantó la cabeza. Yo estaba seguro de que sería prot, o quizá alguien más. Pero seguía siendo Rob. Como decían antes en las películas, Rob había «superado la crisis».

Me pidió que continuara. Le hablé de Harry. Sacudía la cabeza como si no me creyera, pero asintió, indicándome que no me detuviera. Saqué a colación la muerte de su padre y las primeras apariciones de prot, y seguí con su primer año de instituto y su primera cita con Sally, el embarazo de ésta, su boda, y Paul. De nuevo sacudió la cabeza, pero en esta ocasión simplemente se quedó mirando al vacío como si estuviera poniendo a prueba la lógica de todo lo que acababa de decirle.

—Paul, maldito hijo de perra —soltó de repente, antes de dejar escapar un fuerte sollozo. Eso era lo que había estado esperando oír.

—Paul es el padre de su hija.

—Hasta ahí llego.

—¿Entiende lo que le digo?

—¿Qué quiere decir?

—Que usted era el padre de Rebecca. Paul es usted, como también lo es Harry. Y, lo crea o no, también prot.

—Eso es difícil de creer.

—Creo que ya está usted preparado para intentarlo. Voy a hacer una copia de todas las cintas y quiero que las escuche. ¿Lo hará?

—Sí.

—Bien. Sería mejor que las escuchara aquí y que dejara a prot fuera. Los viernes por la mañana no paso consulta. Puedo pedirle a Betty que le suba ese día. ¿Vendrá y escuchará las tres o cuatro primeras? Si funciona, podrá escuchar el resto más adelante.

—Lo intentaré.

—Voy a darle también material de lectura: unos cuantos casos de trastorno de personalidad múltiple.

—Le prometo que los leeré. Haré lo que usted diga.

—Bien.

—Pero…

—¿Pero qué?

—Pero… ¿qué ocurrirá después?

—Todavía nos quedan un par de cabos por atar. Intentaremos hacerlo durante nuestra próxima sesión. Entonces empezará el verdadero trabajo.

—¿Qué clase de trabajo?

—Lo llamamos integración. Tenemos que encajar a prot, Harry, Paul y a usted en una sola personalidad. No será fácil. Dependerá en gran medida de hasta qué punto desee usted recuperarse.

—Pondré todo de mi parte, doctor Brewer, pero…

—¿Sí?

—¿Qué será de ellos? ¿Simplemente desaparecerán?

—No. Seguirán siempre con usted. Serán para siempre parte de usted.

—No creo que a prot vaya a gustarle la idea.

—¿Por qué no se lo pregunta?

—Lo haré. En este momento está otra vez hibernando.

—Muy bien. Quiero que vuelva a su habitación y que piense en todo lo que hemos hablado.

Se giró para marcharse, pero se detuvo y dijo:

—¿Doctor Brewer?

—¿Sí?

—No he sido tan feliz en toda mi vida. Y ni siquiera sé por qué.

—Intentaremos averiguarlo juntos, Rob. Ah, una última cosa. Salvo en mi casa de Connecticut, sólo ha podido usted hablar conmigo en esta habitación. Desde ahora quiero que considere toda la segunda planta como su refugio. ¿Lo hará?

—Puede apostar a que lo intentaré.

Hacía rato que se nos había acabado el tiempo. Llegué tarde a una reunión del comité ejecutivo aunque no me importó lo más mínimo.

* * *

Naturalmente, no fue tan fácil: fue prot quien volvió a la planta. Pero esa tarde recibí una llamada de Betty. Ella, a su vez, había recibido otra llamada de una de las enfermeras del turno de noche. Robert había hecho su primera aparición en la segunda planta. Ocurrió en la sala común mientras miraba una partida de ajedrez. ¡Estaba mirando cómo jugaban! No había duda de que no era prot, que jamás tomaba parte en esa clase de trivialidades. No se quedó mucho rato (estaba sólo tanteando el terreno), pero fue un comienzo glorioso.

Justo antes de la visita programada al zoo me propuse encontrar a prot, por dos razones. En primer lugar, deseaba asegurarme de que fuera él, y no Robert, quien iba. Y, por otro lado, quería preguntarle por Russell, que parecía languidecer en el hospital, a pesar de que los médicos no le encontraban nada.

Di con él en el césped, rodeado de su habitual séquito de pacientes y de gatos. Como de costumbre, cuando les pedí que nos dejaran solos, me respondieron con unos cuantos gruñidos, aunque todos esperaban con entusiasmo la visita al zoo y parecían estar de buen humor. Prot les guiñó el ojo, prometiéndoles que se reuniría con ellos en unos minutos.

—¿Qué le pasa a Russell? —le pregunté cuando nos quedamos solos.

—Nada.

—¿Nada? No quiere comer. Ni siquiera se levanta de la cama.

—Eso suele ocurrir cuando un ser se está preparando para la muerte.

—¿Para morir? Acaba de decir que no le pasa nada.

—Exacto. Todo ser muere. Es un procedimiento perfectamente normal.

—¿Quiere decir que Russell *quiere* morir?

—Está listo para abandonar la TIERRA. Quiere volver a casa.

—¿Eh? ¿Se refiere al cielo?

—Sí.

Vi a Jackie dando saltos mortales en el césped. También a ella se la veía feliz, anticipando una aventura.

—Pero usted no cree en el cielo, ¿verdad, prot?

—No, pero él sí. Y en lo que concierne a los seres humanos, no existe ninguna diferencia entre lo que creen y lo que es verdad, ¿no es así?

—¿Puede hacer algo por él?

—¿Ayudarle a morir?

—No, maldita sea. ¡Ayudarle a vivir!

—Si quiere morir, está bien así, ¿no cree? Además, volverá.

Por un momento pensé que estaba hablando del segundo advenimiento. Luego recordé su teoría sobre el fin del universo y la inversión del tiempo. Levanté las manos y me fui. ¿Cómo razonar con un loco?

Cuando volvía al edificio a paso cansino, me encontré con Giselle y con algunas de las enfermeras y guardias de seguridad que salían en ese momento. Sonreían y saludaban con la mano, encantados, como los pacientes, ante la perspectiva de esa excepcional excursión que los alejaría de todo eso. No me habría importado nada acompañarlos, a pesar del calor y de la humedad, pero tenía que asistir a algunas reuniones en sustitución de Villers, cuya esposa estaba siendo operada en el mismo hospital donde Russell esperaba con calma su fin.

Rudolph y Michael fueron dados de alta esa mañana y yo estuve más que feliz de firmarles los papeles de salida y acompañarlos a la verja de entrada al centro. Me alegré especialmente por Mike, que iba a asistir a una clase de orientación sobre el Servicio de Urgencias Médicas la siguiente semana. Rudolph, que se había convertido en una persona totalmente diferente a su anterior personalidad, me dio la mano y me deseó suerte con los demás pacientes.

—Pero no deje que prot se vaya —me advirtió—. Es su mejor médico.

Esa misma tarde, después de que todo el mundo hubiera vuelto del zoo, Rob le preguntó a Dustin (que se mostraba perfectamente normal delante del tablero) si quería jugar una partida de ajedrez con él. Rob perdió esa batalla, así como las siguientes, pero por fin parecía estar ganando la guerra.

Se me informó de que, para sorpresa de todos, Villers había pasado la noche en el IPM, hablando con Cassandra hasta el amanecer. No se había afeitado ni llevaba corbata, algo que yo jamás había visto. No podía creer que Villers estuviera sólo intentando averiguar resultados de las carreras, y me pregunté si la enfermedad de su esposa no sería más grave de lo que él dejaba entrever. Anoté mentalmente preguntarle sobre ella en cuanto tuviera ocasión de hacerlo.

Sesión vigésimo octava

EL zoo del Bronx es una de las principales instalaciones de vida animal de Estados Unidos. Ocupa más de cien hectáreas de terreno y está emplazado en el corazón de una gran área metropolitana. Célebre por intentar preservar muchas de las especies del planeta que se encuentran en peligro de extinción, el recinto alberga especímenes tan diversos como el ciervo *Père David* y el bisonte europeo, por no mencionar una gran variedad de singulares roedores, serpientes e insectos.

La idea original era llevar de excursión sólo a los pacientes de la primera y segunda plantas considerados capacitados para la salida. Prot vetó la propuesta, indicando que podía provocar perjuicios permanentes a todos los que desearan ir y se les vetara la salida. Así pues, unos treinta y cinco internos subieron al autobús esa mañana, todos aquellos que (a excepción de los internos de la cuarta planta) habían expresado deseos de ir. Los dividimos en grupos de seis, cada uno de los cuales iba acompañado por tres miembros del personal del centro (un ayudante de medicina clínica, una enfermera y un ordenanza o guardia de seguridad), y un voluntario del zoo.

Giselle me informó a la mañana siguiente de que la salida había sido un gran éxito para todos los participantes, y una gran inyección de moral tanto para el personal sanitario como para los pacientes, de manera que pronto empezaron a hacerse planes para programar cuatro salidas al año: al zoo, al Museo de Historia Natural, a Central Park, y al Metropolitan Museum of Art.

La reacción de prot se debatía entre el éxtasis ante tantos animales distintos y la depresión por hallarlos «encarcelados sin haber sido juzgados». Iba de jaula en jaula, de recinto en recinto, deteniéndose en cada uno de ellos para visitar a sus habitantes, y allí donde iba, los elefantes, las cebras o los cisnes corrían entre bramidos y graznidos a congregarse lo más cerca posible de él. Prot, a su vez, parecía «tranquilizarlos», soltando sonidos que resultaban de lo más peculiar y gesticulándoles sutilmente. Según Giselle, daba la impresión de que los animales estuvieran literalmente escuchando lo que les decía, y él a ellos.

Pero los que suplicaban con más insistencia eran los chimpancés y los gorilas, que gimoteaban y chillaban como suelen hacerlo muchos niños. Prot, a su vez, provocó una gran conmoción entre los guardias y los voluntarios del zoo al encaramarse al muro de seguridad y meter los dedos por la alambrada para tocarlos, lo que calmó a los monos de inmediato, aunque no a sus anfitriones.

No sabemos con certeza si hubo algún intercambio de información por esa vía, pero los funcionarios del zoo han comentado que muchos de los animales a su cargo han modificado ostensiblemente sus patrones de conducta tras la visita de prot. Por ejemplo, los osos y los tigres han puesto fin a su constante deambular, y la incidencia de conductas extrañas y de automutilaciones entre los primates ha disminuido sustancialmente. Cuando Giselle le preguntó a prot que qué le «decían» los animales, él respondió:

—Dicen: «¡Ayúdanos! ¡Sácanos de aquí!»

—¿Y cuál fue su respuesta?

—Los animé a que siguieran ahí. Tal y como están las cosas, los humanos no durarán mucho.

Por supuesto que nada de esto prueba que existiera algún intercambio de comunicación entre prot y los habitantes del zoo. A fin de probar esta posibilidad, Giselle le pidió que anotara cualquier información que hubiera obtenido de ellos (por ejemplo, sus historias personales, a las que ni ella ni prot habrían tenido acceso). Cuando Giselle reciba el informe de prot, tiene planeado reunirse con los funcionarios del zoo para determinar si hay en él algo de valor.

El único aspecto negativo de la excursión fue que algunos de los demás pacientes se las arreglaron para llegar a una conclusión similar a la de prot y exigían saber por qué los habitantes del zoo habían sido encerrados, qué crímenes se les imputaban. Quizá su preocupación tuviera menos que ver con los animales que con su propio encarcelamiento virtual, que consideran, en muchos casos, totalmente injustificado. Prot, por su parte, me ha recordado a menudo que es la gente que está fuera de las instituciones psiquiátricas quienes deberían estar aquí, y viceversa.

Todavía no sé si prot puede hablar con los animales, aunque eso no es nada en comparación con lo que pasó horas más tarde, esa misma mañana. Como es habitual en mí, me lo perdí, pero los que estuvieron presentes se encargaron de informarme al detalle de lo ocurrido.

Estaba buscando a Lou para ver si seguía ganando peso cuando un contingente de maníacos, delirantes y compulsivos vinieron corriendo hacia mí, gritando y desvariando. Empecé a sentir cierta trepidación (¿se habían enfadado porque prot desaparecía a veces, dejando a Robert a su suerte?), cuando uno de ellos me gritó que había llegado el momento de mandar a Manuel a casa.

—¿Por qué? —pregunté.

—¡Porque acaba de cruzar el jardín volando!

—¿Dónde está?

—¡Sigue ahí!

Bajé las escaleras seguido de una patrulla de pacientes y salí por la puerta principal, donde encontré a Manuel sentado en los escalones con la cabeza entre las manos. Estaba llorando.

—Llevaba tanto tiempo deseando conseguirlo... —sollozaba—. Ahora ya puedo morirme.

—¿Quieres morirte, Manny?

—No, no, no, no es eso. Es sólo que me aterraba la idea de morir sin haber conseguido volar y que mi vida no hubiera tenido ningún sentido. Ahora que ya puedo morirme, ya puedo vivir tranquilamente. Ya no tengo miedo.

Supongo que lo que decía tenía cierto sentido, al menos para Manuel.

—¿Cómo lo has hecho, Manny? ¿Cómo has logrado elevarte del suelo?

—No lo sé —confesó, con un leve deje de acento español—. Prot me dijo que tenía que imaginar exactamente cómo sería volar, que lo imaginara hasta el menor detalle. Lo intenté de verdad. Me concentré muchísimo... —cerró sus brillantes ojos negros y ladeó la cabeza hacia la izquierda, luego a la derecha, como si estuviera reviviendo su vuelo imaginario—. ¡Y de pronto descubrí cómo hacerlo!

—Voy a pedirle al doctor Thorstein que te vea en cuanto pueda, ¿de acuerdo? Creo que dentro de muy poco pasarás a la primera planta.

—Ahora todo está bien —dijo, flemático, sollozando en silencio.

Mientras tanto, parte del personal se había congregado a su alrededor. Le pregunté a una de las enfermeras si alguna había visto volar a Manuel. Ninguna le había visto. Sólo los pacientes habían presenciado tan increíble hazaña.

¿Acaso todos mentían? No parecía demasiado probable. ¿De verdad llegó a volar Manuel? Tampoco parecía demasiado probable, aunque insistían en que volaba como un águila. Lo importante es que él lo cree. A partir de ese día no volvió a batir los brazos. Una vez cumplido el sueño de su vida, estaba feliz, seguro de sí mismo y en paz con el mundo.

Me olvidé de Lou por completo.

En cuanto Rob entró en mi consulta le pregunté si había leído todo el material que le había dado, y si había escuchado las cintas.

—Oh, sí —dijo—. Cuesta creerlo, pero creo que todo lo que usted me dijo es cierto.

Le miré a los ojos en busca de signos de incertidumbre o incluso de duplicidad, sin éxito. Tampoco desvió la mirada.

—Yo también. Y creo que ya casi tenemos la historia completa. Falta sólo una pieza para completar el rompecabezas. ¿Me ayudará a encontrarla?

—Lo intentaré.

—Tiene que ver con su esposa y con su hija.

Soltó un profundo suspiro.

—Me preguntaba cuándo llegaríamos a eso.

—Ha llegado el momento, Rob. Y creo que ahora ya puede enfrentarse a ello.

—Yo no estoy tan seguro, pero quiero intentarlo.

—Bien. Creo que podemos hacerlo sin recurrir a la hipnosis. Sólo quiero que me diga lo que pueda sobre el día en que llegó al matadero y vio a un hombre que salía por la puerta principal de su casa.

Rob miró al frente y no dijo nada.

—Fue tras él y lo persiguió por la casa —le dije, estimulándolo—, por la cocina, y luego salieron por la puerta de atrás. ¿Se acuerda de algo?

Se le llenaron los ojos de lágrimas.

—¿Se acuerda de lo que ocurrió a continuación, Rob? Es muy importante.

—Atrapé al hombre y forcejeé con él hasta tirarlo al suelo.

—¿Qué pasó entonces?

Las lágrimas iban cayéndole por la cara. Pero me di cuenta de que estaba muy concentrado, intentando recordar lo que le había hecho al intruso que había matado a su esposa y a su hija. Su ojos iban de un lado a otro de la pared, luego a mi silla y de ahí al techo. Por fin, dijo:

—No lo sé con exactitud. Lo siguiente que recuerdo es que entré en la casa y que luego llevaba a Sally y a Becky a sus camas.

—Y luego fregó la cocina, se despidió y se fue al río.

—Yo también quería morir.

—Muy bien, Rob. Es suficiente. Estoy orgulloso de usted. Esto tiene que haberle resultado muy difícil.

Se enjugó los ojos con la manga de la camisa pero no dijo nada.

—Ahora quiero que se relaje un minuto. Cierre los ojos y relájese. Relaje los músculos de su cuerpo, los dedos de las manos y de los pies. Quisiera hablar con Harry durante unos segundos. ¿Harry?

No hubo respuesta.

—Harry, no le servirá de nada esconderse. Podría poner a Robin bajo hipnosis y encontrarle.

En realidad no estaba seguro de que fuera a lograrlo, pero esperaba que Harry me creyera.

—Venga, Harry, salga. Sólo quiero hablar con usted un minuto.
No le haré ningún daño, se lo prometo.

—¿No me castigará?

—¿Harry?

Su rostro era el de un niño de cinco años, burlón y amargado.

—Me da igual si me castiga. Volveré a hacerlo.

—¿Qué volverías a hacer, Harry?

—Mataría al tío Dave otra vez si pudiera.

Por la maldad de su expresión no había duda de que era capaz
de hacerlo.

—¿Mataste al tío Dave?

—Sí. ¿No era eso lo que quería preguntarme?

—Bueno…, sí. ¿Cómo le mataste?

—Le partí su enorme cuello gordo.

—¿Dónde ocurrió eso?

—En el jardín de atrás. Estaba mojado.

—¿El tío Dave les había hecho algo a Sally y a Rebecca?

—Sí —gruñó—. Lo mismo que le hizo a Robin.

—Por eso lo mataste.

—Ya le dije que lo haría y lo hice.

—Esto es muy importante, Harry. ¿Has matado a alguien más?

—No. Sólo al cerdo ese.

—De acuerdo. Gracias por aparecer, Harry. Ya puedes irte. Si te
necesitamos de nuevo, te lo haré saber.

La mueca de burla desapareció lentamente.

Esperé unos instantes.

—¿Rob?

—Sí.

—¿Ha oído algo?

—¿Algo de qué?

—Harry acaba de estar aquí. Me ha contado lo que ocurrió.
Me ha dicho quién mató al hombre que asesinó a su mujer y a su
hija.

—*Yo* lo maté.

—No, Rob, usted no mató a nadie. Fue Harry quien mató al intruso.

—¿Harry?

—Sí.

—Pero Harry es el que tiene sólo cinco años, ¿no?

—Cierto, pero ocupa un cuerpo muy fuerte. El de usted.

Casi pude ver un par de luces encenderse en los ojos de Robert.

—¿Quiere decir que después de todos estos años, he estado huyendo de algo que nunca ocurrió?

—Ocurrió, Rob, y Sally y Rebecca han muerto. Pero no fue usted quien mató a aquel hombre. Fue Harry.

—¡Pero Harry soy yo!

—Sí, es una parte de usted. Pero usted no es responsable de sus actos, no hasta que se haya integrado en su propia personalidad. ¿Lo entiende?

—Creo…, creo que sí.

Parecía confundido.

—Y hay otro problema. Se culpaba usted de sus muertes porque había ido a trabajar ese sábado en vez de quedarse en casa con ellas.

—Hacía muy buen día. Querían que me tomara el día libre.

—Sí.

—Pero no lo hice porque necesitábamos el dinero de las horas extras.

—Sí, Rob. Fue a trabajar ese sábado como el resto de sus compañeros. ¿Lo entiende? Nada de lo que ocurrió ese día fue culpa suya. Nada.

—Pero Sally y Becky murieron porque yo no estaba allí.

—Eso es cierto, Rob, y no podemos devolverles la vida. Pero creo que ya puede usted enfrentarse a eso, ¿no?

El pecho de Rob subía y bajaba, subía y bajaba.

—Supongo que es hora de seguir adelante con mi vida.

—Es hora de empezar con la fase final del tratamiento.

—La integración.

—Sí.

Se quedó pensándolo, recuperándose.

—¿Cómo lo hacemos?

Inconscientemente, cogió un plátano y empezó a pelarlo.

—Lo primero que haremos será conseguir que se quede usted entre nosotros el mayor tiempo posible. Quiero que a partir de ahora sea usted Robert, a menos que pida específicamente a alguno de los demás que aparezca.

—No sé si podré impedirle a prot que salga.

—Nos lo tomaremos con calma. Usted limítese a poner todo de su parte.

—Lo intentaré.

—A partir de ahora todo el hospital es su refugio. ¿Entendido?

—Entendido —dijo.

—Vamos, bajaré con usted a la segunda planta.

Me invadió una profunda tristeza cuando supe que a Emma Villers le habían diagnosticado un cáncer de páncreas incurable que avanzaba a pasos agigantados.

Supe que algo terrible había ocurrido cuando Klaus apareció en mi despacho, pálido y con la mirada perdida, después de la sesión con Robert. Creí que era él quien estaba enfermo y le invité a que tomara asiento. Sacudió la cabeza y me lo contó de una vez.

—Mi esposa le tenía mucho miedo a los médicos —dijo—. Nunca fue a visitagse, y yo nunca la obligué a haceglo. —Luego, recobrando la compostura, dijo—: Voy a tomagme unos días. Mientgas yo no esté, asumigá usted las funciones de digectog.

Empecé a protestar (creía haber dejado atrás todas esas minucias), pero ¿cómo me atrevía? Villers parecía tan desamparado que le di una palmada en el hombro (fue la primera vez para ambos) y le dije que no se preocupara por el hospital. Me dio las llaves de su oficina, le expresé mis tímidas condolencias e intenté darle ánimos sobre el estado de su esposa, y se marchó con los hombros más encogidos que nunca. De pronto recordé a Russell predicando el más que inminente apocalipsis, y por fin me di cuenta de a qué se refería: para él, como para cualquiera, la muerte significaba el fin del mundo.

Por mucho que intentaba digerir tan desagradables novedades, no podía dejar de agradecer, aliviado, que no les hubiera tocado ni a mi esposa ni a ninguno de mis hijos, e hice votos para pasar más tiempo con Karen y llamar a mis hijos más a menudo. Entonces me acordé de que, como director en funciones, dispondría aún de menos tiempo que antes, y a regañadientes me dirigí al despacho de Villers con la esperanza de encontrar su escritorio ordenado como suele estarlo normalmente. Sin embargo, lo encontré casi en el mismo estado que el mío, lleno de cartas por contestar, informes sin revisar y mensajes y memorandos por atender. Mi agenda estaba totalmente llena desde las ocho y media de la mañana hasta las cuatro y media de la tarde, o incluso hasta más tarde, todos los días durante las dos semanas siguientes. Y, presa de sentimientos encontrados, decidí que la jubilación tendría que esperar.

Esa tarde, en el tren de vuelta a casa, medité sobre lo rápido que estaba progresando Rob y sobre el próximo paso a dar. Todo había ocurrido tan deprisa y de forma tan inesperada, que no había pensado mucho en qué tratamiento administrarle una vez que hubiera salido de su coraza protectora. Y por si fuera poco, tenía que hacer el trabajo de Klaus además del mío. Supe entonces que me esperaba otra noche en vela.

Me puse a hablar con el hombre que estaba sentado a mi lado en el tren. Había pasado la tarde con su padre, que hacía poco sufrió un infarto. Le dije que un compañero de trabajo acababa de tomarse unos días libres para estar junto a su agonizante esposa. Se compadeció sinceramente de él, relatando a la vez todo lo bueno que había vivido en sus seis años de matrimonio, y apuntó lo mucho que extrañaría a su mujer si eso le ocurriera a ella. Resultó que ya había estado casado en tres ocasiones y que iba a pasar el fin de semana con su amante, a quien, según afirmó, adoraba.

Eso no va conmigo, pensé. Durante mis treinta y seis años de matrimonio nunca le he sido infiel a Karen. Ni siquiera antes de que nos casáramos (éramos novios desde niños). Y no es que quiera presumir de un inusual grado de lealtad ni que presuma de ser ningún santo. De hecho, sería un completo idiota si hiciera cualquier cosa que pudiera alejarla de mí. En ese momento deseé fervientemente que Karen pudiera ver convertido en realidad su deseo y que pronto nos retiráramos a algún maravilloso lugar en el campo.

Entonces me acordé de Frankie, que jamás llegaría a conocer la felicidad que dan el amor y el matrimonio. Sentí pena por ella, como también por Klaus y Emma Villers. Frankie había sido paciente de Klaus y ahora había quedado bajo mi responsabilidad. Me prometí que haría todo lo que estuviera en mi mano por llegar al fondo de su problema y llevar un poco de alegría a la tristeza de esa vida tan falta de amor.

Will consiguió por fin descifrar el código de Dustin durante el fin de semana. Para asegurarse de que no se equivocaba, había examinado varias grabaciones de los «discursos» de Dustin y todos fueron verificados. Will era ahora la única persona en el mundo (a excepción de prot, según cabía presumir) que podía averiguar lo que Dustin decía.

Me llamó desde el hospital el domingo por la tarde. Nunca le había visto tan alterado.

—Prot tenía razón. ¡Era la zanahoria!

—¿Qué tienen que ver las zanahorias con el galimatías de Dustin?

—No es ningún galimatías. Para él es una especie de juego. Lo ve todo en forma de raíces: raíces cuadradas, raíces cúbicas, etcétera. No hay límite. ¡Es una especie de sabio!

Visto desde ahora, supongo que tendría que haber mostrado más entusiasmo por el descubrimiento de Will. Como no le contesté, él exclamó:

—¿Te acuerdas de aquello en lo que estuvimos trabajando hace unas semanas? ¿Lo de «La vida es muy divertida…» y todo eso? La zanahoria es una raíz, y las cuatro chupadas al cigarro la convierten en una raíz cuádruple: la segunda, cuarta, octava y decimosexta palabras de la frase, y el ciclo vuelve a repetirse cuatro veces. El resto de sus enunciados son variaciones sobre ese mismo tema, dependiendo de cuántas repeticiones y de cuántos mordiscos le dé a la zanahoria. ¿Lo entiendes?

—Estoy muy orgulloso de ti, hijo. Lo que has conseguido requiere mucho talento.

—Gracias, papá. Pasaré a verte pronto y hablaremos de qué puede hacerse por Dustin. Tengo algunas ideas al respecto.

—¿En serio? Me gustaría oírlas.

—Se trata de sus padres.

—¿A qué te refieres?

—Creo que el problema son ellos, al menos su padre. He estado yendo al hospital varias tardes y los he observado mientras estaban juntos. ¿Alguna vez te has fijado en cómo el padre de Dustin trata de competir con él todo el tiempo? Es la única forma en que pueden comunicarse. En casa lo único que hacían era jugar, competir uno contra otro. Durante toda su vida Dustin se ha visto asfixiado intentando competir contra su padre, un juego en el que le era imposible ganar. ¿Es que no te das cuenta? Dustin tenía que conseguir inventar algo en lo que su padre no pudiera ganarle. Tengo que irme, papá. Pasaré a verte dentro de un par de días y hablaremos, ¿de acuerdo?

—Bien, ¡pero ni hablar de ir a almorzar juntos!

—Lo que tú digas.

—Will, ¿has visto a prot hoy?

—No. Me he encontrado una vez con Robert. Se acordaba de mí. Pero no he visto a prot. ¿Se ha marchado, papá?

—Todavía no. Pero creo que lo hará muy pronto.

Sesión vigésimo novena

—Ayer estuve a punto de llamarle a su casa —soltó Giselle sin dejar de dar vueltas por mi despacho.

Yo intentaba encontrar el informe que todavía no había revisado para devolverlo con mis más sinceras disculpas.

—¿Y ahora qué pasa? —pregunté irritado, mientras me preguntaba qué la habría detenido.

—¿Dónde está prot? ¿Qué ha hecho con él?

—¿Qué? ¿Ha vuelto a desaparecer?

—Nadie le ha visto desde el viernes.

—¿Robert también ha desaparecido?

—No, él sigue aquí, pero prot se ha ido.

—Oh, no creo que haya vuelto a K-PAX, si es eso lo que le preocupa.

—No me extrañaría nada.

—Giselle, usted sabía desde el principio que prot no se quedaría aquí para siempre. Seguro que él se lo ha dicho.

—Pero me dijo que no se marcharía sin avisarme.

—A mí también. Por eso sé que no se ha marchado.

—Pero no es sólo eso. Cuando el viernes le vi, parecía…, no sé…, distinto, quizá preocupado. No era el mismo de siempre.

—No siempre ocurre así, pero no me sorprende lo que me dice. Se dejó caer en la silla de vinilo.

—Se está muriendo, ¿verdad?

Su desconsuelo apaciguó mi irritabilidad.

—No, Giselle. Creo que lo que está ocurriendo es que poco a poco prot se está integrando en la personalidad de Robert. En otras palabras, usted todavía le tiene consigo. Seguirá conservando a ambos.

—¿Quiere decir que Robert se irá volviendo como prot?

—Un poco, quizá.

—Ya lo entiendo, aunque me sigue costando creerlo.

—A Rob también le cuesta creerlo.

—Sea como fuere, a ver cómo se las ingenia para explicárselo a los pacientes. Ayer registraron el hospital de arriba abajo, intentando encontrarle.

—¿Qué piensan cuando ven a Robert?

—Le ven como a un paciente más, pero no ven a prot.

—Quizás eso cambie con el tiempo.

—Lo dudo.

—Eso me recuerda el favor que le pedí, ¿se acuerda?

—¿Se refiere a que me hiciera amiga de Robert y todo eso?

—Sí. Es muy importante.

Se miró las manos durante un buen rato.

—Ya somos amigos. De hecho, me gusta mucho. Pero no es prot.

—Hay una parte en él que sí lo es. ¿Continuará usted cultivando su amistad?

Se giró durante un prolongado instante. Por fin dijo:

—Haré lo que pueda.

—Gracias, Giselle. Necesito toda la ayuda que pueda conseguir. Cuento con usted.

Asintió y se levantó para marcharse. Ya en la puerta, se giró de pronto.

—¿Y qué pasa con el cetólogo? Le prometí que prot…

—Confíe en mí. Todo saldrá bien.

—Bien, doctor B. Yo también cuento con usted.

* * *

Fui confirmado como director en funciones mediante una votación a mano alzada. Nadie más deseaba el puesto, ni siquiera Thorstein, al menos no como puesto temporal y con la caja de Pandora abierta de par en par. Dedicamos el resto de la reunión a repartirnos los pocos pacientes de Villers durante lo que durara su ausencia. Yo me hice cargo de Jerry y de Frankie. También de Cassandra, no porque viera la posibilidad de hacerme con una fortuna si la acosaba para que me diera las predicciones que le pidiera, sino precisamente porque no quería que nadie más pudiera caer en la tentación. Hubo algunas objeciones, pero como director en funciones no tuve el menor problema en pasarlas por alto.

Siguió una breve discusión sobre los acontecimientos inmediatos: la visita del cetólogo y del famoso «psiquiatra popular» de la televisión, además de la aparición de prot en la pequeña pantalla. Goldfarb apuntó que prot parecía estar desapareciendo como el gato de Cheshire, y preguntó (de nuevo) si de verdad podíamos confiar en que apareciera para la entrevista. Intenté apaciguar todos esos temores revelando que estaba intentando cancelar el compromiso, y eso pareció poner fin al asunto, al menos por algún tiempo.

Cuando la conversación derivó en banalidades como las fantásticas partidas de golf y el dulce sabor de una buena copa de merlot, me quedé contemplando una copia perfecta de *Los girasoles* de Van Gogh, obra de una antigua paciente a la que habíamos rebautizado como «Catherine Deneuve», y empecé a imaginar que me había convertido en una abeja y que revoloteaba por el jardín trasero del edificio, siendo capaz de ver las flores, la hierba y los árboles con una claridad pasmosa, casi como podía verlos prot. Me pregunté en qué pensaban las abejas. Lo único que se me ocurrió fue lo que Hamlet le dijo a Horacio: «Hay más cosas en el cielo y en la tierra de lo que tu filosofía jamás podrá soñar...»

Decidí tratar a Rob como a un niño que hasta cierto punto desconoce todo lo referente al sexo, como así era. Le explicaría el proceso en términos generales y, en caso de creerle capacitado para ello, le mostraría algunos vídeos que le ayudaran a rellenar los vacíos. En resumen, iba a convertirme en su padre suplente, el padre que en realidad nunca tuvo.

De hecho, la situación no era nueva para mí. En muchas ocasiones el psiquiatra debe asumir el papel de padre de un paciente cuyas experiencias con su propio padre o madre han sido desastrosas. No sería exagerado decir que muchos analistas son los cabezas de familias de acogida formadas por numerosos miembros.

Rob llegó a su vigésimo novena sesión un par de horas antes de lo habitual, como yo le había pedido. Parecía relativamente contento y relajado. Charlamos durante unos minutos sobre el fin de semana, tema del que habló con detalle. Estar a solas en su planta era para él una experiencia nueva y agradable.

—Pero creo ciertamente que a algunos pacientes no les gusto demasiado —se lamentó.

—Deles tiempo —le tranquilicé—. Lo superarán.

—Eso espero.

—Hoy haremos algo un poco distinto, Rob.

Le cambió la cara al instante.

—Pensaba que ya habíamos terminado con eso.

—Hoy no voy a hipnotizarle, Rob.

Un suspiro de alivio.

—Trataremos el tema del sexo.

Tuvo una reacción perfectamente normal.

—Ah, bueno.

—Voy a darle los conocimientos básicos y luego quiero que vea unos vídeos.

Cogió una manzana. Fue el único signo de nerviosismo que demostró.

Le expliqué los puntos básicos. Naturalmente, él ya sabía de lo que le estaba hablando, puesto que había oído sobre el tema en la escuela e incluso después. Sólo pretendía asegurarme de que no hubiera el menor malentendido y observarle mientras hablábamos del asunto. Reaccionó bastante bien. Aunque casi nunca me miró a los ojos, en ningún momento me pareció nada aprensivo.

Cuando terminé mi exposición, señalé el televisor que me había conseguido para la ocasión.

—He traído algunas de las cintas que tenemos sobre el tema. Esto le dará una idea más aproximada de lo que hemos estado hablando que todo lo que yo pueda decirle. Creo que ya está usted preparado para rellenar los vacíos que restan. ¿Qué le parece?

—Creo que podría intentarlo.

—Le aviso: estas cintas son bastante explícitas. Son vídeos X. ¿Me sigue?

—Sí.

Busqué en su rostro algún cambió de expresión. No hubo ninguno.

—Si siente la menor incomodidad, apague el televisor y venga a buscarme. Yo estaré en mi despacho, en la habitación contigua. ¿De acuerdo?

—De acuerdo.

—Bien. ¿Sabe cómo funciona un aparato de vídeo?

—Sí. Dustin me ha enseñado a usarlo.

—¿Dustin? Claro, cómo no. Muy bien. Le dejo solo. Tengo que hacer algunas llamadas. Nadie le molestará —añadí, esperando unos segundos para que se hiciera a la idea—. ¿Ve el reloj que tiene detrás? Volveré a las cinco.

Le dejé solo para que estudiara los vídeos de la forma que considerara más informativa.

Durante las horas que siguieron estuve pegado al teléfono, cancelando todas las citas, reuniones y conferencias de Villers de las que pude librarme e intentando encajar el resto en mi propia agenda, ya de por sí abarrotada. Llamé también al abogado en jefe del hospital, con la esperanza de librar a prot de su aparición en televisión. Demasiado tarde. Ya se había firmado el contrato y no cabía más opción que tirar adelante la entrevista o enfrentarnos a una demanda por incumplimiento de contrato. A continuación dediqué algún tiempo a ordenar los papeles de mi escritorio, trasladando montones de documentos de aquí para allá y volviéndolos a dejar donde los había encontrado. Cuando por fin dieron las cinco, llamé a la puerta de mi consulta.

Alguien gritó:

—¡Pase!

Encontré a Robert repantigado en la silla, tal y como le había dejado al irme.

—¿Qué tal le va?

Estaba viendo un vídeo sobre los preliminares de la relación sexual.

—Bien —respondió, sin levantar la mirada. Me gustó ver que seguía siendo Rob.

—Bien. Creo que por hoy ya es suficiente. ¿Le gustaría volver a ver algunos de estos vídeos alguna vez?

—No parece muy complicado —respondió con patente ingenuidad—. Creo que estoy listo para intentarlo por mí mismo.

—Creo que podremos encontrar a alguien que le ayude —dije en voz baja. Y, para mis adentros, grité: «¡Ahora mismo!»

Abby llamó a casa esa noche. Fue Karen quien contestó. Después de ponernos al día sobre nuestras diversas actividades, Rain y Star se pusieron al teléfono. Querían hablar conmigo. Una palabra nueva había aflorado en su vocabulario. Por ejemplo, opiné que «este año los Giants se lo van a llevar de calle».

—Menuda gilipollez, abuelo.

De hecho, todo lo que yo decía resultaba ser una «gilipollez».

Les pedí que me pasaran a su madre.

—Pues sí, de vez en cuando dicen «gilipollez» —suspiró—. ¿Y qué?

—Son demasiado pequeños para decir esas cosas. Dan una imagen terrible.

—Papá, hay muchos hijos de ejecutivos con un corte de pelo perfecto que llevan corbata y que hablan correctamente, pero a los que les trae sin cuidado su planeta y los animales con quienes lo comparten. ¿A quién preferirías como nieto?

—He conocido a ejecutivos muy agradables.

—Oh, papá, eres imposible. Pero te quiero igualmente. Te paso con Steve. Quiere decirte algo.

—Hola, Steve. ¿Qué hay?

—Pensé que te gustaría saber —su risita sonaba un poco como

la de un chimpancé— que esta tarde Charlie Flynn se ha roto el dedo gordo del pie.

—¿Y qué tiene eso de divertido?

—Había subido unos focos de alta intensidad al gran telescopio y estaba intentando reflejarlos en el espejo. Casi se cae.

—¿Por qué estaba haciendo eso?

—Intentaba viajar con la luz —dijo entre carcajadas—. ¡Intentaba llegar a K-PAX!

Antes de colgar charlamos un rato sobre lo olvidadizos que pueden llegar a ser los científicos.

—Por ejemplo —empezó Steve—, el otro día vino un fontanero al apartamento a reparar un lavamanos que se había embozado. Sacó el sifón de debajo, vertió toda el agua sucia en un cubo y se lo pasó a uno de los estudiantes de postgrado que estaba a su lado. El fontanero le pidió que se deshiciera de aquello. ¡Y al chico no se le ocurre otra cosa que volver a tirar el agua en el lavamanos! —Al otro lado del teléfono se oyó algo parecido al griterío de una cuadrilla de monos.

En cuanto terminamos de hablar y colgué, volvió a sonar el teléfono. Era la jefa de enfermeras del turno de noche. Le temblaba la voz.

—¿Doctor Brewer?

—¿Sí?

—Doctor Brewer, no va usted a creer lo que voy a decirle.

—¿Creer qué?

—No sé cómo empezar.

—¡Jane! ¿Qué pasa?

—¡Lou acaba de dar a luz!

—¡Me está usted tomando el pelo!

—Ya le dije que no me creería.

—¿Dónde está Lou?

—En la enfermería. El doctor Chakraborty dice que él y el bebé están bien. Es una niña. Pesa tres kilos y mide veintiséis centímetros.

Casi podía verla sonreír. Cuando sonríe se le achinan tanto los ojos que da la impresión de que se le han borrado del rostro.

—Pero… pero… ¿cuándo ha ocurrido? ¿Cómo ha ocurrido?

—Nadie lo sabe, excepto prot.

—¿Prot? ¿Qué tiene que ver él?

—Fue él quien ayudó a Lou en el parto.

La cabeza me daba vueltas. ¿Acaso prot había encontrado algún bebé abandonado y lo había llevado al hospital sin ser visto?

—Muy bien, Jane. Gracias. Hablaré con prot y con el doctor Chak por la mañana.

—Es un bebé precioso —fueron sus últimas palabras.

A la mañana siguiente, todavía devanándome los sesos mientras intentaba encontrarle una explicación coherente a la noticia, llegué temprano al hospital para ver con mis propios ojos el bebé imposible de Lou. Seguía convencido de que todo era uno de los trucos de prot. Pero cuando llegué al centro me encontré con un enorme camión aparcado en Amsterdam Avenue. Había olvidado la visita del amigo cetólogo de Giselle.

En el remolque nadaba un delfín con el que el cetólogo quería que hablara prot. De todos modos, yo no estaba del todo seguro de que prot estuviera dispuesto a ello, a pesar de haber reaparecido repentinamente la noche anterior. De hecho, fue Robert quien salió del edificio a saludarnos, a mí y al resto de los pacientes que se habían congregado en la zona. Giselle estaba con él.

Giselle me presentó al biólogo marino, un joven de tez bronceada que vestía vaqueros y una camiseta con una gran ballena azul y la frase «Cetáceos sin fronteras». Estaba ansioso por empezar.

—¿Va a hablar con el delfín, Rob?

—Ya sabe usted que no puedo salir ahí fuera, doctor.

—Sólo me preguntaba si pensaba intentarlo.

—Todavía no.

De hecho, tan pronto llegamos a la puerta de hierro forjado, prot se puso las gafas oscuras y gorjeó:

—Hola, giselle. Tengo algo para usted.

Le dio una versión escrita a mano de su conversación con los animales del zoo.

—Hola, gino. ¿Qué tal va todo?

—Prot, ¿de dónde ha sacado ese bebé? —le dije.

—De Lou. Un parto bastante complicado, doc. Ya le dije que tendrían que haberle practicado una cesárea. Y ahora, si me perdona...

Me quedé sin habla ante una observación de tamaña elocuencia, pero le seguí hasta el remolque sin una palabra. Por una vez no quería perderme ni un solo detalle. Dejé que Betty se encargara de intentar explicarles a los pacientes por qué no podían subir al remolque.

El tanque de agua era lo suficientemente grande para que el delfín nadara dando vueltas, dibujando un pequeño óvalo, pero poco más. Tan pronto entré, oí a prot gritando una especie de saludo. El delfín nadó más deprisa y empezó a emitir sonidos propios. Tenía la piel lesionada en algunos puntos, quizá debido a algún tipo de infección. De pronto se detuvo y se quedó mirando a prot cara a cara. Giselle se asomó al borde del tanque y se quedó observando la escena con una amplia sonrisa en los labios. Yo me quedé un poco alejado. El cetólogo salió a toda prisa para poner en marcha su equipo de grabación. Me arrepentí de no haber invitado a Abby a que viera aquello.

La conversación, fuera la que fuera, se prolongó unos minutos. El patrón de sonido no era regular, sino que variaba en intensidad y duración como ocurre con el diálogo entre dos seres humanos. Cuando terminó, el delfín, cuyo nombre, según el cartel pintado a mano y pegado a uno de los laterales del tanque, era *Moby*, soltó un patético alarido, como si le estuvieran rompiendo el corazón.

De pronto se hizo el silencio, salvo por los ruidos que seguían oyéndose alrededor del remolque. Prot se asomó al tanque y ofreció su cara al delfín, y éste se la lamió. El cetólogo dijo:

—Llevo meses intentando conseguir que haga eso.

Prot, a su vez, le lamió el hocico al delfín. A continuación soltó un gemido antes de saltar al suelo y dirigirse a la puerta.

—¡Espere! —gritó el científico—. ¿No piensa decirme lo que le ha dicho?

Prot se detuvo y se giró.

—No.

—¿Por qué no?

—Lo tiene en las cintas. Averígüelo.

—Pero no tengo nada con lo que poder seguir adelante. Giselle, me dijiste que cooperaría. ¡Habla con él!

Giselle se encogió de hombros.

Prot se giró y dijo.

—Se lo diré. Si deja de «estudiarle» y lo devuelve al océano, y consigue que todo el mundo haga lo mismo, le contaré todo lo que me ha dicho.

—¡Por favor! ¡Deme algo… lo que sea!

—*Sacré bleu!* De acuerdo. Le daré una pequeña pista. Lo que expresa es casi emoción en estado puro. Alegría desbordante, enorme excitación, terrible pesar…, cosas que ustedes los humanos, que incluso sus hijos, han olvidado. ¿Está usted ciego y sordo? *Moby* sufre. Quiere volver a casa. ¿Acaso le parece un concepto tan extraño?

Salió del remolque a paso ligero, probablemente para contarles a los pacientes lo que él y el delfín habían estado hablando.

El joven científico, que más parecía un príncipe en ciernes al que le habían dado tres tareas imposibles de llevar a cabo, vio alejarse a prot evidentemente entristecido.

—Quería preguntarle por qué ahora hay tantos delfines que quedan varados en las playas —se lamentó.

Lo único que pude hacer fue encogerme de hombros, también yo. Me di cuenta de que el delfín nos miraba fijamente.

Pero fue Robert, y no prot, quien se reunió con los pacientes que esperaban fuera. ¡Sin embargo, cuando se dirigió hacia donde estaba Adonis, algunos fueron tras él! ¿Era Robert o prot a quien seguían? ¿O quizás era una mezcla de ambos?

Cuando me dirigía camino arriba, oí pasos que me resultaron familiares a mi espalda. Giselle me alcanzó.

—He estado dándole vueltas a lo que dijo.

—¿Y?

—Y creo que tiene razón. Rob y prot son muy parecidos.

—Me alegra que lo crea así.

—E incluso aunque estoy convencido de que se equivoca —añadió—, creo que él me necesita.

—Ambos la necesitamos —la tranquilicé mientras apretaba el paso hacia la clínica para ver a Lou.

* * *

Encontré a Chakraborty examinando unos sonogramas y unas láminas de rayos X.

—¿Qué le dicen? —le pregunté.

—Según las imágenes, Lou tiene un útero y un pequeño ovario. Están conectados al recto —añadió, con estrellas en los ojos—. No había visto nunca nada igual.

—Prot siempre me ha dicho que deberíamos escuchar más a nuestros pacientes. Después de esto, me inclino a estar de acuerdo con él. ¿Cuándo cree que podrá abandonar la clínica?

—Un día más y podrá irse. ¿Debo enviarle de vuelta a la segunda planta?

—Eso depende de Beamish. Hablaré con él. Vamos a ver a Lou.

—Una última cosa. Siento mucho tener que decírselo, pero he recibido una llamada del hospital hace un momento. Russell ha muerto. ¿Desea que lo devuelvan aquí? Después de la autopsia, naturalmente.

La noticia no me había cogido por sorpresa, aunque de todos modos me dejó totalmente aturdido. Hacía muchos años que conocía a Russell. Era un pelmazo, a veces llegaba a resultar insoportable, pero me había acostumbrado a él, y lo mismo le ocurría al resto del personal y a los pacientes. A su manera, era sincero y un buen amigo de todos nosotros. Sin embargo, sólo María, una antigua paciente del IPM que se había hecho monja, estaba a su lado cuando murió.

—Sí, ordene que lo devuelvan aquí. Le enterraremos en el jardín de atrás.

—Creo que eso le encantaría.

Lou estaba sentado bebiendo zumo de manzana. Una de las enfermeras estaba a su lado, alimentando al bebé con un biberón. Sacudí la cabeza, maravillado.

—Es una niña preciosa, Lou. ¿Ha decidido ya qué nombre le va a poner?

—Cuando llegué aquí, los demás pacientes y yo decidimos llamarla Protista.

Sesión trigésima

Giselle, con la ayuda de un funcionario civil al que conocía, se enteró de que Bert había dejado embarazada a su novia cuando ambos estaban en el instituto. Sin que él se enterara, la chica había acudido a abortar a una curandera del barrio y, desgraciadamente, había muerto en aquella improvisada «clínica». Cuando Bert supo lo ocurrido, fue tal su desolación que nunca volvió a salir con ninguna mujer.

Pero treinta años después su madre le hizo una visita sorpresa y encontró el armario de su hijo lleno de muñecas y de ropa para niños, un vano intento por recuperar a su hija perdida. El descubrimiento de su madre precipitó una cadena de acontecimientos que provocó en Bert un arranque violento y posterior hospitalización, en el curso de la cual un vigoroso tratamiento con una variedad de antidepresivos no consiguió liberar a Bert de su profundo sentimiento de pérdida, y terminó en el IPM.

Consciente de estos hechos, fui a verle. Le encontré en la sala común, ayudando a Jackie a construir una casa Lego. Frankie estaba también allí, con todo el peso de su cuerpo precariamente apoyado en el alféizar de la ventana. Miraba, taciturna, por el enorme ventanal, ignorándonos por completo.

Encontré una silla y la acerqué para observar más de cerca el proyecto de construcción. Jackie estaba muy concentrada, inconsciente y feliz como una niña de nueve años, mientras Bert había asumido el papel de padre y la felicitaba cada vez que ella colocaba una nueva pieza, sin intervenir a menos que algo se torciera.

—Me he enterado de lo de su hija —le dije.

Él siguió ayudando a Jackie con su nueva casa.

—Debe de echarla mucho de menos.

Hizo como que no me había oído.

—Se me ha ocurrido algo que quizá le guste.

Miró brevemente en mi dirección y a continuación ayudó a Jackie a decidir cómo colocar una ventana doble.

—Jackie necesita un padre. Usted necesita una hija. ¿Qué le parecería la idea de «adoptarla»? Naturalmente, no sería una adopción legal. Eso conlleva ciertos problemas. Me refiero a una adopción no oficial.

Me miró con una patética súplica en los ojos. Pero no dijo —o no pudo decir— nada. Jackie colocó otra pieza en la casita. A Bert empezó a temblarle la barbilla.

Le di unas palmaditas en el hombro y le dejé estudiando mi propuesta. Me acerqué entonces con sumo cuidado a Frankie. También ella estaba preocupada por otras cosas y no parecía haberse dado cuenta de que me había sentado a su lado sobre el alféizar, donde años atrás Howie se había instalado para dar con el «azulejo de la felicidad».

—He estado hablando con prot —le dije.

—¿Dónde está? —exigió saber, sin mirarme—. ¿Qué le han hecho, malditos bastardos?

—No está lejos de aquí. Me lo ha contado todo.

Frankie clavó en mí una mirada acerada.

—¿Alguna vez ha pensando en hacer algo con su repugnante voz?

—Es usted incapaz de amar a nadie por la misma razón que él. Para usted, amar a alguien carece de sentido. Le parece una estupidez centrar sus sentimientos en una sola persona y olvidarse del resto. ¿Me equivoco?

Me miró fijamente durante un largo instante.

—Creo que voy a vomitar —dijo.

—Vamos, adelante, vomite, pero primero escúcheme. Ninguna

de las personas a las que ha conocido hasta ahora tiene la menor idea de cómo se siente, ni siquiera aunque usted se lo explique, llegan a entenderla. De hecho, creen que está loca. Y, lo que es peor, creen que no tiene usted corazón. ¿Estoy en lo cierto?

—¿Sabía usted que si un caballo le comiera la nariz se atragantaría?

—Voy a ser muy sincero con usted. Me cuesta entender que se muestre totalmente indiferente hacia los demás. Me parece antinatural. Sin embargo, gracias a prot estoy empezando a ver qué puede haberla llevado a sentirse así. ¿Quiere que trabajemos juntos en ello? Quizá podamos aprender algo el uno del otro.

Echó la cabeza hacia atrás y rebuznó como un asno.

Me encantó ver que Rob había ganado mucha seguridad en sí mismo. Se encontraba a gusto con Giselle, con los pacientes y con el equipo médico. Tanto era así, que cuando entró en mi consulta me dio la mano y la estrechó entre las suyas.

Al mismo tiempo, yo me preguntaba si habiendo hecho tantos progresos iba a ser él quien se encontrara de repente ante las cámaras de televisión durante la aparición de prot en el programa. No me atrevía a pensar en las consecuencias que podía acarrear esa situación.

Con esa posibilidad en mente, pasé buena parte de la mañana intentando revertir lo que tanto trabajo me había costado conseguir durante los últimos años y semanas, es decir, explicar a Robert por qué debía permanecer oculto mientras prot estuviera haciendo la entrevista en televisión. Rob me recordó que no le desagradaba en absoluto la idea de quedarse en el hospital y dejar a prot el resto del mundo, al menos durante un tiempo.

El otro problema era conseguir que prot, que cada vez aparecía con menos frecuencia, se dejara ver y se presentara para el programa de televisión. Pero él había dicho que haría el «trabajo», y con prot una promesa era una promesa.

—¿Quiere ver más cintas, Rob, o ya se ha cansado de verlas?

—No exactamente, pero…

—Le he preguntado a Giselle si le gustaría verlas con usted. ¿Qué le parecería tener compañía mientras las ve?

Su sonrisa me recordó vagamente a la de prot, aunque éste jamás habría expresado el menor interés por las cintas.

—Si ella quiere, yo también.

Llamé a Giselle, que esperaba a la puerta de mi despacho. (Debo mencionar que Giselle y yo habíamos hablado sobre la conveniencia de utilizar condones en caso de que fuera necesario. Como respuesta, ella sacó un par del bolsillo y los agitó delante de mí.) Me sorprendió ver que se había sonrojado. Rob la cogió de la mano y la llevó al sofá que yo había hecho traer para la ocasión.

Volví a mi despacho y cerré la puerta con llave, con un sonoro *click*, dejándoles a lo suyo, a la espera de que la naturaleza siguiera su curso.

Prot parecía muy ensimismado durante el trayecto en limusina que nos llevaba a los estudios de televisión. Ni siquiera hizo comentario alguno sobre el ruido y la basura que se acumulaba en las calles por las que pasábamos, o sobre los artilugios de última generación que encontró en la parte trasera del vehículo: el bar, el equipo de música cuadrafónico o la nevera llena de comida. Quizás estuviera pensando en lo que iba a decir a las cámaras. O quizá se sintiera incómodo con el traje nuevo que le habíamos comprado. Giselle y los guardias de seguridad tampoco decían nada. Los tres miraban sin comprender a través de las ventanas oscuras a los peatones que intentaban echar un vistazo al interior del coche.

—¿Prot?

—¿Hmmm?

—Quería que supiera que no tengo nada que ver con todo esto.

—Ya, jefe. Me hago cargo.

—Pero ahora que está usted pasando por ello, me gustaría darle un consejo.

—Adelante.

—Yo que usted no les diría a los espectadores que son un hatajo de idiotas ni un cáncer para la Tierra.

—Sí, a ustedes los humanos no se les da bien enfrentarse a la verdad.

—Puede decirlo así.

—Se preocupa usted demasiado, doctor b.

—Otra cosa: por favor, no permita que Robert aparezca frente a las cámaras. Podría ser terrible para él.

—No le animaré a que lo haga, pero ya sabe que tiene su propia personalidad.

Por una puerta lateral nos llevaron al estudio, donde salió a recibirnos el productor del programa. Nunca había visto una sonrisa tan enorme ni una dentadura tan perfecta. Conversamos unos minutos, y a continuación a Giselle y a mí nos acompañaron a una salita verde en la que había un par de sillas, una mesa con una jarra de café y un gran monitor, donde nos dejaron en compañía de una jovencísima ayudante de dirección. Se llevaron a prot a maquillaje.

—¡Buena suerte! —le grité. Me sentía tan nervioso como el paciente de la segunda planta al que llamamos «Don Knotts».

Mientras esperábamos, le pregunté a Giselle cuál había sido la reacción de Rob ante las vídeos X. Su sonrisa fue tan amplia como la del productor del programa.

—No miramos ningún vídeo.

—¿Está segura de que no era Paul con quien estuvo usted?

—Del todo. En primer lugar, por su voz. No se parecía en nada a la de Paul, que pude oír en la cinta que usted me dejó. Era Rob, no me cabe la menor duda. Estaba como un niño en una tienda de caramelos.

Por fin trajeron a prot, precedido por la aspirante a estrella de cine que, al parecer, tenía un coeficiente intelectual en torno a diez, y la apariencia de una modelo/estriptista más bien varonil. Prot recibió un caluroso saludo cuando finalmente apareció frente al público y las cámaras, y la presentadora del programa, una probable maníaca, o quizas adicta a las anfetaminas, pareció sinceramente encantada con él, como lo estamos todos los que le conocemos.

La presentadora empezó la entrevista en un tono bastante inofensivo, aunque no exento de ironía, preguntando a prot acerca de la vida en K-PAX, por qué había venido a la Tierra, cómo era viajar por el espacio, etc. (En un momento dado, el director del programa hizo aparecer en pantalla una yuxtaposición computerizada de uno de los mapas de estrellas de prot, que éste me había dibujado hacía muchísimo tiempo, cuando yo intentaba determinar la extensión de sus conocimientos astronómicos, sobre una fotografía de un mapa real.) Ya había oído antes casi todo lo que prot estaba diciendo. Pero la presentadora también le preguntó un par de cosas en las que yo tendría que haber reparado y que había pasado por alto. Por ejemplo, ¿cómo se detiene uno después de viajar por el espacio interplanetario a la velocidad de la súper luz? (Como imaginé, es algo programado.) Prot respondió a todas las preguntas educadamente —casi rozando lo flemático—, sin quitarse las gafas de sol. Esperé a que la entrevistadora buscara algo más polémico e intentara poner a prot contra las cuerdas. En ese momento la banda del programa empezó a tocar una versión «jazzificada» de *Two Different Worlds*, y luego siguió una pausa para la publicidad.

Pregunté a la ayudante de producción si el *hoobah* era descafeinado. Me miró con cara de póquer.

Cuando terminó la publicidad, la presentadora, previo guiño a la cámara, preguntó a prot si le importaría hacernos una pequeña demostración de un viaje a través de la luz.

—¿Por qué no? —respondió prot.

Giselle, la ayudante de dirección y yo nos inclinamos hacia delante en la silla como, supongo, debía de haber hecho la mayor parte del público. Alguien trajo una linterna y un espejo. En el rostro de prot se dibujó una sonrisa malévola. Al parecer había esperado algo así.

En cualquier caso, se colocó la linterna sobre el hombro derecho y dirigió el foco de luz hacia el espejo que sostenía con la mano izquierda extendida. Era tal el silencio en la sala en la que estábamos que pude oír la respiración de los demás. De repente se produjo un breve destello de luz ¡y prot desapareció de la pantalla! El público soltó un sofocado grito de asombro. La cámara recorrió el plató de un lado a otro hasta que finalmente dio con prot, que estaba tras el micrófono situado en la otra punta del escenario, reservado para los cantantes y los artistas de variedades. Llevaba un extraño sombrero. Lo reconocí al instante: era el sombrero de Milton. Se retorció un bigote imaginario y gorgeó:

—Un oso entra en un bar, saca una pistola y se carga a todos los clientes. Llega la policía y se lo lleva. «¿Qué hacéis? —protesta el oso—, ¡los humanos no están en la lista de especies en extinción!»

Nadie se rió.

—¿Voy demasiado despacio para vosotros, chicos? Muy bien, a ver éste: ¿Quiénes son los primeros en alistarse para ir a combatir en las guerras, los primeros en accionar el interruptor de la silla eléctrica, en asesinar a los seres que los rodean porque les gusta su sabor? ¿Os rendís? ¡Los grupos pro-vida!

Nadie se rió.

—No ponéis nada de vuestra parte, chicos. ¿Quién es vuestro líder? Otro más: Dos cristianos se casan. ¿Qué religión adoptarán sus hijos? Os daré una pista. Funciona igual con los musulmanes, los judíos y los hindúes… ¿Nada? Bueno. Veamos. La respuesta tiene que ver con la fuente de donde la gente saca lo que llaman «ideas»…

El público, impactado por lo que acaba de ver, seguía sin reírse. La presentadora, desprovista ya de cualquier asomo de ironía, pidió a prot que regresara a su sitio.

—¿Cómo… cómo ha hecho eso? —le preguntó.

—Lo aprendí de uno de mis compañeros internos.

—No, me refiero a cómo ha llegado al otro extremo del plató.

—Ya se lo dije antes, ¿se acuerda?

La presentadora solicitó volver a ver la grabación de lo que llamó «el truco del espejo y de la linterna» de prot en cámara súper lenta. Pero por muy lento que fuera el visionado, prot siempre desaparecía de la pantalla. En nuestra salita, Giselle se reía y aplaudía. La ayudante de producción seguía mirando el monitor con la boca abierta y sin decir palabra. La banda empezó a tocar, el número 902 apareció en pantalla y siguió una nueva pausa para la publicidad.

Cuando el programa reanudó su emisión, la presentadora, ahora mucho más seria, llevaba en la mano una lista de preguntas para prot. Detallo ahora una transcripción literal de la conversación entre ambos:

PRESENTADORA: Usted ha escrito (se refería al «informe» de

prot) que hay ciertas cosas a las que nosotros los humanos debemos renunciar a fin de sobrevivir como especie. Una de ellas es la religión. ¿Puede explayarse más sobre eso?

PROT: Por supuesto. ¿Se ha dado usted cuenta de que muchas de sus dificultades actuales son fruto de la intolerancia que demuestra un grupo de creyentes hacia las creencias de los demás?

PRESENTADORA: Probablemente demasiadas, y todos somos conscientes de su punto de vista. Lo que me gustaría que nos dijera es cómo renunciar a algo que es una parte tan intrínseca de nuestra naturaleza humana.

PROT: Eso depende exclusivamente de ustedes. La evidencia que he observado hasta ahora sugiere que no tienen ustedes «narices» para hacerlo.

PRESENTADORA: ¿A qué se refiere cuando dice que no tenemos «narices» para hacerlo?

PROT: La religión se basa fundamentalmente en el miedo. Así empezó y así ha seguido hasta el día de hoy.

PRESENTADORA: ¿Miedo a qué?

PROT: Dígamelo usted.

PRESENTADORA: Se refiere a la muerte.

PROT: Esa es una cosa.

PRESENTADORA: ¿Y qué me dice del dinero?

PROT: ¿Qué quiere que le diga?

PRESENTADORA: ¿Cómo podemos renunciar al dinero? ¿Con qué lo sustituiríamos?

PROT: ¿Para qué?

PRESENTADORA: Para comprar una lavadora, por ejemplo.

PROT: ¿Para qué necesitan lavadoras?

PRESENTADORA: Porque ahorran tiempo y energía.

PROT: En otras palabras, ¿han llenado su planeta de lavadoras, de coches, de botellas de plástico y de televisores para ahorrar tiempo y energía?

PRESENTADORA: Sí.

PROT: Y para que la economía siga funcionando necesitan

más y más seres humanos a fin de que compren más
y más productos de los que fabrican. ¿Tengo razón en
esto?

PRESENTADORA: Bueno, el crecimiento es bueno para todos.

PROT: No para los millones de otras especies de su PLANE-
TA. Y ¿qué ocurrirá cuando su MUNDO esté lleno de
gente, de coches y de lavadoras y no haya sitio para
más?

(Empieza a sonar la música.)

Giselle y yo nos miramos y nos encogimos de hombros. Fui al
pequeño lavabo adyacente. Al cabo de un momento la oí gritar:

—¡Doctor B, ha vuelto!

Volví a toda prisa y me encontré a la presentadora del programa
con un perrito en los brazos que ladraba, frenético.

—¿Qué dice? —le preguntó a prot.

—Que tiene ganas de cagar —respondió prot. El público, ya
más relajado, rompió a reír, pero aún se rió con más ganas cuando el
perro, como si hubiera oído a prot, defecó sobre la gran mesa. El al-
boroto se alargó unos minutos mientras la presentadora gesticulaba
hacia las cámaras, se deshacía del perro y aparecía alguien para lim-
piar el desaguisado. El público seguía riendo cuando llegó el momento de pasar a la publicidad.

La reanudación del programa coincidió con las últimas risas del
público, que se apagaron de golpe cuando volvió a retomarse el diálogo.

PRESENTADORA: Parece que, según su opinión, los humanos
tenemos muchos defectos. Pero debe admitir que también tenemos nuestras cosas buenas. Si tuviera que utilizar una palabra para definir nuestra especie, ¿cuál sería?

(Prot puso los ojos en blanco durante un instante. Estaba pensando. Como todos los que estaban viendo el
programa, me vinieron a la mente unos cuantos con-

ceptos: «generosidad», «perseverancia», «sentido del humor»…)

PROT: Todavía no he decidido si es ignorancia o simplemente estupidez.

PRESENTADORA: ¿Y por eso piensa que los hombres no tomarán lo que usted llama «decisiones necesarias para sobrevivir como especie»?

PROT: Tampoco las mujeres.

PRESENTADORA: Sin embargo, hay mucha gente que piensa que podemos superar esas dificultades y ganar la guerra. ¿Por qué cree usted que es imposible?

PROT: No es imposible. Hay seres de otros PLANETAS que lo han conseguido. Pero ya es demasiado tarde para que eso ocurra aquí. Ya han empezado a destruir su hogar. Eso es el principio del fin.

PRESENTADORA: Entonces, ¿qué va a ocurrirnos, según su punto de vista?

PROT: Mejor que no se lo diga.

PRESENTADORA: De verdad me gustaría saberlo. ¿Qué opinan ustedes, miembros del público?

(Un ligero aplauso.)

PROT: Están asistiendo a su propio entierro. De acuerdo, al principio será un declive gradual, como el cáncer o el sida. No lo notarán mucho, salvo por la desaparición de unos cuantos seres no humanos más, y las pequeñas guerras que ya son habituales por todas partes. Los yacimientos de minerales y de energía empezarán a agotarse. Se convocarán reuniones de emergencia entre las naciones, pero prevalecerán los intereses propios, como siempre, y los más desesperados o avariciosos entre ustedes presentarán exigencias y ultimátums que no se cumplirán y que darán pie a guerras de mayor alcance. Mientras tanto, todo su sistema de apoyo al medio ambiente empezará a derrumbarse. Todos los habitantes de la TIERRA sufrirán lo indecible, incluso aquellos que todavía sean poseedores de poder y riquezas relativos. Después de eso, es sólo cuestión de tiempo. La muerte podría llegar en múltiples formas, pero será tan ineludible como los impuestos.

(La presentadora miró fijamente a prot y no dijo nada durante unos segundos.)

PROT: Ya le dije que no le gustaría oírlo.

PRESENTADORA: ¿La vida desaparecerá de la Tierra?

PROT: Todavía quedará vida, pero los seres humanos no volverán nunca a este PLANETA. Puede que se desarrollen especies similares, pero las posibilidades de que una de ellas sea de *Homo sapiens* son muy reducidas. Son ustedes una raza muy rara en el universo, ¿sabe? Una especie de capricho de la naturaleza, por decirlo así.

PRESENTADORA: ¿Y no hay forma posible de detenerlo?

PROT: Naturalmente. No hay más que volver a empezar con una serie nueva de principios.

PRESENTADORA: Se refiere al principio de eliminar el dinero, las familias, la religión, los países…, ¿cosas de ese tipo?

PROT: No es tan difícil. Sólo tienen que decidir si esas cosas son más importantes para ustedes que su propia supervivencia. Por ejemplo, usted dejó de fumar, ¿verdad?

(De nuevo empieza a sonar una suave melodía: *Two different worlds….*)

PRESENTADORA: ¿Eh? Sí. Pero…

PROT: ¿Le fue fácil?

PRESENTADORA: Fue un infierno.

PROT: Pero ya no lo echa de menos, ¿verdad?

(La música sube de tono, sonando con mucha más persistencia que antes.)

PROT: Mire, ¿por qué no intentan vivir sin guerras, sin religiones, sin diferencias entre especies y todo lo demás
durante uno o dos decenios? Si no les gusta, siempre
podrán volver al odio, a las matanzas y al crecimiento
ilimitado...

PRESENTADORA: Volvemos tras la publicidad.

(Cuando se reanuda el programa, la aspirante a estrella
de cine ha decidido intervenir. La fachada de estupidez
se ha derrumbado por completo.)

ASPIRANTE A ESTRELLA: Ha olvidado incluir el alma humana
en sus ecuaciones.

PROT: Ese es un término sin sentido inventado por algún
Homo sapiens.

ASPIRANTE A ESTRELLA: ¿Y qué me dice de Shakespeare?
¿De Mozart? ¿De Picasso? La raza humana ha conseguido grandes cosas, incluso visto desde los valores
morales que usted defiende. ¡De hecho, nosotros los
humanos hemos hecho de este mundo un lugar maravilloso!

(Arranque de aplausos.)

PROT (mirando a la cámara con esa mirada tan propia de él
en la que se mezclan la exasperación y un desprecio
contenido): ¿Qué tipo de mundo es aquel en el que no
sólo aceptan la violencia y la guerra, sino que incluso
animan a sus jóvenes a practicarlas? ¿Un mundo en el
que sus líderes deben estar constantemente protegidos
contra los asesinatos, y en el que hay que cachear a los
pasajeros de los aviones en busca de armas, donde hay
que proteger cada bote de aspirinas para que no lo en-
venenen, donde algunos de los seres que lo habitan
amasan fortunas con los juegos de azar mientras otros
se mueren de hambre, donde nadie cree ni una sola pa-

labra de lo que dicen sus Gobiernos o sus empresas, donde sus corredores de bolsa y sus estrellas de cine son más valorados que sus profesores, donde el número de seres humanos aumenta y aumenta mientras otras especies son condenadas a la extinción, donde...?

[*Two different worlds*...]

PRESENTADORA: No se vayan. ¡Volvemos enseguida!

Ninguno de los que estábamos en la salita dijimos nada. Vimos los anuncios y nos concentramos en nuestras divergentes opiniones. Al cabo de unos minutos nuestra presentadora volvió con:

—Hemos estado hablando con prot, un visitante del planeta K-PAX, donde las cosas son mucho más simples que aquí, en la Tierra. Prot, se nos ha acabado el tiempo. ¿Volverá a visitarnos?

—¿Por qué? ¿Es que no me ha oído? —Todavía llevaba el extraño sombrero y el traje, y me costaba decidir cuál de los dos le daba un aspecto más ridículo.

—Buenas noches, amigos. Buenas noches. ¡Buenas noches!

No hubo aplausos. Al parecer, el público seguía confundido por lo que había visto y oído. O quizá simplemente había decidido que aquellas eran las palabras de un loco.* Justo antes de que el programa terminara, se mostró una nueva imagen de prot en cámara súper lenta, en la que se le veía desapareciendo súbitamente, y el número 902 destelló por última vez en la pantalla.

Cuando le trajeron de vuelta a nuestra salita, prot sonreía satisfecho. Le tendí la mano, sintiéndome tan orgulloso de él como si se tratara de mi propio hijo. Y no por lo que había dicho, sino porque había cumplido su palabra y había acudido al programa sin permitir que Robert apareciera.

---

* Algunos de los comentarios de prot, que por razones de espacio no he podido incluir aquí, aparecen en «La sabiduría (o locura) de prot», al final de este libro.

—Le veo luego, doc —dijo. Se giró hacia Giselle y susurró—: *Ciao*, nena.

Giselle le abrazó. Cuando prot se deshizo de su abrazo era Rob, todavía con las gafas de sol de prot y el gorro de Milton, quien nos miraba.

Me quedé de piedra. Me había pillado por sorpresa. ¿Acaso prot había decidido empujar a Rob al agua y obligarle a nadar o a ahogarse? Rápidamente le expliqué la situación: dónde estaba y qué había ocurrido. Me dirigió una mirada una pizca divertida, exactamente como habría hecho prot. Cuando salimos de la salita, Rob estaba feliz y relajado, que era más de lo que podía decirse de mí.

En el camino de regreso al hospital, Rob jugó con los artilugios de la limusina, saludaba con la mano a los peatones que nos miraban al pasar, y parecía hacerse eco de la excitación de la ciudad, que no había visto hasta entonces.

—A partir de ahora, el mundo entero es su refugio —le dije, a pesar de que obviamente resultaba innecesario. Cuando llegamos a «casa», Robert había apoyado la cabeza en el hombro de Giselle y se había quedado profundamente dormido.

A la mañana siguiente de la entrevista en televisión, un par de agentes de la CIA me esperaban en mi despacho (el de Villers). Querían hablar con prot.

—No sé dónde está —contesté con toda sinceridad.

—¿Quiere decir que se ha ido?

—Eso parece.

Parecieron dudar, pero de pronto uno de los dos sacó una libreta y garabateó algo en ella. Arrancó la página y me la dio. Era el número de un «busca».

—Si vuelve a aparecer, háganoslo saber de inmediato.

Casi esperaba que me hicieran comer el mensaje, pero se limitaron a girarse a la vez y desaparecer por la puerta, como si en algún lugar hubiera estallado alguna guerra.

Cuando se fueron, fui a buscar a Rob. Le encontré en su habitación con Giselle. Estaban leyendo, o quizá estudiaban. Tenían exactamente el mismo aspecto que una pareja de estudiantes universitarios preparando los exámenes en una habitación mixta.

Eché un vistazo al montón de libros cubiertos de polvo apilados en la mesita de Rob como viejos cofres llenos de tesoros a punto de ser abiertos: *Moby Dick*, *Aves del Nordeste*, y algunos otros. Rob tenía en las manos un título reciente de Oliver Sacks. Todo en orden, pensé con no poca satisfacción.

Giselle tomaba notas de un libro llamado *Misterios inexplicables*. Junto a su silla, en el suelo, había un manuscrito escrito a máquina: el primer borrador de su artículo sobre los ovnis.

—¿Cómo se encuentra, Rob?

—Nunca me había sentido mejor, doc —me aseguró.

—Sólo he venido a darle esto —dije, dándole la cinta de vídeo en la que Karen había grabado el programa de televisión—, y para preguntarle si estaría dispuesto a someterse a unas sencillas pruebas durante nuestra sesión de mañana.

—Lo que usted diga —respondió, sin ni siquiera preguntar qué tipo de pruebas eran.

Salí de la habitación a toda prisa. Llegaba tarde a una reunión, que se alargó lo indecible. Aunque supuestamente se iba a hablar de los planes para la construcción de la nueva ala del edificio, nadie quería hablar de nada que no fuera la aparición de prot en televisión la noche anterior. Como ya había pasado antes por eso, terminé disculpándome y volví a mi despacho, desde donde llamé a la madre de Robert. Convencido como estaba de que Rob no nos dejaría durante un tiempo, transmití a su madre mi cauto optimismo sobre su prognosis y la invité a que viniera a visitar a su hijo y le viera con sus propios ojos. Se mostró un poco reacia a viajar sola, pero dijo que vendría si «esa encantadora jovencita» (Giselle, a quien había conocido durante su visita previa al hospital) la acompañaba.

Le dije que no creía que hubiera ningún problema.

Una vez resuelta esa agradable tarea, recibí una llamada de Betty.

—El doctor Villers llamó ayer cuando usted ya se había ido. Quería hablar con prot. Dijo que era urgente. Volvió a llamar más tarde, pero no pude encontrar a prot… sólo a Robert. Le sugerí que hablara con Cassandra. Dijo que era demasiado tarde para eso.

—Puede que también sea demasiado tarde para que hable con prot.

—Lástima. El doctor parecía desesperado.

El resto de esa semana nos vimos inundados de llamadas al número 902. Algunos de los que llamaban donaron dinero para el hospital. Otros querían que admitiéramos en el centro a algún pariente o amigo. Varios productores de otros programas similares querían invitar a prot a sus centros para «que repitiera ese truco». Sin embargo, la mayoría de los que llamaron no solicitaban la admisión en el IPM de ningún ser querido, no deseaban contribuir con fondos para la nueva ala del edificio ni tampoco hacerle una oferta de trabajo a prot. Lo que querían era saber dónde llamarle o a qué dirección escribirle, cuándo volverían a verle y cómo llegar a K-PAX. También llamaron unos cuantos periodistas preguntando por prot y por la historia de su vida. Incapaz de convencerlos de que prot no tenía «una vida que contar» y de que quizá ya no existía, terminé por pasárselos a Giselle.

Entonces empezaron a llovernos cartas a miles, la mayoría dirigidas a «prot, Instituto Psiquiátrico de Manhattan, NY». No abrí ninguna, pero sí eché un vistazo a las que iban dirigidas a los «cuidadores de prot», o a cargos por el estilo. Algunas le llamaban «el diablo» (como ya lo había hecho Russell en una ocasión), y otras le amenazaban físicamente. Otros le consideraban una especie de Jesucristo, «un mesías de nuestro tiempo» que había venido para «salvarnos de nosotros mismos». Extrañamente, nadie le veía como lo que era realmente: parte de una persona perturbada mentalmente que parecía estar en vías de recuperación.

Prot no apareció durante toda la semana (lo que causó un gran desaliento en Villers). En cierto modo me sentí traicionado. Si de verdad había «abandonado» este mundo para siempre, lo había hecho sin previo aviso, cosa que, según me había asegurado, no haría. Sin embargo, no podía evitar pensar en la última vez que había «regresado» a K-PAX, y en el Robert que había dejado atrás. Esta vez Rob era una persona muy diferente, un hombre sonriente y seguro de sí mismo. Quizás eso fuera todo lo que cabía esperar.

Una de las cosas que nunca olvidaré de prot era su habilidad para comunicarse con los pacientes autistas. Puede que eso explique el sueño que tuve la noche del programa de televisión.

Me encontraba en lo que parecía ser una cápsula espacial. Podía ver a través de unas ventanas minúsculas un luminoso cielo azul. La cabina estaba además iluminada por una especie de panel de mandos que despedía una luz cegadora. Había en ella docenas de cuadrantes y de pantallas de ordenador, iluminadas por luces de color verde y ámbar.

De pronto se oyó un gran estruendo y todo empezó a vibrar. Sentí cómo la fuerza de la gravedad me atraía cada vez más abajo y entonces, pasados unos minutos, el estruendo y la vibración cesaron y me quedé flotando en el aire, a muchos kilómetros por encima de la Tierra, contemplando el planeta más bello del universo.

Algo me golpeó y me empujó a un lado, a la vez que una sombra me cegaba, impidiéndome la visión. Lo siguiente que supe fue que estaba de vuelta en la plataforma de despegue y que la oscuridad había desaparecido de la ventana. Apareció una cabeza gigantesca. Era Jerry. Me había dado un paseo en su perfecta maqueta. Un ojo enorme me miraba desde fuera y su boca se abrió, mostrando una sonrisa llena de dientes. Fue maravilloso. ¡Por un momento le comprendí, lo entendí todo!

Pero justo en ese momento desperté y, como de costumbre, no entendí nada.

Sesión trigésimo primera

La visita del psicólogo más popular del país había sido programada para el viernes. Sus libros *Psiquiatría popular* y *Ordénate* llevan años en los primeros puestos de las listas de los libros más vendidos. Cuando estaba en el césped esperando a que Cassandra me viera, me comunicaron que, desgraciadamente, nuestro invitado se había visto obligado a cancelar su visita debido a un «asunto urgente» de última hora.

Por alguna razón, aquel contratiempo me molestó mucho.

—Menudo cabr…, bueno, el término científico es «macho cabrío» —le solté a la enfermera.

El lado positivo de la noticia era que me daba un tiempo libre inesperado para poner al día un montón de papeleo. Pero en cuanto me senté en mi mesa, recibí una llamada del doctor Sternik, el oftalmólogo del que Giselle me había hablado, que insistía en someter a prot a un examen ocular.

—Por supuesto —dije—. Adelante, eso en caso de que logre dar con él.

Lo primero que le pregunté a Rob cuando se sentó fue cuál era su opinión sobre el vídeo del programa de televisión en el que su alter ego, prot, había sido la estrella invitada.

Cogió un melocotón del cuenco de frutas.

—Raro. Muy raro.

—¿Por qué?

—Era como estar viéndome a mí mismo, sólo que no era yo en absoluto.

—Como ya le he dicho, prot es parte de usted.

—Sí, eso lo entiendo, pero todavía me cuesta trabajo creerlo.

—¿Le ha visto en los últimos dos días?

—No le he visto desde que salimos del estudio de televisión.

—¿Sabe dónde está?

—No. ¿Significa eso que puedo irme a casa?

—Ya veremos.

Llamaron tímidamente a la puerta.

—¡Adelante, Betty! Muy bien, Rob, voy a pedirle a Betty que le haga unas pruebas muy sencillas. Para su información, son las mismas que le hicimos a prot hace unos años. Quiero comparar los resultados y ver si hay algunas diferencias, ¿de acuerdo?

—Claro.

—Bien. Y cuando haya terminado, Betty le llevará a la clínica para que le extraigan una muestra de sangre. Sólo será un minuto. Y el doctor Chakraborty quiere hacerle un electroencefalograma, que no es más que un sencillo e indoloro registro de sus ondas cerebrales.

—Muy bien.

Ambos sonreían jovialmente cuando los dejé solos. A Betty le encantaba administrar cualquier tipo de pruebas, y Rob parecía feliz de tener pleno control de sí mismo. Ambos iban a perderse el funeral de Russell, pero Betty dijo que no le gustaban los funerales. Prefería recordar al finado como era, y Rob apenas le había conocido.

Llovía, y el servicio religioso se celebró en la sala común. Habían traido un montón de sillas plegables, y todos miraban el ataúd abierto, que había sido colocado sobre la mesa de las revistas. Era un sencillo ataúd de madera de pino, que no es sólo la elección habitual para los pacientes indigentes, sino que además había sido el deseo expreso de Russ después de que nos negáramos a encontrarle una cueva con una gran roca que hiciera las veces de puerta.

El padre Green nos deleitó con un hermoso discurso sobre Russell y su vida eterna en el cielo, lleno de calles doradas y ángeles cantores y, sí, también de hamburguesas los sábados por la noche. Casi deseé reunirme con él. Entonces les llegó el turno a aquellos que mejor le conocían.

Algunos de los miembros más antiguos del personal se levantaron para expresarle lo mucho que iban a echarle de menos, y unos cuantos pacientes le mostraron sus últimos respetos. Incluso Chuck y la señora Archer, antiguos residentes, habían venido para contar un par de historias, como hicieron Howie y Ernie, que llevaban años en la institución y le conocían bien. Por mi parte, lo que más recuerdo de Russ era su personal estilo de predicarte cara a cara, escupiendo al hablar prodigiosos chorros de saliva junto con las Escrituras. Recordé a los asistentes sus primeros días en el IPM, los días de fuego y azufre. Era digno de ver, con su pelo rojizo al viento y sus ojos grises encendidos, y siempre podíamos contar con que Russell estuviera cerca para decirnos lo que Dios opinaba sobre el más ínfimo acontecimiento. Con el paso del tiempo se había ido calmando, pero nunca cejó en su empeño por salvar almas condenadas. Y ahora, por primera vez en su vida, estaba en paz. Ahí me detuve, por un instante asombrado ante la repentina comprensión de por qué el suicidio resulta tan atractivo para algunas personas. Deseé que ninguno de los pacientes siguiera su ejemplo.

Después de la ceremonia, departí durante un rato con algunos de nuestros antiguos pacientes. Todos parecían estar bien. Hablamos, con considerable nostalgia, de sus días en el hospital (es extraño cómo incluso una estancia en una institución psiquiátrica puede llegar a parecer, con el tiempo, una época feliz). Chuck, en particular, parecía un hombre nuevo. Charlaba sin hacer el menor comentario sobre el olor de ninguno de los presentes. Pero cuando ya todos se marchaban, dijo:

—Que alegría haber vuelto a ver a prot.

Por un momento pensé que quizá, como era bizco, se había confundido y había querido decir «Russell», pero tanto la señora A. como Ernie y María asintieron entusiasmados.

—No ha cambiado nada —declaró Ernie.

—¿Prot estaba aquí? —pregunté, intentando mantener la calma.

—¿No le ha visto? Estaba al final de la sala, detrás de todos.

Me despedí de ellos y volví a mi consulta. Rob y Betty seguían allí, ocupados con las pruebas. Sin dejar de pensar que quizá había sido la inagotable imaginación de nuestros antiguos pacientes lo que les había hecho ver a prot, regresé a mi despacho, desde donde llamé a Virginia Goldfarb.

—No —dijo—, no le vi. ¿Por qué? ¿Se suponía que debía estar allí?

La misma respuesta obtuve de Beamish y de Menninger.

Bajé corriendo al jardín y pregunté a varios de los pacientes que seguían congregados alrededor de la tumba de Russ. Todos habían visto a prot.

Deseé salir corriendo y perder de vista mi escritorio, el hospital, alejarme de todo. Pero no sabía adónde ir. Estuve vagando un rato por el centro y terminé en el despacho de Villers, donde me dediqué a revisar la correspondencia y a estudiar presupuestos hasta que recibí una llamada de Joe Goodrich, nuestro nuevo administrador, un joven agradable y muy competente a pesar de su limitada experiencia. Enseguida me di cuenta de que quería decirme algo, pero que le resultaba difícil decírmelo. Por fin lo soltó:

—Acabo de recibir una llamada del *New York Times*. Klaus Villers ha matado a su mujer y luego se ha suicidado. Al parecer ocurrió anoche. Quieren que les envíe el texto de una esquela mortuoria por fax. De hecho, el doctor Villers dejó una nota en la que solicitaba que se encargara usted de ello personalmente.

Murmuré algo y colgué. A pesar de que casi no conocía a Klaus ni a Emma, la trágica noticia me entristeció profundamente, y no sabía a ciencia cierta por qué. Quizá porque se había producido justo después de la muerte de Russell y de la aparente desaparición de prot. Demasiadas cosas en poco tiempo. Me sentí como una araña atrapada en el desagüe de un lavamanos: por mucho que lo intentaba, no había forma de escapar. Y prot no estaba ahí para ayudarme.

El sábado fui en coche al hospital y me obligué a dedicar el día a procesar las partes de las pruebas de Rob que Betty no había completado. Chak también se había quedado el viernes hasta última hora a fin de llevar las muestras de sangre de Rob al laboratorio para que le hicieran las pruebas de ADN y a qué grupo pertenecía, aunque los resultados todavía tardarían unas semanas en llegar. Mientras estudiaba los datos puse una cinta de *La Bohème,* aunque no canté la letra ni tampoco hice mucho caso a la música.

Al principio no di crédito a los resultados, pero pronto me acordé de que todo lo relacionado con el caso de Robert/prot se alejaba del menor atisbo de rutina. He aquí las comparaciones entre algunas de las pruebas de Rob y las de prot, obtenidas cinco años antes:

PRUEBA	ROB	PROT
Cociente intelectual	130	154
Memoria a corto plazo	Buena	Excelente
Comprensión lectura	Media	Muy buena
Capacidad artística	Por encima de la media	Variable
Capacidad musical	Buena	Por debajo de la media
Conocimientos generales	Limitados	Amplios e impresionantes
Oído, tacto, olfato y gusto	Normales	Muy desarrollados
Sentidos «especiales»	Ninguno	Discutibles
Electroencefalograma	Normal (aunque ligeramente diferente del de prot)	Normal
Visión		
1. Sensibilidad a la luz	Normal	Acusada
2. Amplitud	Normal	Puede detectar la luz perfectamente en el espectro ultravioleta
Aptitudes	Cierta afinidad hacia las ciencias naturales	Podría dedicarse a cualquier cosa

* * *

Además de lo expuesto con anterioridad, se apreciaban ligeras diferencias entre el tono del color de la piel (en la blancura) y el timbre de voz de ambos. Robert y prot eran dos personas totalmente distintas que ocupaban el mismo cuerpo como un par de siameses.

Mientras repasaba los datos, algo revoloteaba por mi mente como una mariposa atrapada que intentara escapar. ¿Me sentía acaso culpable de la muerte de Klaus? Por fin un viejo refrán batió en mi cabeza sus tétricas alas marrones: «Sospecha siempre del paciente que se da a sí mismo el alta», como Robert había empezado a insinuar que debíamos hacer con él.

Will entró en mi despacho justo cuando estaba preparándome para irme a casa y disfrutar de lo que quedaba del fin de semana. Quería hablar de los padres de Dustin. Le recordé que debía terminar sus estudios antes de empezar las prácticas. Pero de pronto sentí una apremiante necesidad de confesar mi sentimiento de culpa acerca de Klaus y Emma Villers. Si hubiera intentado cultivar mi amistad con él, le dije a Will, si hubiera intentado conocerle como algunos de sus pacientes parecían haber llegado a hacerlo, quizá podría haber hecho algo. Will me escuchó atentamente, y cuando terminé dijo:

—A veces, por mucho que lo intentemos, no podemos hacer nada por resolver un problema.

—Hijo, creo que tienes madera de psiquiatra.

—Gracias, papá. Y ahora dime: ¿qué hay de los padres de Dustin?

Suspiré.

—No te preocupes. Yo me encargo.

—Me pregunto si los padres no son la causa de la mitad de los problemas mentales del mundo —reflexionó.

—Desgraciadamente creo que sí —suspiré—. Probablemente prot diría que deberíamos erradicar del todo la paternidad.

Sesión trigésimo segunda

La reunión de personal médico de los lunes por la mañana empezó con un momento de silencio por nuestro difunto colega. Después planteé mis recelos con respecto a Rob. A esas alturas, todos eran conscientes de que estaba haciendo excelentes progresos y de que prot no había vuelto a aparecer (salvo, quizá, cuando se les apareció a los pacientes durante el funeral de Russell) desde hacía días. Alguien preguntó si Robert, que no presentaba el menor indicio de psicosis, no experimentaría los mismos progresos en la primera planta.

—Esperemos a oír la opinión de Virginia y de Carl —objeté. (Goldfarb y Thorstein estaban ausentes, celebrando el Rosh Hashanah, festividad judía para conmemorar la creación del mundo a lo largo de diez días.)

Quizás estaba siendo exageradamente desconfiado. Supongo que todos nos volvemos más conservadores con la edad. Después de todo, me había mostrado muy cauto con Michael, que estaba respondiendo perfectamente como aprendiz en el servicio de urgencias médicas, a pesar de que había intentado suicidarse tan sólo hacía unos meses. Y, gracias especialmente a prot, Rudolph también se había ido, Manuel estaba a punto de dejarnos, Lou había llevado a término un parto realmente difícil, y ahora también Bert estaba haciendo excelentes progresos. Quizá hubiera conseguido maravillas similares con Rob.

Al término de la breve reunión fui a ver a Bert, que se descargó

de todo lo no dicho hasta el momento. Tras el fallecimiento de su novia, el bebé muerto fue creciendo y creciendo en su cabeza como una
especie de feto mental. Los dolores de cabeza eran insoportables. Lo
mantuvo todo en secreto durante años, hasta bien cumplidos los cuarenta, cuando el accidental descubrimiento de su madre precipitó el
aluvión de acontecimientos que le trajo hasta nosotros.

El suyo no es un caso poco habitual. Muchas depresiones nerviosas y de otra índole son provocadas por una repentina erupción
—una especie de géiser— de sentimientos que llevan largo tiempo
reprimidos. Muchos de nosotros tenemos algo dentro que intenta liberarse. Uno de mis antiguos profesores apuntó una vez que si la
ciencia consiguiera encontrar algún modo de que el cerebro pudiera
poco a poco soltar lastre, en el mundo habría muchos menos traumas, y desde luego también en los hospitales. Desgraciadamente, se
presta tan poca atención a la salud mental, incluso como parte de un
rutinario chequeo médico, que todavía queda mucho para que eso se
consiga.

Bert me contó que había comprado muñecas y ropa de niño y se
había pasado casi todas las noches de su vida adulta bañando a su
«hija» (había escogido arbitrariamente el sexo del bebé), acostándola, cuidándola cuando enfermaba y todo lo demás. Cuando terminó y
dejó de llorar, le pregunté de nuevo si aceptaría adoptar a Jackie.
Pero esta vez los demás pacientes habían dejado de hacer lo que estaban haciendo y se habían acercado a escuchar, y todos esperamos su
respuesta.

—Sería el día más feliz de mi vida —lloriqueó Bert, y no dudé ni
un segundo de que decía la verdad.

En ese momento oí algo que no había oído en más de treinta
años de práctica psiquiátrica. El pequeño grupo de pacientes que se
habían agrupado a nuestro alrededor rompieron en un espontáneo
aplauso. Durante un segundo pensé que me estaban dando las gracias, aunque, naturalmente, era a Bert (y a prot) a quienes elogiaban,
y yo me uní a ellos de corazón.

* * *

Henchido por un éxito que era mío, me dirigí a la 3B. De camino, pensé concienzudamente en lo que prot había dicho y hecho para conseguir que Jerry le respondiera. Parecía bastante sencillo: se limitó a cogerle la mano y a acariciársela suavemente, casi como si fuera un pájaro o alguna clase de animal al que estuviera intentando calmar.

Cerré la puerta y fui con sumo cuidado hacia donde Jerry estaba terminando su réplica de la nave espacial, que ya estaba completa incluida su plataforma de lanzamiento. Me acerqué aún más, intentando no molestarle.

Le observé durante un rato, maravillado ante cada detalle, ante esa inconsciente comprensión de la estructura y el funcionamiento de la nave que le convertía en un Miguel Ángel de las cerillas. Al mismo tiempo, me acordé de lo que prot comentó sobre la maqueta: «El recorrido de la nave espacial es como el de Colón navegando de un extremo a otro por la costa de Portugal».

—Hola, Jerry —le dije.

—Hola, Jerry.

—Jerry, ¿podrías acompañarme un momento, por favor?

Se quedó inmóvil, convertido en una escultura de carne y hueso. Hasta los mechones de pelo parecieron ponérsele más rígidos. No podía verle los ojos, pero imaginé que podría haber leído en ellos el miedo y la sospecha.

—No voy a hacerte daño. Sólo quiero hablar contigo un minuto.

Tiré de él pacientemente y le llevé a una silla. Después de hacerse de rogar un poco se sentó, aunque apenas podía estarse quieto. Cogí otra silla y, tomándole de la mano, empecé a acariciársela y a hablarle con suavidad, como lo había hecho prot, o al menos así me lo había parecido. No estoy del todo seguro de qué esperaba conseguir. Tenía la esperanza de que se levantara de pronto y gritara: «Hola, doc, ¿qué tal?» o algo así. Pero nunca me miró ni tampoco salió de sus labios el menor sonido, sino que continuó moviéndose nerviosamente y estudiando, concentrado, las paredes y el techo.

No me di por vencido. Como un paramédico que tiene en sus manos a un paciente moribundo durante una hora o quizá más, seguí acariciando la mano y el brazo de Jerry, sin dejar de hablarle con suavidad. Varié la presión, la cadencia, cambié de mano…, nada funcio-

nó. Después de una hora yo estaba exhausto y sudaba como si hubiéramos estado haciendo pulsos todo ese rato.

—Está bien, Jerry, puedes volver al trabajo.

Jerry se levantó de un salto y, sin apenas mirarme, volvió a su maqueta. Le oí murmurar:

—Volver al trabajo, volver al trabajo, volver al trabajo…

Antes del almuerzo, decidí ir en busca de todos los pacientes de
Klaus e informarles de su muerte y decirles quién iba a ser su nuevo
terapeuta. No hubo necesidad de hacerlo. Todos se habían enterado
ya de la tragedia y estaban al corriente de los cambios. Lo que me sorprendió fue lo mucho que sentían la pérdida de su anterior médico.
De hecho, estaba claro que querían a mi viejo colega más de lo que yo
o el resto del equipo médico del hospital le habíamos querido.

Aunque, claro, yo nunca había sido paciente de Klaus. Los
vínculos entre paciente y psiquiatra son fuertes, a veces parecidos,
como ya he apuntado en alguna ocasión, a los que conforman la relación entre padre e hijo. En el caso de Villers daban la sensación de ser
incluso más fuertes. Por lo que supe, Villers pasaba tanto tiempo con-
tándoles a sus pacientes sus problemas como viceversa. Al actuar así,
faltó a la primera ley de la psiquiatría, pero lo que perdió en efectivi-
dad, si es que en realidad perdió algo, lo compensó con el afecto que
sus pacientes le profesaban y con las ganas que tenían de gustarle. Me
arrepentí de no haberme esforzado más por haberle conocido mejor.

Aprovechando que estaba en la segunda planta, decidí quedarme a comer allí. Los pacientes, incluso los que habían tenido escaso
trato con Villers, parecían extrañamente callados durante la comida.
No se me escapó que no dejaban de mirar a Rob, que era igual a prot
aunque sin ser él exactamente. Todavía acudían a él en busca de ayuda de vez en cuando, y él se mostraba totalmente dispuesto a dársela.
Quedaba por saber si sus consejos eran tan efectivos como los de
prot.

Sin embargo, todo eso podía resultar dudoso. Casi había decidido trasladarle a la primera planta para ver cómo reaccionaba ante
el cambio. Pero, suponiendo que reaccionara bien, ¿cómo se toma-

rían los demás pacientes que tanto prot como Robert dejaran el hospital para siempre? Una de las expresiones favoritas que iba circulando por el hospital era el de «macho cabrío». ¿Pensarían de mí que era un «cabrón» de primera por haber dejado que Robert/prot se marchara?

Mientras estaba en la segunda planta, mi secretaria de administración había anotado un mensaje del abogado de Klaus que me entregó más tarde. No iba a celebrarse ningún funeral formal ni tampoco iba a haber entierro para él ni para su esposa. Serían incinerados. Habían pedido que fuera yo quien esparciera sus cenizas por el jardín de flores de Emma. Su petición me emocionó y, naturalmente, dije que sí.

Recibí a Rob con cierta tristeza en la que iba a ser su última sesión programada conmigo. Sabía que iba a echarle de menos, y desde luego iba a echar de menos a prot, con quien había pasado incluso más tiempo y de quien había aprendido muchísimo. Pero, naturalmente, también me hacía feliz ver cómo habían terminado las cosas.

—Veamos, Rob, ¿cómo se encuentra? —empecé.

—Bien, doctor B. ¿Y usted?

—Me temo que un poco agotado.

—Ha estado trabajando mucho últimamente. Debería tomárselo con más calma.

—Para usted es fácil decirlo.

—Supongo que sí —dijo, mirando a su alrededor—. ¿Tiene algo de fruta? Parece que ha terminado por gustarme.

—Lo siento. Se me ha olvidado.

—No pasa nada. Quizá la próxima vez.

—Rob, en este momento creo que está usted perfectamente. ¿Lo cree usted también?

—He estado haciéndome la misma pregunta. Estoy mucho mejor, de eso no cabe duda.

—¿Sabe algo de prot?

—No. De verdad creo que se ha ido.

—¿Y eso le molesta?

—No. Ya no creo que le necesitemos.

—¿Rob?

—¿Sí?

—Me gustaría hipnotizarle por última vez. ¿Le importa?

Pareció voluntariosamente impertérrito.

—Supongo que no. Pero, ¿por qué?

—Quisiera ver si puedo contactar con prot. No será mucho tiempo.

—De acuerdo. Adelante. Acabemos cuanto antes.

Se dejó hipnotizar sin oponer la habitual resistencia. Cuando entró en trance profundo le dije de pronto:

—Hola, prot. Hace mucho que no le veía.

No hubo ninguna respuesta, excepto, quizá, por una sonrisa burlona apenas perceptible. Volví a intentarlo. Y lo intenté de nuevo. Sabía que tenía que estar ahí, en alguna parte. Pero si era así, no tenía la menor intención de salir.

Cuando desperté a Rob, le dije:

—Creo que tiene razón. A efectos prácticos, prot se ha ido.

—Yo también lo creo.

Le observé con atención.

—¿Cómo se siente ante la posibilidad de que le transfiera a la primera planta?

—Me encantaría.

—Puede que consiga la aprobación del comité de asignaciones mañana por la mañana. ¿Está seguro de que está preparado?

—Cuanto antes mejor.

—Me alegra que se sienta así. Dígame una cosa: ¿qué piensa hacer con su vida una vez que haya escapado de nuestras garras?

Meditó la pregunta, pero no como prot lo habría hecho, mirando al techo o poniendo los ojos en blanco. Rob simplemente frunció el ceño.

—Bueno, pensaba empezar haciendo un viaje a Guelph. Ver a algunos viejos amigos, visitar las tumbas de Sally y de Becky, la escuela donde estudié, la casa en la que viví. Después me gustaría ir a la universidad. Probablemente este año ya sea demasiado tarde para eso. Quizás el año que viene. Giselle está a favor de que lo haga.

—¿Quiere hablar un poco de su relación con Giselle?

—Giselle me gusta mucho. No es tan guapa como lo era Sally, pero creo que es más lista. Es la persona más interesante que he conocido, exceptuando a prot. Esa es una de las razones de que quiera volver a casa. Quiero decirle adiós a Sally y que de alguna manera me dé su permiso para estar con Giselle. Creo que lo habría entendido.

—No me cabe duda. Pero no olvide que todavía puede que pase algún tiempo antes de que pueda hacer ese viaje. Quizá le tenga en la primera planta durante unas semanas. Sólo para asegurarme de que no se nos ha escapado ningún problema.

—Si me porto bien, ¿me reducirá la condena por buena conducta?

—Quizá.

—Entonces me portaré muy bien.

—Tiene muchas ganas de salir de aquí, ¿verdad?

—¿No las tendría usted?

—Sí, claro. Sólo quería oírselo decir.

—Llevo aquí más de cinco años. Es suficiente, ¿no le parece?

—Ya lo creo —eché un vistazo a mi libreta—. Rob, hay una cosa más a la que le llevo dando vueltas todo este tiempo, pero no quería preguntárselo hasta que no se hubiera recuperado.

—¿De qué se trata?

—Prot aseguró que se marchó unos días en mil novecientos noventa a visitar Islandia, Groenlandia, Terranova y Labrador. ¿Se acuerda de haberlo oído en las cintas?

—Sí.

—¿Fue usted con él?

—No.

—Nadie le vio durante esos días. ¿Dónde estaba?

—Me escondí en el túnel del almacén.

—¿Por qué?

—No estaba preparado para enfrentarme a la gente yo solo.

—¿Prot le dijo que se escondiera ahí?

—No, se limitó a darme la llave. Dijo: «El resto es cosa tuya».

—Muy bien, Rob. ¿Hay algo más que quiera decirme antes de volver a su planta?

Se quedó unos segundos pensativo.

—Sólo una cosa.

—¿Qué?

—Quiero darle las gracias por todo lo que ha hecho por mí.

—El tratamiento psiquiátrico es como el matrimonio, Rob: supone un tremendo esfuerzo por ambas partes. Ha sido usted quien ha hecho casi todo el trabajo.

—De todas formas, gracias.

Esta vez fui yo quien le tendió la mano. Cuando Rob la estrechó, me miró a los ojos. Parecía tan sano como pueda estarlo cualquier ser humano.

A la mañana siguiente, Lou y su hija fueron dadas de alta. Nunca he visto a una madre más feliz o un bebé más hermoso. Cuando se fue, Lou prometió volver a visitarnos pronto.

—Pero antes —dijo—, voy a hacerme una operación de cambio de sexo.

—Me parece una gran idea.

Me saludó con la mano mientras salía por la verja con Protista en brazos. Aunque técnicamente Lou era una paciente de Beamish, de algún modo sentí como si se me fuera otra hija.

El jueves 28 de septiembre, tres pacientes de Klaus y yo esparcimos las cenizas conjuntas de los Villers por el hermoso jardín de flores de Emma en su casa de Long Island. Por fin los cuatro nos reconciliamos con las lágrimas.

Esa tarde, exactamente seis semanas después del «regreso» de prot de K-PAX, Robert Porter fue transferido a la primera planta.

Epílogo

Robert no tuvo ningún problema en la primera planta. Se llevaba muy bien con el personal médico y con los demás pacientes, expresaba sentimientos y deseos normales y se mostraba optimista sobre su futuro. Durante las seis semanas que estuvo allí desarrolló sus habilidades con el ajedrez (incluso llegó a ganar a Dustin en una o dos ocasiones), estudió con atención los catálogos de varias universidades y siguió profundizando en su interés por la biología. Su romance con Giselle continuó floreciendo de tal manera que, después de tres semanas en lo que él llamaba «el purgatorio», le di un fin de semana libre bajo la custodia de Giselle. La experiencia funcionó a las mil maravillas, y tan pronto como le dimos el alta, se mudó con ella definitivamente (junto con *Oxeye Daisy*, su dálmata).

Mientras Rob esperaba a que le diéramos el alta, Giselle viajó a Hawai por decisión propia y volvió con la madre de Rob, que vino a hacerle una corta visita a su hijo. Fue un encuentro muy emotivo. Su madre no había hablado con él desde hacía más de diez años (sólo le había visto en estado comatoso). Aprovechando su estancia aquí, hablé con ella sobre la infancia de Rob, el accidente que había acabado con la vida de su esposo, etcétera, como lo habíamos hecho hacía cinco años. Me enteré durante la conversación de que la tía Catherine había muerto durante un incendio en 1966, tres años después de la muerte del padre de Rob. Naturalmente, la señora Porter no tenía la menor idea de que hubieran abusado de su hijo.

La madre de Rob sólo se quedó en Nueva York unos días y, animada por la felicidad que le había producido ver a su hijo, que estaba casi a punto de recibir el alta, volvió sola a Honolulu.

—Qué lástima que su padre no haya podido estar aquí para verlo —me dijo en el aeropuerto—. Quería mucho a su hijo.

Le aseguré que Rob adoraba a su padre, aunque quizá por razones más complejas de lo que ella jamás hubiera imaginado.

Creo que puedo decir con toda seguridad que, finalmente, todas las piezas del rompecabezas están ya en su sitio. La causa principal de las dificultades de Robert no radicaba, como yo había pensado, en la terrible tragedia que había afectado a su esposa e hija, sino que databa de mucho antes y había sido forjada por las manos de un tío paidófilo. Era ese tremendo trauma lo que había llevado a prot a detestar el sexo y lo que había provocado la aparición de un alter ego (Harry) para que ayudara al Robert de cinco años a lidiar con el tormento.

Pero, ¿por qué apareció prot en escena cuando Robert tenía seis años? Creo que Robin se sentía a salvo sólo en presencia de su padre, que inconscientemente le protegía de los abusos que el pequeño había sufrido por parte de su tío Dave. ¡Qué terrible debió de ser cuando su «amigo y protector» murió, dejándole una vez más en manos de esa enfermiza criatura! Rob invocó la aparición de un nuevo guardián, un personaje que viniera de un lugar idílico en el que gente como el hermano y la hermana de su madre jamás existirían. Afortunadamente, Robin no se vio obligado a quedarse con sus tíos, y la presencia de prot dejó de ser necesaria. De hecho, fue después de que *Apple*, su perro (¿progenitor de los «aps», esas pequeñas criaturas semejantes a los elefantes que pastan en los prados de K-PAX?) fuera asesinado cuando prot hizo su segunda aparición en la Tierra para ayudar a Robert, que por aquel entonces tenía nueve años, a que lidiara con esa nueva tragedia.

Como consecuencia de las traumáticas experiencias de su infancia, Rob se enfrentó al sexo durante el resto de su juventud y la primera etapa de su vida adulta, y siguió haciéndolo durante su vida marital. En materia sexual, prot resultaba virtualmente inútil, y por ello apareció una nueva identidad para superar el problema. Gracias a

Paul, aparentemente Sally nunca llegó a enterarse y durante varios años gozaron de una vida en común relativamente feliz.

No cuesta imaginarse lo que Robert debió de haber sentido cuando volvió a casa una agradable tarde de verano y se encontró a su esposa y a su hija muertas en el suelo de la cocina, asesinadas a manos de un desquiciado asesino, cuyos innombrables actos resucitaron un sufrimiento que Rob había mantenido largamente reprimido. ¿Acaso es de extrañar que Harry acudiera en su rescate y que toda la rabia acumulada contra su tío estallara como un volcán y aprovechara la oportunidad para impedir que aquel hombre cometiera más atrocidades? ¿O que prot regresara para intentar ayudar a Robert a que lidiara con esos acontecimientos, algo que quizá ningún ser humano habría hecho? Sin duda, Robert parece haber experimentado una recuperación casi milagrosa, dadas las macabras circunstancias que envuelven su trágico historial.

Después de un viaje a Montana (*Oxie* se quedó con nosotros, para alegría de *Shasta*), Rob se matriculó en la Universidad de Nueva York, especializándose en biología de campo. Me llamó unas semanas después para decirme que nunca había disfrutado tanto. Eso fue lo último que supe de él hasta el verano de 1996, cuando él y Giselle vinieron al hospital para restablecer lazos conmigo y con el resto de los pacientes.

Como había mucha gente que había visto a prot en televisión y que reconocía a Rob allí donde iba, se había dejado barba.

—Jamás imaginaría —me dijo— lo bien que una barba puede llegar a ocultar el verdadero rostro de una persona.

A excepción de la barba, le encontré exactamente igual a cuando se marchó, sonriente y seguro de sí, controlando totalmente la situación. Creo que hay en él mucho de prot, aunque quizá haya mucho de prot en todos nosotros. De todos modos, Rob parece un ser humano totalmente integrado, en parte capaz de hacer grandes cosas y en parte capaz de asesinar.

El libro de Giselle sobre prot, *¿Un alienígena entre nosotros?* fue publicado en diciembre de 1996. Según ella misma me ha informado, las ventas siguen siendo «espectaculares», y ha participado en los programas de entrevistas en televisión durante todo el invierno. Pero la gran noticia, mientras escribo esto, es que está embarazada y que esperan el bebé para julio. Me han dicho que, si es niño, le llamarán Gene.

El hospital parece extrañamente vacío sin Robert/prot. Los pacientes no paran de preguntarme cuándo va a volver, a la espera de que se los lleve de viaje a las estrellas. No me atrevo a decirles que prot dio su vida por Robert y que se ha ido para siempre, porque eso podría empeorar las cosas. Así que siguen esperando, sin perder la esperanza, aunque quizás en el fondo eso no sea tan malo.

Sin embargo, la mayoría de nuestros antiguos residentes ya no necesitan a prot, y probablemente se negarían a viajar a K-PAX incluso si tuvieran la oportunidad de hacerlo. Poco después de que Bert recibiera el alta, conoció a una viuda encantadora y se casó con ella, y ambos adoptaron legalmente a Jackie, que, naturalmente, siguió aquí con nosotros. La visitan a menudo, y su nueva madre es la persona más adorable que he conocido. ¡Aparentemente, como resultado de todo esto, Jackie ha empezado a hacerse mayor! Es como si su vida hubiera sido puesta en espera con la muerte de sus padres, y ahora que tiene otros padres, el reloj ha vuelto a ponerse en marcha. No hay nadie aquí que haya visto nada semejante. ¡Hasta se ha cortado las trenzas!

Lou nos vino a ver después de su operación. También ella ha encontrado pareja, un hombre que la ama como mujer, y Protista crece a pasos agigantados. Su primera palabra fue (no, no fue «prot») «gato».

Michael, Manuel y Rudolph se encuentran bien; todos han conseguido empleos satisfactorios y disfrutan de sus nuevas vidas. De vez en cuando sabemos de ellos. Nunca olvidan preguntar si prot ha vuelto.

También Dustin ha hecho progresos espectaculares. Una vez que decidí aplicar a rajatabla la normativa legal con sus padres, que ahora le visitan sólo una vez al mes, ha ido gradualmente dejando de lado discursos codificados y ha perdido interés por los juegos, empezando a interesarse por otras cosas. Su capacidad de comunicación ha mejorado considerablemente, y estoy pensando muy en serio en trasladarle a la primera planta para ver qué tal se desenvuelve allí. Por cierto, el propósito de sus padres al querer reunirse conmigo en septiembre no era más que un leve intento por saber si sospechaba de ellos, como era el caso de Will y de la mayoría de los pacientes.

Hay otros que no han tenido la misma suerte. Jerry y sus compañeros autistas siguen encerrados en sus propios mundos, construyendo entusiasmados estructuras famosas y cosas por el estilo. En febrero, poco faltó para que Charlotte, a pesar de estar bajo el efecto de poderosos sedantes durante un experimento terapéutico, castrara y estrangulara a Ron Menninger, que estuvo al borde de la muerte. Ahora Menninger ha tomado una táctica de aproximación distinta, gracias a la cual no han vuelto a producirse más incidentes.

Milton sigue intentando animarnos (y animarse a sí mismo, de paso) con sus interminables chistes, y Cassandra sigue sentándose en el césped mirando las estrellas. Predijo los resultados de las elecciones al Congreso meses antes del día de las votaciones, aunque en aquel momento nadie le creyó. (Le pregunté por qué no había predicho la muerte de Russell ni el suicidio de Klaus Villers. «Nadie me preguntó», respondió.) Y Frankie, desgraciadamente, sigue siendo Frankie: grosera, malhablada y rechazada por todos.

Los Villers legaron sus propiedades, valoradas en varios millones de dólares, al IPM (sigue sin saberse cómo obtuvieron su patrimonio). La nueva ala será bautizada como «Laboratorio de terapia y de rehabilitación experimental Klaus M. y Emma R. Villers», aunque los fondos no llegarán hasta dentro de un tiempo, según me informan los abogados. Mientras tanto, los costes de la obra serán cubiertos gracias a otras donaciones y a las contribuciones que llegaron tras la aparición de prot en televisión.

Ni que decir tiene que la muerte de Klaus dejó un vacío inmenso que yo he intentado llenar, aunque sin éxito. Me he visto obligado a dedicar menos tiempo a mis pacientes y hacerme cargo de pesadas obligaciones que bien podría haberme ahorrado. En estos momentos estamos aceptando solicitudes para el cargo de director permanente. Personalmente, no veo la hora de que la vacante sea cubierta (Goldstein y Thorstein figuran entre los candidatos).

En un terreno más personal, mi esposa se jubilará pronto (gracias a la venta de los derechos cinematográficos de *K-PAX*), como también lo harán nuestros amigos Bill y Eileen Siegel, que han comprado una casa al norte del Estado de Nueva York y están esperando a que Karen y yo nos decidamos a comprar una propiedad en las Adirondack y nos unamos a ellos. Nuestro hijo Will se gradúa por la Universidad de Columbia la próxima primavera. Viene al hospital de vez en cuando para vigilar a los pacientes y para aconsejarme que no trabaje tanto. Siempre le digo:

—¡Eso dímelo cuando estés en mi lugar!

Sigue prometido a Dawn Siegel y tienen planeado casarse «algún día» después de que se hayan graduado.

Will está tan confundido como yo y como el resto del personal médico por las pruebas de ADN que llegaron poco después de que Robert recibiera el alta. El laboratorio, un centro extremadamente fiable, que cuenta entre sus clientes a varios de los mejores criminalistas del país, nos informó de que el ADN de prot y el de Robert procedían de dos individuos totalmente distintos. La mayoría de nosotros piensa que debe de haber habido algún error humano, aunque naturalmente no hay forma alguna de probarlo.

Y luego está la peliaguda cuestión de cómo podía trasladarse prot, si no a la velocidad de la súper luz, al menos sí más rápido que una cámara de televisión. Un físico estimó que para hacerlo tendría que haber viajado al menos a treinta kilómetros por segundo, e incluso más deprisa.

Por si fuera poco, Giselle me dice que la excursión de prot al zoo del Bronx ha proporcionado cierta información que nadie, a excepción de los funcionarios del zoo (además de los propios animales) conocían, como por ejemplo cómo eran sus anteriores hábitats, los alimentos que echaban de menos, etc. A partir de esa información, sus cuidadores han intentado reemplazar algunas de las pérdidas, pero supongo que si prot estuviera aquí todavía, diría que en realidad no se está yendo al fondo del asunto. Felizmente, el cetólogo que nos visitó ha transferido a su delfín, *Moby*, a un centro de biología marina para que lo rehabiliten, con la esperanza de poder devolverlo a las profundidades del océano. El cetólogo se dedica ahora a vender seguros de vida.

Sin embargo, y dejando de lado los talentos que prot pueda ha-

ber tenido, sigo creyendo que no era más (ni menos) que una personalidad secundaria de Robert Porter, y que es ya una parte integral de
él. A pesar de que mucha gente parece creer que vino de K-PAX (incluido Charlie Flynn, el coprófilo de arácnidos, que en este momento sigue buscando su tesoro en los desiertos de Libia), me parece una
más que evidente ridiculez imaginar que alguien pueda atravesar el
espacio en un rayo de luz sin aire ni calefacción ni protección contra
las diversas formas de radiación, por muy rápido que viaje.

En un principio me sentí traicionado al darme cuenta de que
prot «se había ido» sin avisar, sobre todo después de haberme prometido que me notificaría su partida con antelación. Pero no olvido
lo último que me dijo en el estudio de televisión: «Hasta la vista,
doc». Y cuando Giselle y Robert dejaron el hospital para empezar
una nueva vida en otra parte, Rob se despidió de mí con un sospe-
choso guiño y una sonrisa muy semejante a la del gato de Cheshire.
Además, por lo que sabemos, ninguno de los cien «seres» que tenía
planeado llevarse con él ha desaparecido hasta ahora. ¿Sigue oculto
en algún rincón del cerebro de Robert, a la espera de volver a aparecer cuando lo crea oportuno?

¿O quizá sea posible que esté viajando por la Tierra en este preciso instante, en busca de seres infelices para llevárselos a K-PAX con
él? En cuanto a eso, ¿dónde está el límite con respecto a lo que es posible y lo que no lo es? Lo poco que sabemos de la vida y del universo es de por sí una insignificante gota en el océano del tiempo y del
espacio. A veces, continúo saliendo al jardín de noche y miro al cielo,
a la constelación de Lira. Y todavía me pregunto…

Agradecimientos

Doy las gracias a mi editor, Marc Resnick, por haber tenido la sensatez de contratar los derechos de este libro.

La sabiduría (o locura) de prot

(Extractos de su aparición en televisión el día 20 de septiembre de 1995)

No culpéis de vuestros problemas a los políticos. No son más que un reflejo de vosotros mismos.

Muchos humanos sienten pena por los delfines que quedan atrapados en las redes de los pesqueros de atún. ¿Y quién se preocupa por los atunes?

Vuestra «historia», vuestra «literatura» y vuestro «arte» sólo comprenden vuestra propia especie: ignoran al resto de seres con los que compartís vuestro planeta. Durante mucho tiempo hemos creído que el *Homo sapiens* es la única especie que habita la TIERRA.

Es difícil para un habitante de K-PAX comprender las religiones. O están todas en lo cierto, o todas se equivocan.

La sociedad humana no se deshará del problema de las drogas hasta que la vida sin ellas suponga una opción más atractiva para los afectados.

Cazar no es ningún deporte, es asesinato a sangre fría. Sólo aquel que es capaz de luchar contra un oso y vencerlo, o de perseguir a un conejo y atraparlo, puede considerarse un verdadero deportista.

Matar a alguien porque ese alguien mató a otra persona es un oxí-
moron.

La raíz de todo mal no son las ansias denonadas por tener dinero,
sino el dinero en sí. Intentad pensar en un problema que de alguna
forma no guarde relación con el dinero.

Las escuelas no fueron hechas para enseñar algo. Existen únicamente para transmitir los valores y creencias sociales a los niños.

El propósito de los Gobiernos es conseguir que vuestro MUNDO sea
un lugar seguro para el comercio.

Los humanos adoran engañarse con eufemismos a fin de convencer-
se de que no se comen a otros animales: utilizan términos como «carne» en vez de «vaca», «cecina» por «cerdo», etcétera. Eso nunca deja
de provocar la risa entre nuestros seres.

Todas las guerras son guerras santas.

A algunos humanos les preocupa la destrucción del medio ambiente
y la concomitante extinción de otras especies. Si esas personas tan
bien intencionadas se preocuparan más de cada uno de los seres afectados, no habría ninguna necesidad de preocuparse por la desaparición de las especies.

Llegará un día en que los seres humanos que pueblan la TIERRA se ve-
rán devastados por enfermedades ante las que el sida no será más que
un simple resfriado.

Y, sobre todo, esto: Sed fieles a vuestro propio MUNDO.

Otras obras en Umbriel Editores

K-PAX

Un psiquiatra recibe en su consulta a un hombre que asegura proceder del planeta K-Pax.

La solidez de sus argumentos y de sus conocimientos sorprende al médico. Y más aún cuando su presencia en el centro hospitalario comienza a tener un efecto positivo sobre el resto de enfermos.

¿Un caso peculiar de personalidad múltiple? ¿O acaso… K-Pax existe en alguna parte?

Katie.com

Katie es una adolescente adicta a los «chats» de Internet. Su máximo deseo es encontrar en ellos ese amigo tan especial con quien compartir aficiones, deseos y sentimientos.

Mark es ese amigo. Pero cuando ambos se encuentren realmente en la habitación de un hotel, Katie comprobará que Mark no sólo le ha mentido respecto a su edad, sino que no piensa dejarla marchar.

Tras la dolorosa experiencia, Katie descubrirá que ha sido una más en la lista de víctimas de un pedófilo. Ahora bien, ni ella ni su familia permitirán que Mark quede impune.

Favor por favor

Trevor McKinney tiene doce años y una misión que cumplir. Su profesor ha propuesto en clase un trabajo: «Piensa una idea que pueda cambiar el mundo y ponla en práctica».

Nadie podía imaginar las dramáticas e imprevisibles consecuencias que esta inocente tarea iba a provocar en el propio Trevor, en las personas que lo rodeaban y en el conjunto de la sociedad.

Esta historia apasionante y conmovedora, que ha inspirado una película interpretada por Kevin Spacey, Helen Hunt y Haley Joel Osment (el joven protagonista de El sexto sentido), nos ofrece una lección de generosidad y esperanza, y nos lleva también a preguntarnos: ¿por qué no?

El despertar del milenio

Santa Pelagia, una pequeña población mexicana, ha sido el lugar elegido. Miles de fieles de todas las creencias religiosas, venidos de todos los puntos del planeta, han asistido a un fenómeno sobrenatural: el anuncio del fin del mundo.

En un desesperado intento por averiguar qué está ocurriendo, Michel Deauchez, sacerdote católico, y Simon Hill, periodista del New York Times, se enfrentan a peligrosas organizaciones que abarcan todo el planeta, investigan las altas esferas del Vaticano y arañan los secretos de los máximos poderes políticos y militares del Gobierno de Estados Unidos. Pero no disponen de mucho tiempo: el Apocalipsis ya ha comenzado.

Visite nuestra web en:

www.umbrieleditores.com